AF421775

NUESTRA HISTORIA

en tus *Labios*

NUESTRA HISTORIA
en tus Labios

SCARLETT O'CONNOR

"No creas que no hay segundas oportunidades. La vida siempre te ofrece una segunda oportunidad ... Se llama el mañana."
Nicholas Sparks.

NOTA DE LA AUTORA

El estado de Maine, en Estados Unidos, cuenta con muchas islas. Algunas de ellas pequeñas, otras más grandes. Las hay privadas, y las hay abiertas a todo aquel que quiera visitarlas y vivir en ellas. Shell Island no existe, es una creación de mi imaginación, al igual que lo es su población. Este libro es una invitación a conocerla. Buen viaje.

-Scarlett O'Connor.

El ruido de las olas rompiendo contra las piedras siempre le traía calma. Había amado ese lugar desde que puso un pie en él, cuando no era más que un poblado de pescadores empobrecidos, desconectados del continente, sin apenas acceso a lo esencial durante los meses de invierno. Shell Island, así se llamaba por los cementerios de conchas, solía ser un paraje inhóspito hasta que él, Winston Benson, se enamoró de ella.

Shell Island, su primer gran amor.

Había sido el sonido de las olas lo que plantó la semilla en la cabeza. Luego, germinó: Comprar gran parte de la isla. No podía hacerla completamente privada como otras porque tenía un faro, propiedad del estado de Maine, y porque sus habitantes eran testarudos y no se irían por muchos dólares que él les ofreciera. Así que adquirió terrenos, gran cantidad de ellos, y comenzó a construir su sueño. Hermosas casas de verano, con vista al inmenso mar, con el viento como aliado para llevarse los malos momentos, limpiar las cabezas de los problemas mundanos...

Con nuevos habitantes, adinerados e influyentes, el muelle con su respectivo ferry fue inevitable. Eso trajo a otros, a los dueños de Cloud Market, a los empleados de la única sucursal del banco, a un médico, a una veterinaria, a la dueña de una cafetería, a los guías turísticos, artesanos, trabajadores de mantenimiento: jardineros, domésticos, contratistas... En unos años, Shell Island floreció, y le retribuyó a Winston Benson todo su amor, a raudales.

Sin embargo, no hay rosas sin espinas, y de pronto ellas brotaron también. Winston deseaba quitarlas, arrancarlas de una buena vez, como quien elimina la horrible maleza que amenaza a comerse el jardín. Sería muy fácil, era el hombre más poderoso de la isla y muy influyente en el estado de Maine, pero hasta el gran Aquiles tenía un punto débil. Su talón era Johana Benson, su hija.

Donde él veía una espina, Johana veía un pimpollo. Juraba y perjuraba que de allí saldría una flor. A veces, cuando uno protege demasiado a los hijos los deja indefensos ante los peligros del mundo.

Aguardó a que el rugir de las olas fuera el único murmullo dentro de la casa, Johana vivía bajo su techo, él siempre encontraba el modo de retenerla a su lado. Le otorgaba la privacidad e independencia propia de una mujer de su edad, por supuesto, la casa era inmensa y se lo permitía; pero si ella deseaba alejarse, emprender vuelo lejos de él, recurría a cualquier artimaña, algunas tan arteras que, con los años, lo avergonzaban.

Ya nada quedaba por hacer, se dijo, era demasiado viejo para cambiar. Agudizó el oído, comprobó que no hubiera pasos en la planta alta y se escabulló como si él fuese el adolescente que escapa del escrutinio de sus padres. Johana era una mujer muy activa, no dudaba que estaría despierta. Le gustaba oír música antes de dormir, a veces meditar, dejar ir cualquier tormento de su mente para asegurarse un buen sueño. Saber que él era el único tormento de la mente de su hija lo martirizaba, y lo suyo no lo arreglaba con yoga, sino con pastillas para dormir y mucho mal humor.

—¿Johana? —la llamó desde la escalera, con voz suave—. Psss, ¿Johanaaaaa? Nada. Perfecto.

Dejó las luces encendidas, cogió el abrigo y salió por la puerta trasera, camino al amarre de su bote. Junto a él tenía un depósito de herramientas y utensilios básicos de supervivencia. Sogas, escaleras, linternas... Buscó esta última, un tarro de pintura roja que había comprado para retocar los detalles de su bote y un pincel. Cerró el depósito sin volver a pasar el candado. Tan solo con la cadena. Esperaba que el viento no lo abriera, pero más temía que lo hallaran infraganti.

Los secretos lo cercaban, las excusas empezaban a agotarse y él, a cansarse de mentir. Sí, estaba demasiado viejo. Se marchó a pie. Esa zona, la de las casas más lujosas, estaba deshabitada en invierno. Los dueños preferían las comodidades del continente en los meses fríos. No los culpaba; de hecho, así le gustaba a él también. Su isla era más su isla cuando solo la habitaban los enamorados de ella. Como fuera, en la zona solo permanecían los Benson y Coleen Meyer, la dueña del club náutico.

Las luces de la casa de Coleen estaban encendidas, elevó una plegaria a que la mujer no se asomara por la ventana. Era una metiche como todos en Shell Island, a veces para bien, otras... bueno, otras por aburrimiento. Se alejó de las farolas, la luna estaba casi llena y generaba un resplandor plateado tras la niebla constante de esas regiones costeras. Apuró el paso y arribó a destino.

Suspiró. De pronto, sintió un dolor en el pecho. ¿Tendría un infarto?, se lo merecía, así que casi, casi, lo esperaba. Su corazón endurecido pronto se convertiría en piedra, y las piedras no laten. Observó la vieja construcción, tragó saliva. Aun descuidada, era la casa más hermosa de Shell Island.

Su primera casa. Su hogar.

—Johana... —dejó ir en un suspiro resignado—, si tan solo te rindieras, niña terca.

Su hija estaba decidida a venderla. Estaba segura de que allí se instalaría una familia, con niños, un perro, un gato, un canario, pececitos, bicicletas... el combo completo. Determinación era el segundo nombre de Johana. Amaba ese lugar con todas las fuerzas de la nostalgia, aquel hermoso sentimiento que funciona como tamiz, elimina lo malo y deja lo bueno. Odiaba el deterioro de su casa de la infancia, detestaba verla vacía, sin vida, como un mausoleo. Lo único que Shell Island no tenía era un cementerio, la mayoría de sus habitantes esparcían sus cenizas en el mar. La vieja casona Benson era lo más parecido a un cementerio con lo que contaban, y, al igual que la mayoría de los terrenos sacrosantos, estaba teñida de mitos de fantasmas, visiones y conjuros del más allá.

Era imposible de vender.

Nadie quería compartir su hogar con un fantasma. Demasiadas películas de terror nos advertían que era mala idea. Winston solo... bueno... solo se encargaría de agregar un recordatorio más.

Allí también tenían un amarre para botes, con su caseta y depósito de herramientas. Se hallaba vacía salvo por algunos trastos viejos y varias ciudades de arañas. Entró, las telarañas le dieron la bienvenida junto con el olor a moho y al encierro. Alumbró con su linterna, los insectos buscaron refugio en los recovecos.

—Lo siento, no pretendo perturbarlos. Somos aliados... —les dijo, con una media sonrisa carente de humor. Las alimañas eran sus amigas, también ellas hacían esa casa invendible. Ni siquiera Ethan Kane, el mejor contratista que Benson conocía y un enamorado de la isla, había puesto su ojo en ella. Demasiado trabajo, poca posibilidad de retribución económica. Una bella mala inversión—. Y así seguirá, ¿verdad, lindas? —El correteo que se sintió le dijo que las arañas no eran las únicas huéspedes. Mucho mejor. Cogió la vieja escalera y la arrastró camino al porche. Iba demasiado cargado: pintura, pincel, linterna y escalera. Los brazos empezaban a dolerle—. No soy tan mayor, demonios —gruñó. Tenía sesenta y algunos años, ni siquiera se había retirado de sus labores. Se había casado joven, en su época era común. Incluso pasabas por el altar antes de terminar la universidad. Johana alegró su vida un par de años después, cuando él ya había decidido instalarse en la isla.

Colocó la escalera sobre las tablas de madera descoloridas del porche, las mismas crujieron. Las olas y el viento amortizaban sus sonidos. El problema... amortizaban todos los sonidos. Destapó el envase, lo colgó del borde sobresaliente de la escalera, trepó un pie, se impulsó con el otro, embebió el pincel, quitó el excedente, se aferró con la mano izquierda, elevó la derecha y...

—¿Qué demonios estás haciendo, Winston?

La voz de Coleen irrumpió en la noche. Benson por poco cree cada una de los rumores sobre fantasmas que decoraban su viejo hogar. El susto lo hizo temblar. La escalera se tambaleó. La equilibró con un fuerte movimiento. El pote de pintura se resbaló, intentó atajarlo. La escalera volvió a moverse, en esa ocasión, la pata venció el viejo tablón de madera del porche. Los clavos saltaron por los aires, la pintura voló por los cielos y él...

—¡Jodeeeer! —exclamó, casi en cámara lenta. Cada intento de aferrarse a algo empeoraba la situación. Otro tablón cedió, la escalera se quebró y él cayó en un ruido seco sobre el suelo.

—¡Winston! —Coleen corrió a su lado—. ¡Winston, viejo estúpido!, ¿te encuentras bien?, ¿qué estabas...? —La voz de la mujer se cortó al ver a su vecino—. No te muevas. No te...

Coleen había iluminado la escena con su móvil y lo tenía a mano.

—No llames a Johana —fue el pedido absurdo de Winston.

—Se va a enterar de todos modos, viejo cascarrabias.

—Pero luego, no llames a Johana... —Coleen vio que la muñeca se le inflamaba, pero ese no era el mayor de los problemas. La pierna atrapada entre los tablones del porche lo era. El médico de la isla era tan viejo como ellos dos, así que, si lo querían sacar de allí, necesitarían sangre joven y fuerte.

—Si llamo a Roger... —aludió al jefe de policía de la isla. La definición perfecta de joven y fuerte.

—Tampoco al jefe Allen...

—¿Pretendes quedarte atrapado aquí y morir?

—Me lo merecería, ¿verdad? —dijo en un quejido. El frío de la isla le adormecía las extremidades. ¡Oh, pero cuando entrara en calor, dolerían como mil demonios!

—Sí, por viejo tonto. Por lo demás, hasta tú eres digno de atención médica, defensa justa y una mano amiga. —Coleen sabía muy bien de qué hablaba, lo conocía a Benson desde los inicios de Shell Island. Cogió el móvil y eligió el contacto del segundo en la lista de jóvenes y fuertes: Alonso Rodríguez, su mano derecha en el club náutico—. Alonso, cariño, hemos tenido un percance. Y cuando me refiero a un percance, hablo de un viejo cascarrabias con una fractura y demasiadas quejas... —Hizo una pausa—. No, no quiere llamar al oficial Allen... —Otra pausa. Un suspiro—. Sí, es el señor Benson. No... no quiere informar a Johana aún. Sí, cariño, sé que estás en camino mientras hablamos. Sí, sé que toda la isla se enterará en breve. Vale, vale... te esperamos. No es que yo pueda mover a este hombre sola, ¿verdad?

—Te iba a decir que tampoco llamases a Alonso...

—Empiezo a pensar que tienes tendencias suicidas, Winston. —Coleen observó la pintura roja, el desastre en el porche y a su viejo vecino. Negó con la cabeza—. Tendrías que haber dejado a los fantasmas descansar en paz.

—Son ellos los que no me dejan descansar...

—¿Lo son?, ¿o eres tú, que no los suelta?

La luz del todo terreno de Alonso alumbró la noche, sus neumáticos chirriaron sobre la gravilla. A los segundos, otro todoterreno aparcó, el de Ethan Kane, hermano de vida de Alonso y tercero en la lista de «jóvenes y fuertes». Vieron el desastre, compartieron una mirada de complicidad y suspiraron.

—Manos a la obra —dijeron al unísono y rescataron al hombre de las ruinas de su propio pasado.

Shell Island era una comunidad estrecha. Los meses de invierno a esas latitudes eran tan duros, que los habitantes sabían que dependían los unos de los otros para sobrevivir. Desde lo más básico, como proveerse comida, hasta lo más inmaterial, los lazos de amistad. Se sostenían en las buenas y en las malas. La red de contención era intangible al igual que irrompible.

Alonso Rodríguez, el rescatista número uno de esa noche, era viudo, a cargo de un niño de doce años. Si bien la isla era segura, dejarlo solo a la madrugada no era opción, por lo que llamó a su madre, Beatrice Rodríguez, para que fuera a cuidarlo. Por supuesto, debió dar explicaciones al respecto, y allí empezó a correr la voz. Una a una, las luces de los hogares se fueron prendiendo. Pauline, la esposa de Ethan, había quedado a cargo de Erina, y, como estaba avanzada en su embarazo, llamó a MaryAnn, la madre de corazón de Ethan para que le hiciera compañía, por si acaso.

MaryAnn era una mujer de armas tomar, a ella un viejo cascarrabias no la amedrentaba, y a sabiendas de cómo era el mundo de las denuncias, los juicios y los tribunales, pues desempeñaba el rol de madre de acogida desde muy temprana edad, tuvo la sensatez de llamar a la policía. Es decir, a Roger Allen.

—Si a Winston le sucede algo mientras los niños —así se refería a Alonso y Ethan, por más que superaran los treinta años— lo rescatan, serán ellos quienes lidien con un fiscal ambicioso dispuesto a arruinarles la vida.

—Por supuesto que iré, MaryAnn —dijo Roger, al otro lado de la línea. Su voz sonaba ronca, lo habían sacado de la cama en su noche de descanso. Porque así se hacían las cosas allí, todos se conocían, a nadie se le ocurría llamar al 911 cuando se tenía el número del jefe de policía agendado en el marcado rápido—. De hecho, estoy en camino.

—Roger... —La mujer hizo una pausa—, si soy yo la que llama es porque...

—Johana no lo sabe aún. —MaryAnn percibió el cambio de tono en el hombre. El suspiro con el que se le escapaba el nombre de Johana, la resignación, el dolor.

—¿Quieres que la llame yo? Sabes que a mí el viejo Benson no me amedrenta. —La risa amarga al otro lado la hizo estremecer.

—A mí tampoco, no te preocupes. Yo la llamo.

La isla estaba de pie. Winston Benson era el viejo más cascarrabias que pisaba esa porción de tierra, pero también era el gran fundador, quien convirtió el sitio en un refugio de almas rotas. Y no solo le había otorgado el cuerpo, la infraestructura que a todos les brindaba cobijo, también les había dado el corazón de Shell Island: su hija Johana. Si no era por él, sería por ella; como fuera, todos saldrían al rescate.

Roger no la llamó al móvil. La casa de Benson quedaba a mitad de camino del lugar del accidente. Pasó por la residencia. Las luces estaban prendidas, la calma reinaba. Era una de las casas más hermosas, con el pórtico elevado, secundado por cuidados jardines. Los ventanales amplios, dejaban pasar el sol a raudales. Lo alejado de la siguiente vivienda les permitía mantener los cristales sin cubrir, la intimidad estaba resguardada. En ese instante, el oficial Allen la invadió, buscando la figura de Johana entre las sombras del interior. Llamó a la puerta un par de veces, hasta que al fin percibió el movimiento en la planta alta. Oyó la voz femenina.

—¿Papá? —A Roger se le hizo un nudo en la garganta. Johana, desde hacía unos años, se dirigía a su padre como «señor» o «padre». Tenían una relación tensa, cargada de secretos y rencores. Sin embargo, en el silencio de la noche, cuando alguien se presenta a tu puerta a intempestivas horas, entiendes que algo grave ha sucedido. Es entonces cuando los verdaderos sentimientos afloran, y el oficial de policía supo que, pese a todo, Johana seguía amando a su padre—. ¿Papá?, han llamado a la puerta...

Lo buscó primero a él, con la desesperación de una hija que no desea recibir malas noticias. Si Winston estaba a salvo, en su sillón, leyendo y despotricando, entonces podría enfrentar la adversidad que aguardaba por ella en el porche. Cuando al fin abrió, su hermoso rostro —Roger siempre pensaría que era la mujer más hermosa de la faz de la tierra— estaba desfigurado por la preocupación. Se cubrió la boca con la mano, las palabras no le salieron.

—Johana, ha habido un accidente, tu padre —No hizo una pausa, lo dijo de corrido, pero a Johana le pareció que el tiempo se ralentizaba, hasta que, de los labios de Roger salió la declaración final— está bien, dentro de lo que cabe. Brandon —aludió a su ayudante— está con él. Alonso y Ethan lo han asistido y...

No consiguió finalizar. Johana se lanzó a sus brazos, lo rodeó con toda la fuerza de su alivio. Fue un segundo de debilidad, Roger la rodeó, posó su tibia mano en la espalda de ella. Estaba desabrigada, el viento del exterior le había helado la piel, al igual que el lapso de miedo. Pudo sentir la pequeñez de la cintura, la delicadeza de los huesos, la tersura de los músculos que se mantenían a fuerza de yoga.

—Estás helada... —la reprendió con dulzura. Intentó que regresara al interior de la casa.

Las palabras de Roger la regresaron al presente. El helado miedo fue reemplazado por la fogosa furia. Se dio media vuelta, lo invitó a pasar con un ademán brusco que no lo tenía a él como objetivo. Johana era un torbellino de emociones: primero el miedo, después el alivio, luego... los brazos de Roger... Había cosas que era mejor no remover, entre ellas, los sentimientos soterrados.

—¿Qué ha hecho esta vez? —preguntó. Vestía un pijama de raso, con pantalón lavanda y una camisa abotonada del mismo color, con ribete blanco. La tela, tan suave, dejaba adivinar cada curva—. Porque algo ha hecho, lo sé. ¡No!, déjame adivinar, el accidente ha sido en mi vieja casa...

—Johana...

—¡Ese hombre! Me va a hacer envejecer prematuramente. ¡Tengo canas, Roger!, me han salido canas. —Los labios del hombre se curvaron. En la melena castaña oscura de Johana no brillaba ni un cabello blanco—. Una pensaría que, con ausencia de hijos, no tendría que estar pasando por esto. ¡Los padres son peores que los hijos! Créeme, si tuviera tres años... ¡Tiene sesenta! ¿Me equivoco?

—¿En qué?, ¿en su edad?

—¡No!, en que su accidente fue en nuestra antigua casa...

—Ah, es que pasas de tema en tema. Tendrías que cambiarte de ropa, así puedo llevarte a la sala del doctor Jagger.

—Cierto. Lo siento... —Johana corrió hacia las escaleras, se detuvo de golpe y regresó a su lado—. No te he ofrecido café.

—Johana...

—Tienes razón, el café no es importante. ¿Él cómo está?, o sea... además del genérico bien. No, mejor no me lo digas, lo veré con mis propios ojos. —Hizo de nuevo el trayecto a las escaleras. Se detuvo una vez más—. Aunque tú puedes hacer café... solo es apretar un par de botones y...

—¿Por qué me da la impresión de que estás postergando lo inevitable?

Con eso consiguió ponerla en movimiento. Johana detestaba que la leyeran como a un libro abierto, algo que Roger conseguía fácilmente. Era el único, siempre lo fue. Solo una vez le había mentido, y hacerlo le costó demasiado. Pensó que se daría cuenta, pero el dicho era cierto, los corazones son ciegos, más cuando se rompen. Nunca supo de su única mentira, y ella fue incapaz de ocultarle nada más.

Sí, postergaba el encuentro con su padre. No deseaba enfrentarlo ni saber los motivos que lo llevaron a la antigua casa. No le apetecía discutir de nuevo, ni mucho menos verlo en una cama de hospital y reconocer, ante la posible pérdida, que pese a todo lo quería. Que anhelaba tener muchos años más para seguir peleando, discutiendo, pero, en especial, muchos años para mantener las esperanzas de remendar su relación.

Al bajar, ya dispuesta a marcharse, Roger tenía el café listo. Le tendió el vaso térmico y ella lo cogió con una leve sonrisa de agradecimiento. La patrulla era un todoterreno blanco, con la estrella dorada decorando las portezuelas. La sirena aguardaba en el interior, Johana no recordaba haberla oído jamás, ni siquiera en temporada alta, cuando los turistas hacían de las suyas y la actividad policial pasaba de nula a escasa. El oficial Allen le sostuvo la portezuela. Los buenos modales lo caracterizaban, había sido un caballero incluso de niño. Una sonrisa nostálgica se abrió paso en sus labios. Habían conformado una pandilla de lo más extraña, algo que se repetía generación a generación en Shell Island. Los niños eran tan pocos que no existía tal cosa como grupos, subgrupos, populares y nerds, animadoras y deportistas... Todos formaban parte de una alianza heterogénea. Así, Ethan Kane, quien supo ser el joven más problemático de la zona, era íntimo amigo de Roger Allen, quien terminara su formación en el ejército y ahora era jefe de policía. ¿Dónde más podía darse semejante dinámica?

Él rompió el silencio.

—Sé que esperas verlo con tus propios ojos, pero adivinando tus intenciones y teniendo en cuenta tu temperamento...

—¿Insinúas que soy temperamental? —fingió ofenderse.

—¡No, claro que no! Lo doy por hecho. —Johana dejó ir una risita contenida—. Soy oficial de la ley, debo evitar que agredas a un hombre postrado en una cama...

—Hmmm, eso quiere decir que sí, voy a enojarme con mi padre. —Roger la conocía como nadie.

—Se fracturó la pierna, no es grave, no hubo desplazamiento del hueso. El doctor Jagger me pasó el reporte mientras te vestías...

—No hay que llevarlo al continente... —dijo, con alivio. Una fractura leve se podía tratar en la isla.

—No. También se dislocó la muñeca.

—¡¿Cómo demonios se ha hecho todo eso?! —masculló Johana, al tiempo que lo observaba de soslayo. Había un deje de preocupación en su expresión; para él, aquella vieja casa también estaba repleta de fantasmas. Tenía la mandíbula tensa, los labios prietos y los ojos negros, relucientes en la noche. Roger era guapo, de ese modo masculino que parece exudar testosterona. Los huesos de su quijada eran fuertes, formaban un rostro de líneas duras. Los labios llenos, la piel oscura, el cabello cortado al ras, impidiendo que se formaran los tirabuzones afros que Johana adoraba. ¡Cuántas veces en su adolescencia había pasado los dedos por ese cabello! El recuerdo fue intenso, le picaron las yemas de los dedos.

—Eso tendrá que explicarlo él.

—Tú eres el jefe de policía, puedes interrogarlo y te debe la verdad, solo la verdad y nada más que la verdad...

Roger dejó ir parte de la tensión con una carcajada.

—Esa casa sigue siendo suya, si quiere, puede tirarse del tejado que no me debe explicaciones. No tengo nada que interrogar.

—A mí me mentirá —sentenció Johana. Roger no pudo negarlo.

Arribaron a la consulta del doctor Jagger, las quejas de Winston se oían desde la sala de espera.

—Me marcho ahora mismo. El médico me ha dado el alta...

—Yo no he hecho tal cosa —dijo el aludido. Lo obligó a apoyar la espalda en la única cama con la que contaba.

—¡Lo acaba de decir!, puedo recuperarme en mi casa.

—Una vez que yo le dé el alta.

—¡Y hágalo!, ¿qué espera?, ¿le tengo que enseñar a hacer su trabajo?

El doctor Jagger no se tomó personal la afrenta. Rodó los ojos, Johana vio la expresión y el médico se sonrojó. A modo de respuesta, ella lo imitó en gesto. Sí, la única respuesta posible ante Winston Benson era rodar los ojos, bufar o mandarlo al demonio. Y eso último solo podía hacerlo su hija.

—Padre, estate quieto. Irse a casa implica estar bajo *mi cuidado*, y no pienso ser una enfermera gentil.

Winston tuvo el atino de bajar la mirada. Mala señal, la sumisión y su padre no solían ir de la mano. Lo increpó al tiempo que se posicionaba junto a la cama.

—¿Cómo ha sucedido esto?

—Le dije a Coleen que no te preocupara...

—No, le dijiste a Coleen que te cubriera las espaldas. Pero no tienes a todos bajo tu yugo. Responde a mis preguntas, ¿cómo ha sucedido esto?

Winston divisó a Roger detrás de su hija y el sonrojo se incrementó. Johana se volteó a ver quién había despertado tamaña reacción en el patriarca. Los miró a ambos, como si de un partido de tenis se tratara. Fijó la atención de nuevo en su padre, esta vez con el ceño fruncido.

—Padre... último aviso...

La furia volvió a hacerse palpable. Winston había dicho cosas horribles de Roger en el pasado, cosas que Johana no concebía y jamás le perdonaría. En ese instante, si su padre arremetía contra el jefe Allen, no dudaría en tomar partido. Ya no era una niña.

Benson vio el fulgor en los ojos grises de su hija. La admiró por ello, y por poco se sincera. Pero los secretos eran demasiados, los peligros de desterrarlos aún más. Las mentiras brotaron de sus labios.

—Fui a retocar unos detalles de pintura en la casa vieja...

—¿A medianoche? —Johana no le creyó. Winston no conseguía que sus embustes sonaran verosímiles. Estaba viejo, cansado, adolorido y mentir requería fuerzas y motivaciones, ambas cosas agotadas hacía años.

—Quería que fuese una sorpresa, sé que pretendes venderla y... bueno, requiere algunos arreglos.

Johana observó las prendas de su padre dispuestas a un lado, en una silla. Primero se aterró al pensar que estaban ensangrentadas, luego entendió que se trataba de pintura roja.

—¿Arreglos con pintura roja?, no hay ni un solo detalle en rojo en toda la casa.

—Eso le daría vida, ¿no?, el rojo levanta el espíritu...

—¿No vas a decirme la verdad? —Winston abrió la boca en defensa, ella lo acalló—. No importa, sé lo que pretendes, que fracase. No lo haré, venderé la casa. —Bebió un sorbo del café. Su padre extendió la mano, también lo necesitaba. Ella lo alejó, Benson intentó alcanzarlo—. Tú, bebe el café del doctor Jagger, bien merecido te lo tienes. —Lo dejó oler el aroma de los granos molidos de su brebaje y volvió a alejarlo.

Roger, con una media sonrisa socarrona, le alcanzó al hombre un vaso descartable con una infusión marrón, similar al agua estancada en un charco.

—Que lo disfrute, señor Benson.

—El que lo está disfrutando es usted, jefe Allen —gruñó.

—Solo un poco.

Johana no escuchó el intercambio, de lo contrario, hubiera intervenido. Solo oyó la última réplica de Benson.

—Uno puede saber cuánto lo quieren por el café que le dan para beber. Y claramente, aquí me odian. —Miró el vaso con expresión asqueada.

Johana se ruborizó, cruzó su mirada con Roger. Él le había preparado el que ella bebía y estaba delicioso. No se trataba de los granos, de la temperatura del agua o de la técnica del barista. Winston estaba en lo cierto, era el cariño el ingrediente secreto de un buen café.

Por unos segundos no existieron más que ellos dos. El hechizo fue roto por una nueva voz femenina. Beatrice Rodríguez saludaba al doctor Jagger, era la dueña del café Jamaica, la única cafetería y librería de la isla.

—Buenas noches, ¿dónde está el herido? —Se asomó a la habitación con una sonrisa—, señor Benson, ¿cómo se encuentra? —Antes de que pudiera responder, su declaración coronó la noche—. Le he traído su café preferido, no cura el cuerpo, pero sí el corazón.

Roger y Johana ya no se observaban con adoración, sino con desconcierto. Los dos vocalizaron a la vez:

—¡¿Qué demonios?!

Debía de reconocer que, una vez más, su padre la tomaba por sorpresa. Por lo visto, continuaba siendo un hombre muy habilidoso, y no era solo un manipulador de primera línea con una maestría en clasismo y tendencias racistas, también poseía unas dotes físicas poco habituales para su edad. No volvería a indagar en el extraño y nocturno accidente; cuando lo intentaba, Winston Benson ponía lo mejor de sí para torcer el asunto y valerse de la victimización. De momento, lo único que se prestaba a el debate era:

—¿Cómo has llegado hasta aquí?

Con *aquí*, Johana se refería a la cocina. Su padre tenía una pierna inmovilizada por completo, un brazo sostenido por un cabestrillo y, como detalle final, un cuello ortopédico.

—Pregunta absurda la tuya... —Activó el modo de viejo cascarrabias—. Por la escalera, ¿por dónde más? —Mordió una tostada con gran disfrute. Vaya uno a saber cómo se las había apañado para vestirse, bajar un piso por escalera y prepararse un suntuoso desayuno. Sin lugar a dudas, era habilidoso.

Johana miró la hora en el reloj pared: 7.32 AM. Exhaló. ¿Cuántas horas restaban para que finalizara el día? Sacudió la cabeza, la exhalación no fue más que el grito de largada del centenar de suspiros y expiraciones que se le sumarían en el transcurso de la jornada. Así era vivir con Winston Benson, discusiones sin sentido, malas interpretaciones, demandas y agotamiento físico y mental.

—La aclaración de tu parte está de más, sabes a lo que me refiero. —Se cruzó de brazos, se apoyó de lado contra la pared. El estómago le hacía ruido con sus retorcijones, no había cenado la noche anterior, ni la anterior a esta, ni la... Desde el accidente de su padre no tenía ni un solo momento para el descanso, con suerte llegaba a su cama a los trompicones y allí se desvanecía. Gracias a eso, no podía disimular el hecho de que el olor a pan recién tostado le abría el apetito. Deseaba, no, corrección, *necesitaba* de un alimento sólido que rellenara su barriga, y lo necesitaba ya. Pero, no. Tragó saliva con fuerza. Sentarse a desayunar junto a él implicaba un posterior e inminente malestar gástrico.

—Por supuesto que sé a lo que te refieres Johana, solo que he optado por responder a lo que preguntaste. —Sorbió de su taza, no había tenido más alternativa que preparar un té—. No es mi problema que formules mal las preguntas —masculló entre dientes tras beber la infusión—. ¿Puedes decirme qué demonios ha ocurrido con el café en esta casa?

—En cuanto a la formulación de mi pregunta, siento mucho no haber hilvanado las palabras correctas para ti —Hizo contacto visual con su padre—, se lo atribuyo a mi cansancio. Un cansancio que tiene su origen en tus travesuras nocturnas. La ausencia de café es consecuencia de lo mismo, solo así he logrado combatir el agotamiento.

—Oh, no... —acusó él agitando la pequeña espátula metálica que utilizaba para untar la mermelada en las tostadas—, no me responsabilices a mí por tu cansancio, la que ha decidido ocupar este rol de extremo asistencialismo eres tú.

—¿Disculpa? —Johana carcajeó. La cocina era amplia, por un lado se encontraban las encimeras, la cocina vitrocerámica, el refrigerador y la isla central con el fregadero; por el otro, un espacio destinado al descanso, una mesa redonda con mullidas sillas a su alrededor, todo con vista a los jardines traseros y la bahía. Caminó hasta la mesa decidida a enfrentarlo—. Como si fuese tan sencillo hacerme a un lado y no ocupar ese rol, ¿verdad? La próxima vez que te suceda algo, pediré que llamen al siguiente en tu lista de contactos de emergencias. —Torció los labios en una mueca de fastidio y con ello logró que su padre resoplara. Perfecto, 7.39 AM y ya estaban empatados en exhalaciones forzadas—. Oh, no... —Utilizó el mismo tono de su padre de segundos atrás—, no tienes a nadie más en tu lista.

Eran los únicos Benson de la isla. Los únicos con vida. Cuando murieran, terminaría el legado. A menos que... a menos que Johana aportara más miembros engendrados en su vientre. El reloj biológico de Johana le recordaba a diario que estaba a pasos de cumplir los treinta y seis, luego les seguirían los treinta y siete... y bueno, de ahí en adelante, comenzaría la cuenta regresiva. Por diversos y secretos motivos, ambos dejaban de apostar a esa jugada. Todo moriría con ellos.

—Lamento ser una carga para ti... —El muy manipulador volvió a colocar sobre la mesa su carta de víctima. Johana, una vez más, entrecruzó los brazos contra su pecho—, pero me libraré de parte de la culpa, ¿te han avisado del accidente pese a que yo no lo deseaba?, cierto, al fin y al cabo, eres mi contacto familiar. ¿Has respondido de inmediato ante lo sucedido?, otra verdad innegable. Punto final. Todo lo demás lo has hecho por puro deporte, porque te gusta estar metida hasta las narices en cada asunto de la isla.

La carcajada de Johana retumbó por toda la casa.

—¡Mira quién lo dice! ¡El amo y señor de Shell Island! ¿Acaso te olvidas de que todo esto lo aprendí de ti, de tu necesidad narcisista constante de ser el centro de atención?

—Por lo menos reconoces que es tu ego lo que te motiva y no tu altruismo. —Winston sonrió. Clavó los dientes en la tostada con aires de triunfo.

—Ya quisieras que fuera mi ego... —Johana dejó escapar una última carcajada—. Así me consagraría como una auténtica Benson. Para tu decepción, lamento decirte que los genes de mamá le quitaron la condición de dominantes a los tuyos —Lo dijo con ironía—, y si meto mis narices en todo, es porque amo a Shell Island, a diferencia de ti, que lo que amas es el control que tienes sobre la isla.

Había hecho una labor de años: los comentarios adecuados en el momento oportuno, las actitudes petulantes frente a cada uno de los habitantes y el comportamiento ermitaño cuando de eventos sociales se trataba. Construyó la imagen que su hija percibía en el presente. Para Johana, la isla no era más que la bandera de poder que su padre blandía con el mentón y el ego por lo alto. Bien. Lo había hecho bien. Logró su cometido, ocultar las señales de su alma rota y, a la vez, lograr que su hija no se apartara de él. Por deber. No por deber al lazo que los unía, sino por la isla y sus habitantes. Por dentro, bajo la exhaustiva custodia de sus demonios personales, el amor por esa tierra se magnificaba cada día. Perecer allí, que sus cenizas se conviertan en cimientos del océano significaba la gloria para él. Mientras tanto, continuaría con su pantomima.

—¡Shell Island es lo que es gracias a los Benson! —reaccionó con fastidio. Golpeó la mesa con su mano sana y el movimiento brusco hizo que todo su cuerpo se agitara potenciando el malestar general que sentía. Los analgésicos no lograban vencer el dolor al cien por ciento.

—¡Y a los Meyer! —El club náutico era un emblema del lugar, y él nada tenía que ver con ello—. Y los Mackenzies también dieron su aporte —le recordó, pese a no contribuir con el crecimiento económico, no podía negarse las raíces de la familia. Vivían allí desde tiempos inmemoriales. Sonrió satisfecha. Era tiempo que alguien le bajara el ego de una bofetada a Winston Benson, y nada mejor que una bofetada en su propia casa.

—¡JA! —Los dientes de Winston rechinaron—. Y dime, ¿dónde están ahora?

—Bueno, Coleen se encuentra en su casa... y doy por hecho que la señora Mackenzie también, jamás deja a su gata sola por más de unas horas. —Fue una respuesta con una burla interna, sabía muy bien a lo que se refería, solo las dos mujeres se mantenían al pie del cañón de la isla, sus hijos y nietos huyeron en busca de mejores oportunidades. Las hallaron. Nunca regresaron.

—Veo que el cansancio ha potenciado tus dotes de bromista. —Sorbió el té una vez más, regresó la taza al platillo y lo apartó.

—Posiblemente, aunque el factor común de ambos eres tú, tomarme las cosas a broma me resulta la alternativa más saludable, psicológicamente hablando, por supuesto. —La mueca burlona de su padre la sacó de quicio, en verdad parecía un niño. No era justo, ella debía de ser la hija en esa ecuación, no él—. Agggg... eres un verdadero incordio.

—Tienes razón, lo soy, y no puedo evitarlo. Quizás, quien deba evitarme seas tú. —Fue una provocación directa. Necesitaba oír de la boca de su hija que sus planes de irse, unos que involucraban instalarse de manera provisoria en la casa abandonada de su infancia, habían sido postergados. No como él pretendía, hacerse trizas el cuerpo no formaba parte de la estrategia.

—Y eso mismo era lo que pretendía hacer. ¡Vaya casualidad, ahora no va a poder suceder! ¿Sabes por qué? —Puso los brazos en jarra en torno a su cadera—. Porque tú estabas, vaya casualidad también, en el lugar que no debías, a la hora que no debías, haciendo lo que presumo, tampoco debías.

—No sé qué presumes —Winston se reclinó en la silla, la postura erguida era difícil de sostener en su estado—, solo voy a decir que lo que me motivó a ir hasta nuestra antigua casa fuiste tú. —No era mentira. Pero el trasfondo resultaba ser otro. La deseaba a su lado para enmendar sus errores, y quizá, solo quizás, algún día le contaría la verdadera historia de los fantasmas que permanecían atrapados entre las paredes de la gran casona Benson.

—¿Yo te motivé a subirte a una escalera destartalada con pintura en mano? ¿Pintura roja? —exclamó con los brazos en alto.

—Otra vez con el mismo asunto, te lo he dicho, pretendía darle color, darle vida a la fachada de la casa. —Winston exhaló. De momento iba ganando la carrera de exhalaciones—. Lo has dicho hace unos minutos, todo lo que aprendiste sobre los negocios de bienes raíces y administración de los recursos de Shell Island lo obtuviste de mí. Soy lo que soy, sin importar que tenga treinta o setenta años. ¿Quieres vender la casona Benson? ¡Pues hazlo, yo estoy decidido a ayudarte!

—Pues no me ayudes más, si quiero darle vida a la fachada de la casa tengo a quién recurrir. —Contaba con la ayuda de Ethan, un profesional del rubro, también estaba Alonso, el hombre multifuncional de la isla. —Winston rodó los ojos—. Además, de nada sirve cambiar su fachada si no logro cambiar la superstición en torno a la casa. —Lo miró, él evitó el contacto visual. Johana fingió toser—. Y para lograrlo tengo que demostrarles lo contrario.

—Lo que dices es una tontería —Winston hizo un ademán al aire—, no tienes que demostrar nada a nadie. Los negocios inmobiliarios son así, a veces simples, a veces complicados... hay propiedades que se venden en un suspiro, otras...

—En una eternidad... ¡dilo! —Él negó—. Pues yo pretendo acortar esos tiempos a mi manera.

—Tu manera es muy poco funcional, déjame decirlo...

—No pedí tu opinión. —Johana se encogió de hombros—. Puede que me demore un poco en la búsqueda de alguien que se ocupe de ti en este estado, pero en cuanto te recuperes, retomaré mis planes iniciales. Me instalaré en la casa y espantaré a esos benditos fantasmas de una buena vez. —Giró sobre sí y abandonó la cocina. Si se quedaba, la conversación no tendría fin. Dejarlo con la palabra en la boca solía ser siempre la mejor alternativa.

—Pues buena suerte con eso —masculló entre dientes Winston. Y no se refería a la venta de la casa, sino a hallar alguien dispuesto a cuidarlo. ¡Ja! No había ni un solo habitante en Shell Island que tolerara su compañía por más de una hora—. Buena suerte mi dulce niña, la necesitarás.

Cada célula de su cuerpo reclamaba con desesperación una gota de café. Cual zombi de película de bajo presupuesto susurrando «cerebroooos», su mente murmuraba «cafééé... cafééé». Un expreso doble, un capuchino, leche con una gota de la oscura sustancia que despertaba a sus neuronas y estimulaba a su cuerpo. ¡Aceptaba lo que fuese!

Ni bien puso un pie dentro del Café Jamaica, sus niveles escasos del alcaloide en sangre fueron detectados por el sensor del lugar. Llámese sensor a MaryAnn, capaz de localizar todo con un simple vistazo. Eso incluía: consumo de psicotrópicos, exceso de alcohol, déficit de nutrientes esenciales por falta de una buena alimentación, hasta lo más rudimentario: un cuerpo sin cafeína. El café debía considerarse como la bebida oficial de la isla, sin ella, era imposible tolerar el invierno.

—¡Cielo santo, muchacha! —Abandonó la comodidad de su silla y fue hasta ella. La rodeó con sus brazos por los hombros como si fuese una rescatista en pleno uso de sus funciones y la guio hasta la barra principal. La hizo sentar en una de las butacas altas con respaldo. Johana se dejó consentir, le hacía falta una dosis de afectuosa atención—. Debí imaginar que esto sucedería —bufó MaryAnn—, una pierna inmovilizada y tu padre se convierte en un condenado vampiro energético. —Johana la miró de soslayo al oír la expresión, no la esperaba por parte de la mujer, pero era cien por ciento adecuada. Su padre era el jodido Nosferatu de Shell Island—. ¡Beatrice! ¡Beatrice! Tenemos un S.O.S. en curso — exclamó con exaltación. El rostro de la aludida se asomó por la puerta vaivén que separaba la cocina del salón.

A esas horas de la mañana, la cafetería desbordaba. Ante lo dicho por MaryAnn, todos y cada uno de los presentes se giraron y miraron en su dirección.

—Tranquilos. No es esa clase de S.O.S. —aclaró Johana con las mejillas ardidas por la vergüenza y una sonrisa de par en par. Así era ella, siempre con una sonrisa en los labios. Una sonrisa que se disipó al instante cuando vio a la señora Whitmore coger el móvil—. Gladys, detente, ni se te ocurra llamar al...

—¿Al jefe Allen? —dijo la mujer con picardía. Apoyó el dedo en la pantalla ante la mirada expectante de todos.

—¡Exacto! —Dadas las circunstancias, si Roger se hacía presente en la cafetería antes de que ella tuviera un sorbo de esa bebida oscura y caliente, pues... pues, se arrojaría a sus brazos dispuesta a beber de sus labios. El alegato de Johana sería: su piel es de la misma tonalidad que el café, me he confundido, eso es todo—. ¡No es una emergencia! ¡Baja ese dedo, Gladys!

—Yo oí S.O.S. y actué en función de ello —Gladys desistió, apartó el dedo de la pantalla. Resopló, y no fue la única. Se acababan de perder un nuevo episodio de la telenovela favorita de la isla: Roger & Johana. Eran la última tendencia del cotilleo—, discúlpame por comportarme como un buen miembro de esta comunidad.

—Pues, de ser así, corta el pasto de tu jardín trasero —intervino MaryAnn clavando su mirada en Gladys—, parece una jungla.

Eran vecinas, amigas. Tenían esa clase de confianza entre ambas, se provocaban, sin nunca ofenderse.

—Tienes razón, lo cortaré... lo cortaré cuando mi vecina controle el ejército de caracoles de su jardín que vienen a atacar de manera despiadada mis plantas de tomates.

—Yo no puedo controlar a la naturaleza, Gladys, pero tú sí puedes meter tus narices en otros asuntos, ¿de acuerdo? —Duelo de miradas entre ambas. Silencio—. A propósito, tu mermelada de tomates me resultó deliciosa.

—Lo sé, no esperaba menos de mí. —Se sonrieron. Fin del duelo, y todo volvió a la normalidad.

Beatrice les hizo compañía a Johana y MaryAnn con una rebosante taza de café humeante y leche espumosa. Johana se aferró a la misma con desesperación. Sorbió. Se quemó la lengua, los labios. Dejó escapar una queja. Volvió a sorber.

—Ufff, si comenzamos el lunes de esta manera, no quiero imaginar cómo llegaremos al viernes. —Beatrice le entregó una servilleta de papel—. Ten, cariño, tienes espuma de leche en los labios.

—Oh, sí, lo sé, me doy cuenta. Déjala, me gusta sentirla para rememorarla más tarde.

El intercambio de miradas entre MaryAnn y Beatrice fue inevitable. Ellas solían catalogar a Winston Benson como un cascarrabias sin cura, por momentos hasta caprichoso como un niño. Pues bueno, el fruto no cae muy lejos del árbol, ¿verdad?

—¿Sigues torturando a tu padre de la manera en la que creo que lo estás haciendo? —cuestionó MaryAnn.

—¡Ajá! —dijo con los labios aún pegados al borde de la taza.

—Muy poco ingenioso de tu parte. Su tortura es tu tortura —intervino Beatrice. Conocía la estrategia de Johana. Había erradicado el café de la casa, y como Winston se hallaba en situación de movilidad reducida, no podía abastecerse en la cafetería o Cloud Market.

—¡Ajá! —repitió. Sorbió una vez más, tragó, su lengua y esófago ya eran inmunes al calor—. Una tortura para la cual me he preparado, puedo afrontarla. —Tanto Beatrice como MaryAnn fruncieron el ceño.

—¿Eso nos lo dices a nosotras o te lo dices a ti a modo de autoconvencimiento? —A diferencia de Beatrice que era cuidadosa con el uso de las palabras, MaryAnn escupía lo que pensaba sin tapujo alguno.

—Ambas —confesó.

—¡Ajá! —expresaron al unísono las dos mujeres. Johana torció los labios en una mueca.

—Reconozco que no es la mejor idea...

—Definitivamente no lo es —agregó MaryAnn

—Tu padre potenciará su malhumor si lo sometes a una dieta sin café —sumó Beatrice.

—¡Esa es la idea! Repito, no es la mejor de todas, pero es la única posible. Si su malhumor llega al límite, puede que estalle y me eche de la casa con una patada en el trasero.

MaryAnn se dobló en una carcajada. No sucedería, jamás sucedería. Sin dudas no conocía a su padre. Le acarició el cabello a Johana ¡Dulce e inocente niña!

—¿Acaso es eso lo que quieres?, ¿irte? —Beatrice no pudo ocultar su sorpresa.

—Sí, quiero irme... —La sorpresa en Beatrice mutó a espanto. MaryAnn se mantuvo impávida ante lo oído. De todas formas, Johana puso en claro sus verdaderas intenciones—. Irme de la casa, de nuestra casa actual, no de Shell Island. —Beatrice se relajó.

—¿Y a dónde pretendes ir?

—A nuestra verdadera casa. —No fueron necesarias más explicaciones. La isla conocía la historia familiar, conocían la superstición alimentada año tras año.

—¿Qué te lo impide? —Hablando de inocentes, Beatrice se comportaba de igual manera. ¡Vaya pregunta tonta!

—¡Winston Benson! —dijeron en perfecta coordinación MaryAnn y Johana. Fue esta última la que continuó—: y más ahora, con su pierna fracturada, su mano... su todo —siseó.

—¿Has hablado con Bruce? —preguntó MaryAnn. El muchacho desarrollaba labores de acompañante terapéutico en Maine.

—Sí, y me ha dicho: No, gracias, ni por todo el dinero del mundo. — Lidiar con el señor Benson no era tarea fácil.

—¿Maggie? —volvió a interrogar MaryAnn. Era enfermera.

—No, tampoco puede. Aunque ella fue más amable, utilizó su agenda ajustada como negativa. —Alzó los hombros y los dejó caer con el peso de la decepción y resignación en ellos—. Tendré que esperar a que se recupere en su totalidad. —Podría durar días, semanas o meses. Dependía del señor Benson.

—Si tu único impedimento para hacer aquello que tienes planeado es el cuidado de tu padre... yo podría ocuparme —sugirió Beatrice como si lo dicho fuese algo tan simple como comentar «voy al mercado por ti y te compro la leche que te hace falta».

—¿La has escuchado? —Johana se dirigió a MaryAnn, parpadeaba sin parar. La mujer rio.

—Sí, la oí a la perfección —continuó riendo. Johana le dedicó su plena atención a Beatrice.

—Sabes que estamos hablando de mi padre, ¿verdad?

—Y tú sabes que antes de Café Jamaica me dedicaba al cuidado de personas en la tercera edad, ¿verdad?

Los ojos de Johana se abrieron de par en par. Redondos como platos.

—No, no lo sabía... para mí, antes de Café Jamaica, eras la madre de Alonso. Solo eso.

—Pues la madre de Alonso es mucho más que solo su madre —bromeó ella—. Y te digo que he lidiado con viejos cascarrabias peores que tu padre.

—Hmmm, yo que tú, elevaría esa vara, cuando tengas que lidiar con él, puede que todo cambie.

—Puede que sí... supongo que tendremos que probarlo.

—No lo digas dos veces, Beatrice. —Extendió su mano—. Tenemos un trato.

—Tenemos un trato —sentenció ella. Cogió la mano de Johana, la apretó como confirmación y pacto.

MaryAnn palmeó al aire entre risas. Elevó su rostro fingiendo una actitud de plegaria.

—¡Gracias, Todopoderoso y bienaventurado! ¡Gracias, Shell Island te agradece el nuevo entretenimiento que le has brindado!

Entretenimiento del bueno. Johana luchando con los fantasmas del pasado, y Beatrice luchando con el peor de los demonios de la isla. ¡Oh, sí, presenciar eso iba a ser grandioso!

Beatrice era una pieza discordante en el rompecabezas mental de Johana. La empujaba a querer lanzarse a la investigación cual Miss Marple, persiguiendo ese detalle fuera de lugar: ¿la puerta estaba cerrada por dentro?, ¿las pisadas en el césped eran en otra dirección?, pues claro: ¡El asesino es el mayordomo!

Estaba cansada, y darle vueltas al asunto le provocaba migraña. A quienes no conocían la historia de Winston Benson podía pasárseles por alto, ¿por qué la actitud del hombre era extraña?, ¿por qué esa amabilidad que suscitaba Beatrice era remarcable? Al fin de cuentas se trataba de una mujer amable, carismática, bella y dispuesta a soportarlo en sus horas de dolor. Nada extraño, ¿verdad? Salvo por algunos detalles: el color de su piel, su posición social, el país de origen...

Winston Benson había demostrado en el pasado ser racista, clasista, xenófobo y cuanto se le ocurriera a uno pensar. Había despotricado contra todos, Johana lo recordaba bien. Demasiado bien. Porque la víctima de ese odio fue Roger Allen. El oficial Allen. Su primer amor.

Que ahora no solo recibiera las atenciones de Beatrice sin chistar — salvo por el hecho de que su hija se fuera de casa a vivir a una pocilga llena de alimañas que requería de urgentes detalles en rojo sobre la fachada—, sino que además lo hiciera con un leve, casi imperceptible, deje de regocijo era, como mínimo, alarmante.

MaryAnn lo recalcó en un par de ocasiones, Winston era menos Winston cuando iba al café Jamaica. Johana lo había negado siempre, pero ahora las pruebas la hacían dudar. ¿Podría su padre cambiar?, ¿o tal vez él nunca fue quien ella creía que era? La segunda opción era inconcebible, ¿por qué una persona querría que la catalogaran de hombre nefasto? Seguro había otra explicación, aunque sus sesos se negaran a dar con ella.

Alonso golpeó la puerta de su habitación, estaba entreabierta, pero ya no era una adolescente que invitaba a cualquiera a atravesar su ámbito sagrado a cambio de palomitas y noche de películas en VHS.

—Pasa, estoy casi lista —le dijo Johana.

Alonso se apoyó en el marco de la puerta, con ese modo relajado, tan propio de él. Siempre fue apuesto, era el simpático del grupo de jóvenes de Shell Island generación dos mil. A ella le correspondió el rol de popular, por ser Benson. Ethan era el problemático; Camile, la enamoradiza; Roger... Roger era el tímido. La popular y el tímido. Fueron un hermoso cliché adolescente.

Como fuese, ahora Alonso tenía la sonrisa teñida de melancolía por su reciente viudez.

—Me extraña —respondió él, leyó la hora en el viejo reloj de Johana. Era uno de esos con dos campanas a lo alto y un martillo que las golpeaba furiosas, como las de las caricaturas—, hasta el momento llevabas la marca de ser la persona más puntual que conozco. Me has decepcionado —bromeó.

—No sé si irme —confesó ella, se sentó sobre la cama. Cogió el reloj, iba a llevarlo. Era una reliquia y lo amaba.

—¿Por qué? Siempre has deseado irte, escapar del yugo de tu padre. —Alonso dudó entre dar un paso, invadir el espacio femenino, o mantenerse a distancia.

—Por tu madre... —La voz sonó dudosa—. Por tu madre y mi padre. Juntos. Bajo el mismo techo.

—No te hacía una niña celosa. —Sonrió, una sonrisa genuina—. Y lo dice quien aporta *la madre* a esta ecuación. —Se divertía a toda regla.

—¡Oh, por favor!, no es por eso. —Sus mejillas se colorearon—. Aunque si lo mencionas, es que lo has notado. Mi padre... bueno... él es...

—¿Amable con mi mamá?

—Amable y Winston Benson no suelen ir de la mano. Diremos, menos cascarrabias.

—Vale, menos cascarrabias. ¿Qué mejor?, eso debería dejarte tranquila. Mi mamá puede con él, de verdad. Tiene su historia a cuestas, que le pertenece solo a ella, pero déjame decirte que un poco de malhumor y algunos comentarios mordaces no pueden herirla. Tiene la piel gruesa.

—Tú no conoces a mi padre.

—Y tú no conoces a mi mamá. Tranquila... además... —Alonso se silenció de golpe, intentó cambiar de tema. Al ver que no hallaba por dónde escabullirse, se adentró en la habitación y cogió las dos maletas a la vez. Johana le sostuvo la mano, lo obligó a detenerse.

—¿Además?

—Nada, no recuerdo qué te iba a decir. Vamos, así te instalas antes de que cierre Cloud Market, por si necesitas más provisiones de las esperables.

—¡Alonso Emanuel Rodríguez! Termina tu declaración. —El sonrojo en el hombre era enternecedor, pero Johana Benson era inmune. Ella contaba con su propio hombre de ojos oscuros capaz de derretirle el corazón, los demás no tenían chance. Y como si eso no bastara, la sangre Benson, con su dosis de manipulación, corría por sus venas—. ¿Vas a mentirle a una amiga?, ¿luego de tantos años juntos, de compartir los mejores y peores momentos?, ¿quién, más que yo, sabe que en realidad te gustan las películas de Will Farrell y los musicales de Disney y nunca lo ha usado en tu contra?

—Lo estás usando ahora...

—¿Además...? —lo instó.

—Además... —Pausa dramática—, MaryAnn dice que tu padre no es como aparenta ser.

—¿Manipulador?

—Eso sí. Es más, lo heredaste. —Frunció el ceño exageradamente, Johana ante esa actuación de enojo respondió con su propio gesto de falsa culpabilidad—. MaryAnn nunca se equivoca con la gente, deberías saberlo. Ahora, con la certeza de que la gran sabia de esta isla ha dado el visto bueno, marchemos en paz.

Johana se puso de pie, cogió su bolso de mano, guardó el reloj despertador en él, repasó la habitación una última vez.

—No me preocupa lo manipulador, me preocupa lo racista —dijo al fin, antes de dar el paso definitivo—. Nunca le conté a nadie lo que dijo de Roger, porque... porque me avergüenza, y porque... porque...

Toda la historia pujó en su garganta, formando un nudo tan grande que por poco la ahoga. Porque necesitaba protegerlo de mi padre, porque si se lo decía a alguien podría haberle ido con el cuento, porque Roger jamás me hubiera abandonado si le contaba la verdad, porque por mi culpa podría haber sido miserable y ser la razón de su desdicha me resultaba la peor de las torturas, porque pensé que solo yo sufriría y podía con eso...

—Pues haces mal.

—¿En preocuparme?

—En olvidar que el defecto de tu padre es la manipulación, sigue esa pista y las demás se van a ajustar solas. Es más, yo empiezo a tenerlo tan claro que me preocupa que estés ciega. ¿Quieres que pasemos antes por la consulta del doctor Jagger?

—Venga ya... —Le golpeó el brazo sin fuerza—, ahora todos son sabios menos yo.

—Las tormentas se ven mejor desde lejos que desde dentro, Johana. No es sabiduría, es perspectiva. Así que, lo mejor que puedes hacer es marcharte, tomar esa distancia y volver a mirar el cuadro completo.

—Si tengo razón y hiere a tu madre...

—No lo hará. Mi madre no es Roger Allen... —Arrastró las maletas lejos de Johana, aprovechando sus largas zancadas y su fuerza para poner distancia. Luego murmuró—: Mi madre no amenaza con arrebatarle a su hija.

Había contratado una empresa de limpieza de confianza. Le brindó las instrucciones mínimas: hacerlo habitable. Lo demás quedaba en sus manos. Sabía que, con habilitar un baño, su vieja habitación y la cocina, le era suficiente. La casa era inmensa, y le correspondía a Johana evaluar qué se tiraba, qué se refaccionaba y qué se salvaba. No le haría a nadie pasar por el indigno trabajo de fregar una alfombra si luego iría a parar al gran contenedor de residuos.

Alonso no se inmutó por el estado general de la vieja casa Benson. Dibujó una de sus enigmáticas sonrisas y posó las maletas en el centro del hall. Antes de marcharse, hizo un último comentario:

—Me recuerda a Casper. —No aguardó por la réplica.

Johana estaba de acuerdo, le devolvió la sonrisa y, como ya no tenía interlocutor, guardó silencio. La gran casa, el polvo y el rumor de fantasmas. Habían visto la dichosa película allí mismo, antes de que esa construcción pudiera compararse con la del film. Le parecía una historia demasiado triste, y recordarla la paralizó. De niña, el final le había hecho llorar. Christina Ricci eligiendo entre el amor a Casper y su padre, un último baile y el adiós definitivo.

—Uf, cuánto polvillo —se quejó en voz alta, como si justificara las inminentes lágrimas ante esos fantasmas invisibles—, es mejor que me ponga manos a la obra.

Arrastró las maletas por las escaleras, al menos la que tenía prendas. La otra —más pesada— contenía utensilios básicos de cocina y algunas herramientas. Lo suyo no era ser manitas, pero podía arreglárselas con un tornillo si era necesario.

Sin pensarlo, ocupó su vieja habitación. Cualquier otra idea le hubiera resultado descabellada. En especial, porque en la alcoba principal había muerto su madre y la cama, salvo por el colchón, era la misma. La piel se le puso de gallina.

¡Cómo extrañaba a su madre!, ¡cómo la necesitaba!

Había sido la mujer más hermosa que jamás conoció. Rubia, con la piel blanca y los ojos celestes muy claros. No tenía pecas ni lunares, como ella, porque se cuidaba mucho del sol. En verano usaba esos grandes sombreros de paja, adornados con un lazo, y el cuerpo enfundado en vestidos livianos. En invierno apenas salía de casa, detestaba el frío de Shell Island, se resguardaba en el hogar con sus pantalones de paño corte sastre, sus camisetas de cuello alto y sus jerséis de punto gordo.

Johana se parecía más a Winston, en todo. Su réplica de que los genes maternos la diferenciaban de él era una gran mentira. Apenas si tenía en su figura algún recuerdo de Genieve Benson. El cabello castaño oscuro, los ojos grises y el amor por Shell Island la delataban como digna hija de su padre. La terquedad y una cierta habilidad para la manipulación, también. Y ni hablar de que, al igual que Winston, amaba el invierno, cuando el mar rugía solo para los habitantes de la isla. Shell Island les reservaba lo mejor a los valientes.

Así y todo, mientras cerraba la vieja habitación de sus padres, se dio cuenta de que no tenía tantos recuerdos de su madre como pensaba. Evocó los momentos típicos: navidades, Halloween, acción de gracia, cumpleaños... En todos ellos, la figura predominante era su padre. Winston regalándole una bicicleta, Winston ayudándola con su disfraz de bruja, Winston abrazándola cuando Camile le confesó que Santa Claus no existía...

La muerte de Genieve había sido, a su vez, la muerte de Winston Benson. De aquel Winston Benson, y Johana lo extrañaba tanto como a su madre. Le dio la razón a Alonso en ese asunto del análisis de la perspectiva, por eso se aferraba tanto a su padre. Porque en el fondo albergaba la esperanza de que, en su interior, aún habitara el hombre que fue.

¿Tanto había amado a su madre como para derrumbarse con ella?, o peor, un pensamiento aún más triste, ¿tan poco quería a su hija como para no luchar entre los vivos?

Aquel invierno la rompió en mil pedazos, y el viento de Shell Island desperdigó los fragmentos, como hace con los cementerios de conchas que le dan nombre. Ese invierno se llevó a su madre, a su padre y... a Roger.

Depositó la maleta en el centro de la habitación y se dispuso a acomodar las prendas. No quería pensar más, algo imposible dada su misión. Si deseaba vender la casa, tendría que espantar a los fantasmas y, para hacerlo, lo primero era despertarlos. ¡Vaya tarea más horrible! Comprendió la magnitud de la misión y titubeó.

—Soy Johana Benson —clamó, bien firme, mientras cuadraba los hombros—, y puede que mi padre me desquicie, pero de él heredé la determinación.

Bajó las escaleras a paso firme, abrió el escobero y cogió la aspiradora, el plumero y el paño. Empezaría por... por el viejo despacho de su padre. Allí no se escondía ni un fantasma, de haberlos, se marcharon con su dueño.

Se despertó antes del alba. La noche era oscura, la luna estaba oculta tras la bruma y el viento marítimo era suave, un susurro entre las rocas. Había tenido un sueño semihúmedo. Semi, porque había despertado durante la sesión de besos.

Cómo extrañaba sus besos.

Aquel sueño era una mezcla de recuerdos con fantasía. La habitación era la culpable, porque los hechos tuvieron lugar allí. Encendió la lámpara de noche, la electricidad emitió un leve chispazo y se apagó.

Una coincidencia más con el pasado.

—¡No, no, no! —se quejó Johana. Descorrió las cortinas y miró en dirección hacia el hogar de Coleen. El porche trasero estaba alumbrado por la farola, la mujer la dejaba siempre encendida. Vale, entonces solo había sido su casa.

¿Los fantasmas?, ¿serían ciertos los rumores? No sabía cuándo habían empezado, si antes de que ella se mudara o después, cuando la residencia quedó desalojada. Se decía que su madre habitaba la vieja casa, que atormentaba a Winston por sus errores. ¡Vaya si los tenía!, pero Johana no pensaba de ese modo. Genieve había odiado Shell Island, hubiese preferido una y mil veces vivir en el continente. Su fantasma, de no descansar en paz, sin dudas hubiera elegido otro destino para vagar eternamente. Claro que eso sus vecinos no lo sabían, no había nada de peor gusto que ser una quejica y demostrar desprecio. Los comentarios se los reservaba para la intimidad.

El apagón la asustó. Quería probar a los vecinos que allí no habitaba ningún espíritu y, más que a ellos, a los potenciales compradores. Una casa habitada era mucho más fácil de vender que una deshabitada. Los compradores son desconfiados ante el abandono. ¿Qué tiene de malo este sitio?, ¿por qué nadie lo quiere? Un precio desorbitado puede ser una buena respuesta, sin embargo, esa casa se estaba vendiendo a un valor muy por debajo del valor de mercado.

—No seas cobarde... —se dijo. Enfundó sus pies en las botas UGG y se rodeó con una pashmina. Rememorar su sueño inconcluso ayudó a serenarla. El protagonista era Roger y el escenario, una noche similar a aquella. La única diferencia era que, en su sueño, el oficial Allen no tenía diecisiete años ni ella tampoco. Ahora eran adultos, retomando la historia en el punto en que la dejaron.

Un día de tormenta, un llamado telefónico, la voz de Winston: El ferry no saldrá hacia Shell Island, es peligroso navegar, tu madre y yo permaneceremos en el continente hasta mañana. ¿Tú estás bien?

¿Bien?, había sonreído. La Johana del presente se sonrojó y dejó ir una risita mientras bajaba las escaleras a paso lento. Apenas veía dónde posaba los pies. El miedo volvió a asolarla y el recuerdo, a reconfortarla.

—Cualquier inconveniente, ya le avisé a Coleen.

—Soy grande, papá —se había quejado, elevando la vista al cielo con dramatismo y mordiéndose el labio. Winston no podía ver el gesto, lo adivinaba y le costó contener la risa ante la insolencia de su hija adolescente.

En ese entonces se llevaban tan bien que era imposible pensar en la distancia insalvable que en el presente los separaba. Ella había terminado la comunicación, se había asomado por la ventana y hecho señales de luces a Coleen para informarle que todo estaba en orden. La mujer le respondió del mismo modo. Winston le había enseñado código morse, y ella se divertía utilizándolo. Se sentía toda una Scout.

Una vez en la planta baja, la soledad y el eco de la inmensa casa vacía la sugestionaron. Se estremeció, y pudo jurar que era el karma haciéndoselas pagar.

—Te sucederá como el cuento de Juancito y el lobo —se dijo. Era una de las historias preferidas en sus sesiones de lectura a niños en Café Jamaica. Un cuento con una gran moraleja. Y ahora era su turno de aprender la lección: si mientes, cuando digas la verdad, nadie te creerá.

Aquella otra noche, Johana había cogido el teléfono una vez más. Llamó a Roger. La tormenta rugía en el cielo, los rayos destellaban amenazantes. Ella, como una buena Benson manipuladora, le dijo a

Roger que tenía miedo de quedarse sola en casa.

La voz temblorosa, la súplica vedada... la tentación. Las dos Johanas sonrieron, la del pasado y la del presente, al recordar a su Roger tan correcto y respetuoso de las normas. No escaparía de su padre, en bicicleta, a mitad de la noche, si ella no le aseguraba, de verdad, que estaba aterrada.

—Por favor, por favor... —había rogado.

—Y luego te quejas de tu padre —se dijo en la penumbra de la cocina. Intentó encender la perilla de la luz. Arriba abajo, arriba abajo, como si la repetición fuera a dar un resultado distinto. Maldijo entre dientes, el interruptor automático estaba en el sótano y... y allí sí que le daba miedo ir. Siempre le dio terror el sótano. Era inmenso, del tamaño total de la casa, sin separaciones más allá de las vigas de contención y sin más luz que una bombilla de pocos watts titilando. Buscó valor.

Dieciocho años atrás, Roger había llamado a su puerta. Las primeras gotas se habían precipitado sobre él, tenía el cabello húmedo. A Johana le fascinaba el modo en que el agua pendía de sus tirabuzones, tan prietos que apenas atravesaban la mata para tocar su cráneo. Oh, y Roger se diferenciaba del gran oficial Allen porque, por aquel entonces, no le crecía mucha barba. Su mandíbula, ya definida, era suave y sus labios, llenos, una tentación absoluta.

—¿Estás bien? —preguntó, preocupado.

—Ahora lo estoy —le dijo ella, lanzándose a sus brazos y besándolo al instante. Lo arrastró al interior de su casa, la sutileza no era amiga de las hormonas, y Johana quedó al descubierto inmediatamente. Le había tendido una trampa a su novio para seducirlo una noche de tormenta.

Roger se dejó tentar, aunque no fuera necesario. El muchacho había estado prendado de Johana desde los trece años. La luz de la isla se cortó por un rayo, a ellos no les importó, siguieron con las bocas unidas y las extremidades enredadas en la penumbra de la sala de estar.

Cuando oyeron el golpeteo en la puerta, se congelaron. Roger ardía de vergüenza, Johana, por la risa. Abrió y Coleen estaba al otro lado, con la vista puesta en la bicicleta que no debía estar ahí. La mujer negó con la cabeza y solo le dijo:

—Me iré si me aseguras una cosa...

—¿Qué? —preguntó Johana, apenas conteniendo las carcajadas. Tenía los labios enrojecidos por los besos y los cabellos revueltos por las manos de Roger.

—Que tienen protección.

Johana había volteado hacia Roger. Él asintió con la cabeza, tenía el rostro cubierto con el almohadón por el pudor de haber sido descubierto, mientras su novia se reía de la situación. A Coleen también le costaba contener la risa, ¿quién pudiera volver a tener diecisiete años y que tu única preocupación fuera si tres condones serían suficientes?

Cerró la puerta, prendió una vela y juntos fueron a su habitación. Aquella fue la primera vez para ambos. Algo torpe, incómoda y con un poco de dolor, pero hermosa.

Ahora la situación se repetía: la casa, el corte de energía, la soledad y, sobre todo, el deseo de llamarlo. Pero Roger no era más Roger, era el oficial Allen. Y el oficial Allen no era su novio de instituto, ni ella una jovencita con dotes de manipulación. Vale, era una *mujer* con esas dotes, pero, en su defensa, usaba su superpoder para el bien:

Había conseguido aumentar las ventas de libros de Café Jamaica gracias a la creación del club de lectura de adultos.

Los niños desarrollaron amor por la literatura debido a su lectura de cuentos.

Consiguió una nueva habitante, Pauline, con solo tensar algunos hilos y omitir, tal vez, algunos detalles menores de la condición general de la casa que le rentó.

El club náutico de Coleen se mantenía a flote en temporada baja gracias a que, quizás, obligaba a los guapetones del pueblo a trabajar justo cuando las mujeres iban a por sus manhattans...

Era su propia versión de Spiderman. Un gran poder conlleva una gran responsabilidad, y ella era una eximia manipuladora. Tenía que manejar ese don con muy buenas intenciones. Esa sería la eterna diferencia entre ella y Winston Benson. ¿Verdad?

Llamar al oficial Allen no era una opción. Asegurarle que estaba asustada —aunque en esa ocasión fuese cierto— para que la asistiera de inmediato no estaba bien. Si de verdad requiriese de un oficial, entonces llamaría a la jefatura, así la socorriera Brandon.

—¿Lo ves, Johana?, no estás asustada —se dijo, con voz temblorosa—, porque si fuera así, lo mismo te daría Brandon que Roger.

Ja, ja. A nadie en el pueblo le daba lo mismo. El oficial Allen era una de las atracciones más interesantes de Shell Island.

—Tú puedes, tú puedes... —Abrió la puerta del sótano. Alumbró con la linterna del móvil. Los escalones de madera se extendían bajo sus pies. El olor a humedad le golpeó la nariz y la hizo retroceder un paso. Volvió al ruedo. Por inercia, accionó el interruptor. Maldijo por el invariable resultado.

La linterna del móvil alumbraba apenas un palmo. Apuntó al suelo, porque la escalera era vieja y la humedad podía haberla carcomido. Un pie, otro. Se detuvo. Escuchó un ruido, parecían arañazos. Como si una rata royera el metal, o... como si un muerto arañara la tumba.

—No seas chiquili... —La voz se le cortó. Una fuerte brisa entró en el sótano, y, así como ingresó, cerró la puerta. El grito de Johana resonó todo a lo alto. El móvil se le cayó de las manos, bocabajo, sobre el suelo lleno de hollín, serrín y vaya uno a saber qué más. Con una palma se sostenía el pecho, el corazón amenazaba con romperle las costillas para huir de allí, con la extremidad libre, cogió el aparatejo. La luz azulada le alumbró el rostro, justo en el instante en que oyó: clap-clap.

Otro alarido ahogado, la voz apenas le salía por la garganta. ¡Estaba atrapada en El Conjuro!, ¿dónde estaban los Warren cuando uno los necesitaba? Corrió fuera de allí tan rápido como pudo. La puerta del sótano no se hallaba trancada, pero Johana no dejaba de tirar, cuando tenía que empujar. Al fin logró escapar, se dejó caer en el suelo de la cocina, aterrada.

Los Warren estaban muertos, no le quedaba más remedio que acudir a los vivos.

—Ro-Roger —balbuceó. Sus dedos habían seleccionado el contacto del oficial sin uso de su cerebro.

—¿Johana? —La voz al otro lado la serenó de inmediato, le permitió recuperar la compostura apenas. Sonaba preocupado, y mientras ella se decidía cómo explicar su apuro, Roger salía de la cama y se vestía—. ¿Johana, me escuchas?, por favor, responde, aunque sea con un murmullo.

—Sí...

—Bien. ¿En dónde estás?

—En mi vieja casa.

—¿Estás sola?, ¿hay alguien contigo? —Johana tardó en responder, debía explicar que ahora creía en los fantasmas—. Johana, si no puedes hablar, cariño, solo busca un lugar seguro y espera a por mí allí.

Roger estaba aplicando el manual del buen policía. Voz serena, instrucciones sencillas. Johana solo pudo aferrarse a una palabra de toda la frase, *cariño*. La había llamado cariño.

—Sí —respondió como un autómata. Un lugar seguro era sinónimo a lejos del sótano. Optó por la sala, se sentó en el sofá, se cubrió con una manta y mantuvo el móvil en su oreja durante todo el trayecto de Roger. Él era su podcast personal, le hablaba, le aseguraba que estaría todo bien, le hacía contar las respiraciones y le prometía que en menos de cien respiraciones él se encontraría junto a ella.

La voz de Roger era otra de las cosas que había cambiado junto con la musculatura más desarrollada y la barba. Era otro de los detalles que le señalaban a Johana que el oficial Allen no era su antiguo amor de adolescencia, o peor y más martirizante aún, que ella pudo haber transitado todos esos cambios a su lado y no lo hizo.

Fue por tu bien, le explicó al fantasma de su relación, que también habitaba esa espantosa casa de su infancia. Empezaba a entender a su padre por querer irse. Apestaba a recuerdos horribles. Johana, con la distancia, su nueva vida en curso y un nuevo hogar sobre su cabeza, había seleccionado las memorias que mudaría con ella. Se había llevado las navidades, los Halloween y los cumpleaños. Había empacado las mañanas de lluvia, de *pancakes* con su padre y de lectura junto al fuego. Había enmarcado la imagen de su madre bella, delicada, como una rosa que crece entre las piedras. Siempre etérea, sobre todo, viva. Y había abandonado todo lo demás. La muerte de su madre, la pelea con su padre, la consiguiente ruptura con Roger.

Johana inició la cuenta. Una respiración, dos respiraciones, tres... cuatro...cinco...

oventa y tres respiraciones. El oficial estaba en la puerta.

Johana corrió a su encuentro, se lanzó a sus brazos sin titubear. Él la sostuvo, una máscara le recubría las facciones. Había ido a por ella en su rol de policía, no de amante al rescate. Sexi, sí; descorazonador, también.

Mientras la ponía al resguardo, justo detrás de su espalda, llevó la mano al cinturón. El clic de seguridad, los dedos con movimientos lentos. Iba a desenfundar el arma.

—Dudo que sea necesario —murmuró Johana.

—¿Qué?

—A los fantasmas no le hacen nada las balas.

—¿Fantasmas? —Se giró hacia ella. La máscara de profesionalismo cayó, por fin surgió Roger. Un Roger algo molesto, escéptico y desconfiado.

—No lo estoy imaginando. Te juro... —Roger entró a la vivienda, aún con la mano en la culata del arma. Intentó encender la luz, le dio al interruptor un par de veces. No importa cuán listo seas, cuando se corta el suministro eléctrico, todos hacemos lo mismo.

—Empezó así, con el corte de luz. O debería decir, con la mudanza. Siento que estoy atrapada en una película de horror.

—¿Bromeas, verdad?

—Me ves cara de estar bromeando.

No. Johana se hallaba al borde del brote psicótico. Observarla fue una mala idea. Incluso con los cabellos despeinados, los ojos desorbitados y pálida como la luna, era demasiado hermosa para su bien. Ella también había dejado de ser su novia de instituto, se convirtió en una mujer de negocios, que vendía y rentaba grandes mansiones de verano, que cerraba pactos apretando la mano con firmeza y que se contoneaba con sus trajes a medida, recatados y sensuales a la vez. Ahora veía a la Benson que siempre fue, la Benson que era volar demasiado cerca del sol para el hijo de un simple jardinero.

—Vale, no dejes de estar a mis espaldas. Siempre detrás de mí...

—Los fantasmas...

—No le temo a los fantasmas, le temo a los vivos. Y a los muy vivos, que pueden haber ingresado con malas intenciones. ¿Dónde está el interruptor?

—Oh, eso. Quizá mejor unas velas...

—Johana...

—Está en el sótano, exactamente con los espíritus.

—¿Tienes alguna muñeca poseída?

—Ja, ja. De hecho... puede que sí, que mi muñeca Malibú estuviera en el sótano, ¿crees que...?

—Estaba bromeando, Johana.

—No bromees demasiado —rebatió ella—, porque yo tampoco creía en esto hasta que algo arañó una tumba ahí debajo y luego aplaudió, igualito al Conjuro.

—Y no será porque es igualito al Conjuro que te has sugestionado.

—Mira... —Johana se detuvo. Él dejó de bromear, le cogió la mano y la obligó a regresar a la situación segura—, yo solo intento protegerte de lo que sea que está ahí debajo. Si tú deseas tomarlo a la ligera...

—Primero, yo debo protegerte a ti...

—Claro, ¿porque eres hombre?

—Porque soy policía, Johana —masculló—, y segundo, las bromas cumplieron su cometido. No estás más pálida y puedes actuar mejor. Hace unos segundos estabas paralizada.

—Y si insistes en regresar al sótano, volveré a estarlo. ¿Por qué mejor no...?

—Cobarde —la desafió.

—¿Lo dices en serio o es otra de tus técnicas: enfurece a Johana hasta que olvide que tiene miedo?

—Pueden ser las dos.

—Pues no funciona. —Johana colocó las manos en su cintura, formando dos asas. Roger volvió a cogerle la mano y a posarla en su propia cintura. La orden de: no te sueltes fue dada con una mirada cargada de advertencia—. Ahora estoy asustada y furiosa.

—Y yo estoy más tranquilo, empiezo a pensar que todo fue sugestión.

—¿Me tratas de loca?

—No, al menos no por la sugestión. Eso es de lo más común.

—Cómo que al menos no por eso... ¿Existe algo por lo que pienses que sí estoy loca?

La discusión la mantuvo tan entretenida que no se percató de las oscuras, viles, inhumanas intenciones de Roger. Conducirla hasta el maldito sótano. Estaban frente a la puerta abierta. Y sí, el oficial condecorado intentó encender la luz.

Él, a diferencia de ella, tenía una linterna de verdad. La cogió, lo mismo hizo con su arma reglamentaria. A Johana le fascinó verlo en acción. Siempre fue un buen deportista, junto con Alonso destacaban en todos los deportes. Habían conseguido que el único instituto de Shell Island ganase un par de medallas para ostentar en sus, hasta entonces, vacías vitrinas. Linterna sobre el arma, la otra mano libre, lista para la acción. Ella se aferraba a su cintura, más precisamente, a su camiseta blanca de algodón. Un paso, otro...

—¡Ahí!, ¡ahí! —gritó Johana.

—¡Shh!, de tratarse de un intruso, lo alertaste.

—Pero no es un intruso, es un fantasma —contradijo. Roger agudizó el oído, detectó el ruido. Estaba seguro de que era un animal, siguió avanzando. La brisa se repitió, la puerta se cerró y el siguiente clap-clap resonó en el recinto. Johana chilló, intentó escapar una vez más, pero en esa ocasión, un fuerte brazo la detuvo por la cintura. Las piernas de la mujer no tocaron el suelo, su espalda quedó completamente posada sobre el duro pecho del oficial y un único pensamiento atravesó su mente: al menos muero en sus brazos.

—Johana, mira. Abre esos hermosos ojos grises y mira. —La giró, sin siquiera posarla en el suelo, y alumbró el fondo del sótano. Claro, con una linterna de policía se veía mejor que con la porquería de móvil. La ventana pequeña, al ras del suelo del exterior, estaba rota y refaccionada, temporalmente, con una tabla. La tabla, con la corriente de aire provocada por la puerta abierta, se movía y el sonido era similar a un aplauso. Clap-clap. Clap-clap.

—¿Y los arañazos? —increpó. Posó los pies sobre el suelo y se giró hacia él. Tuvo que levantar la cabeza hasta el dolor de cervicales. Su frente llegaba al esternón de él, y deseó hundir la nariz en ese cuello y aspirar su perfume nada artificioso. Olía a loción *aftershave* y a suavizante de ropa.

—Vamos a buscarlos —propuso—, pero antes, ¿dónde está el interruptor automático?, porque estoy cansado de ser el imbécil que acciona la llave de luz cada cinco segundos.

Johana se rio a su pesar. Ella había hecho lo mismo desde que inició aquella pesadilla.

—Detrás de la escalera.

Ya no había amenaza, aun así, Johana no soltó la camiseta del hombre. Él alumbró el comando de perillas que alimentaba de energía a la gran casa. Hizo lo que cualquiera, elevar todas en un solo movimiento. La bombilla titiló en lo alto del sótano, proyectando sombras aterradoras. Un segundo después, un chispazo y la oscuridad regresó.

—No será una buena noche —dijo él. Una leve sonrisa iluminaba su rostro, se veía azulada por el reflejo de la luz de la linterna.

—Mmm, podría ser peor —respondió ella, sin pensar. Él alzó la ceja, esperaba una aclaración, pero la razón regresó a Johana antes de confesar: podrías no estar aquí—. Podrían ser fantasmas reales. No lo descarto todavía, ¿lo oyes?

Era el sonido de arañazos casi se perdía entre sus voces y el sonido del viento.

—Sí, y ya encontraremos una explicación para ello. —Regresó la atención al tablero, probó en esa ocasión una fase a la vez. En cuanto las tres estuvieron arriba, volvió a saltar el interruptor. Roger frunció el ceño, negó con la cabeza y suspiró.

—¿Qué sucede?

—No soy experto.

—Lo eres en comparación a mí. Venga, lúcete.

El comentario le dio gracia, en otro tiempo hubiera hecho lo posible por lucirse delante de ella. Desde quitarse la camiseta, pese a que lo único que tenía por mostrar en aquel entonces eran un par de costillas, hasta hacer algo estúpido como intentar surfear una ola y por poco desnucarse contra las rocas. ¿Y de qué había valido?, no se trataba de impresionarla, no anhelaba su atención, deseaba mucho más. Deseaba aquello que creyó haberse ganado dieciocho años atrás y que fue tan solo una mentira. Para él, Johana era la mujer de su vida, el gran amor que nunca se olvida, ¿y él?, apenas un romance de instituto, desechable cuando la vida asola.

—Llama a Ethan por la mañana, él lo solucionará. Me parece que el interruptor no soporta la carga eléctrica de toda la casa. Cuando las tres fases están encendidas, se sobrecarga. De momento, elije una...

—De momento, elijo la del sótano. —Un escalofrío la recorrió—. ¿Es también la de la cocina, verdad?

—Sí. —Roger elevó la segunda perilla. La bombilla titiló en lo alto—. Ve a abrir la puerta —Se había cerrado con el viento, aquella ráfaga que jugaba a ser el demonio del Conjuro con su clap-clap—, yo me ocupo de buscar al muerto que rasca su tumba.

—No es gracioso... —se quejó ella—. Y te prohíbo que te muevas de aquí hasta que regrese.

—Son tres peldaños. —El muy maldito se reía de su miedo, y Johana empezaba a hallar la gracia.

—En el Conjuro, las palmas salen de debajo de la escalera. Tú te quedas ahí. —Tras ello, corrió los tres peldaños, abrió la puerta y buscó con qué trabarla. Ni bien lo hizo, la corriente de aire empezó a circular, ansiosa tras tantos años de encierro. Regresó junto a Roger, él seguía con la linterna encendida, la bombilla no era una aliada en esa expedición.

—¿Algún demonio en el trayecto?

—No, los has espantado con tu sarcasmo.

—Bien. Al servicio de la ley —replicó Roger, su insignia estaba en el cinturón, por lo demás, iba de civil—. Servir y proteger, eso incluye fantasmas y demonios.

Johana le sacó la lengua, divertida. El susto no se le había ido del todo, pero bien valía la pena si la recompensa era la compañía de Roger. Le gustaba cuando le tomaba el pelo, nunca se pasaba de la raya, sabía hasta dónde le resultaba gracioso y allí se detenía.

Avanzaron por terreno inexplorado. La bombilla era un recuerdo a sus espaldas y tan solo la linterna marcaba el camino. Hicieron una pausa, buscaron el origen del sonido.

—Por allí —indicó Johana.

—¿Estás segura?, me parece que viene de allí. —Señaló el otro extremo.

—Es una trampa. Esta casa tiene eco. De niña, jugaba con mi papá a las escondidas y conseguía confundirlo con el eco —rememoró con nostalgia. Se dio cuenta de que volvía a referirse a Winston como papá, no padre ni señor. Roger, la casa, los recuerdos… todo ello despertaba lo mejor del pasado.

Él lo notó, no hizo comentarios. Desconocía el motivo de distancia entre padre e hija, ocurrió al mismo tiempo que se marchaba de Shell Island debido a los errores de su propio progenitor. También entre los Allen había un abismo, pero el de ellos era insalvable. A diferencia de Johana, había puesto todas las cartas sobre la mesa y, si bien Roger fue capaz de perdonar el desliz que le arruinó la vida, los que vinieron después no tuvieron salvación. Alcohol, abandono, juego…

—Te tomo la palabra. —Alumbró en la dirección indicada por Johana. Ella se aferraba a su cintura, sin coger la camiseta. Posaba los dedos algo fríos por la expedición nocturna sobre la musculatura de su abdomen. Roger no emitió queja. Se sentía bien. La situación, por lo extraña, había derribado el muro que construyeron en torno a ellos. Un muro hecho de Legos, o de barro y palillos—. Tú eres la conocedora de comportamiento fantasmagórico. Dime, ¿de cuántas películas se compone tu experiencia?

—De muchas, y todas tienen los mismos ingredientes: mudanza reciente, actividad paranormal y un policía cabezota que no le cree a la protagonista.

—Conque tú eres la protagonista, ¿eh?, vale, vale... en ese caso yo puedo morir, soy el actor de reparto.

Le dio un golpe suave en la espalda. Se volteó, Johana tenía los brazos en jarra y sus ojos grises, chispeantes.

—No lo digas ni en broma, ¿me escuchaste?, ni en broma —repitió. El susto volvía a sus facciones, un miedo terrenal. Roger tragó saliva, conmovido por la reacción de ella.

—De acuerdo. —Quiso abrazarla. Consolarla. Prometerle que nada le pasaría si ella hacía la misma promesa. Los arañazos le impidieron hacer semejante tontería. Johana se preocupaba por él como lo hacía por todos en Shell Island, no era especial, se dijo, exhalando todas sus infantiles ilusiones.

—Allí. —El dedo femenino apuntó a un muro macizo de piedra.

—No más Edgard Alan Poe para ti: con el poder que me otorga mi investidura, los retiraré de los estantes de Café Jamaica.

—Demos gracias a la invención del Kindle. En serio, Roger, viene del muro. —Bajó la voz, intentó agudizar el oído—. Y por el desafío —agregó en un murmullo—, leeré el Gato Negro en mi sesión semanal con los niños.

—Eso es crueldad, terminarán traumados. —Contuvieron las risas. Roger empezaba a convencerse de que era cierto, el sonido venía de detrás del muro. Pasó las manos por la superficie, cada piedra formaba un rectángulo encastrado en otro, como las viejas construcciones medievales. Claro que allí había sido hecho a propósito, no por ser la única técnica disponible.

Una piedra cedió, fue un leve movimiento. A su alrededor, el encastre cayó a su vez. Roger iluminó, varios pares de diminutos ojos los observaron para, al instante, huir despavoridos de su escondite. El chillido de Johana fue inversamente proporcional a su dignidad. El oficial Allen fue incapaz de mantener la compostura cuando la mujer se colgó de sus hombros y él la tuvo que coger en brazos.

—¡Ratas!, prefiero los fantasmas. Los demonios. Los... ¡Ah! —volvió a chillar cuando los animalitos regresaron a su escondite tras la piedra. Escapaban de la luz.

Roger la acercó aún más contra su pecho, las miradas estaban unidas, las bocas a escasa distancia. Solo esos testigos indeseables le impedían besarla y al demonio el pasado, las heridas, los secretos...

—No son ratas, las ratas son menos tímidas.

—Parecen ratas —insistió Johana, poco convencida.

—Pero estoy casi seguro de que son musarañas...

—¿De verdad? —Los pies de Johana tocaron el suelo de un salto. Le arrebató la linterna de las manos y alumbró el hueco. Los animalitos buscaron más resguardo.

—Sí, y no son de la familia de los roedores, sino de los topos, no les gusta la luz.

—Oh, lo siento, pequeñas. —Alejó la linterna.

—Mañana, perdón, en unas horas... —se corrigió con la vista en su reloj—, cuando llames a Ethan por el interruptor, le podrás pedir un número de algún fumigador de confianza y...

—¡Ni hablar! No las mataré, además, me pareció ver crías.

—Has dicho que preferías los fantasmas antes que...

—¡Que las ratas!, pero tú lo has dicho —Roger la miró sin entender—, no son ratas, son musarañas. Eso es completamente distinto. No puedo matar un pequeño topito escondido en la piedra... ¿qué clase de persona crees que soy?

—¿Una que mataría una rata sin titubear?

—Si matas una mariposa eres un monstruo, si matas una cucaracha eres un héroe. La moral tiene fines estéticos —rebatió Johana con una frase hecha. Roger carcajeó.

—¿Acabas de citar a Nietzsche?

—Sí, siempre es buen momento para filosofar. —Frunció los labios, de lo contrario, los malditos se curvarían, se sumarían a las carcajadas y ella perdería toda seriedad.

—Pero si esa frase te condena, Johana... —dijo casi sin aliento por la risa—. Es una crítica a la moral.

—La filosofía es interpretativa, y yo la interpreto como me da la gana. Lo importante: no mataré a una familia de musarañas.

—¿Y qué harás?

—Ponerlas en libertad, por supuesto.

—Bien... —Le cedió el paso. Johana palideció ante la idea de agarrar esos no-roedores con las manos.

—Pensé que me ayudarías.

—Soy un completo inmoral —Roger apenas podía contener las risas, de todos modos, cogió la musaraña más grande y la extendió hacia Johana. Ella volvió a chillar—, ¡pero si es bellísima!

—Eres cruel. —Se acercó al animalito, era tan pequeño que el miedo empezó a abandonarla. Se trataba de una musaraña de cola larga, muy común en esa zona. Tenía el tamaño de un ratoncito de laboratorio, su hocico era alargado, diseñado para buscar insectos entre las rocas. La cola y esas diminutas patitas que hacían aquel espantoso ruido del más allá eran sus herramientas para aferrarse a los terrenos desiguales—. Las dejaremos en la playa y ya...

—Oh...

—¿Oh? —insistió ella.

—Sí, oh... no sé si decírtelo. Nunca destacaste en biología.

—Estoy quedando en evidencia, ¿verdad? —Ya no pudo contener la sonrisa. El animalito en la gran mano de Roger la enternecía.

—Pues sí, la musaraña debe haber hecho el nido aquí por las crías. Si la dejas en la playa...

—Será alimento de gaviotas —completó Johana.

—Al menos las gaviotas no tienen fines estéticos...

Rieron a coro. El animalito saltó y regresó a su agujero, lejos de esos dos locos que se debatían su vida y su muerte.

La tensión por el miedo, el mal descanso y las emociones de volver a estar con Roger, a solas, le pasaron factura. La risa le brotaba nerviosa y con facilidad, las ganas de abandonar el sótano e ir a la sala, frente al hogar, en su compañía, era un deseo tan inmenso que le hacía cosquillear la piel.

—Solo nos resta una solución al estilo Benson... —decretó Johana.

—¿Y es?

—Construirle una casa y cobrarles renta, por supuesto. Porque todo muy lindo, no-roedores de la familia de los topos, pero se parecen mucho a los sí-roedores de la familia de las ratas —dijo en dirección al agujero—, y si sé que pueden andar por ahí, no dormiré en paz. —Regresó su atención a Roger—. Tendremos que cercar este agujero, ellas no quieren irse a ningún lado en invierno y yo deseo lo mismo. Es un buen trato.

—¿Y quién construirá el cercado? —preguntó Roger, perspicaz.

Ethan trabajaba en la refacción de su hogar, antes de que su familia se ampliara. Apenas daba abasto. Por eso mismo, Alonso, quien era hábil en tareas menores, lo reemplazaba en algunos arreglos mientras se la apañaba en dejar listo el club náutico de Coleen para la temporada. Faltaban manos, y ni las dotes de manipulación de Johana podría cambiar eso... ¿o sí?

—Yo, por supuesto. Solo necesito una malla metálica, unas pinzas, algo de fuerza y tan solo un poco, poquitísima ayuda.

—Johana...

—Muy poca ayuda.

—Johana...

—Esa clase de ayuda a la que nadie se negaría, menos alguien con vocación de servicio... como un ex militar o un actual policía.

—Johana...

—A quien en este preciso instante lo compensaré con café, porque son las cinco de la mañana y tengo entendido que es a la hora que se despierta...

Él cerró los ojos, rendido.

—Lo haré, te ayudaré, solo porque, de lo contrario, me llamarás de nuevo mañana a la noche por supuestos fantasmas y necesito dormir.

Johana dio un brinco de victoria. Las musarañas se escondieron aún más, hurañas ante la efusividad de su compañera de piso.

—Empecemos por el pago, café negro, muy endulzado, y galletas de almendras... —Le cogió la mano, tiró de él escalera arriba. Como la linterna estaba apagada, no vio la sorpresa en las facciones de Roger. Johana sabía cómo bebía el café y con qué disfrutaba acompañarlo, dos gustos desarrollados de adulto.

Tal vez, solo tal vez... El oficial Allen sacudió la cabeza, la vació de cavilaciones. No, enfatizó para sí, volver a hacerse ilusiones con Johana Benson era una misión suicida; él no soportaría otra ruptura de corazón.

Si tenía que hacer un resumen de su primera noche en la casona Benson sería algo como:

¿Había podido descansar? Un par de horas de sueño seguidas de un susto del demonio fundamentaba una evidente negativa.

¿Estaba agotada? Totalmente, con un «SÍ» en mayúsculas. Su cuerpo solo se movía por una fuerza sobrenatural.

¿El malhumor la poseía como consecuencia de la pésima e inesperada experiencia nocturna? En lo absoluto. Sonreía de par en par.

¿Necesitaba con desesperación un café? Por primera vez en años, la respuesta fue un «no». Rotundo no.

Pese a ello... ahí iba Johana. Como cordero al matadero. Un eufemismo para decir: ahí va ella, directo al café Jamaica, el epicentro del cotilleo social.

Por supuesto que no se veía ni un rostro masculino, el lugar estaba ocupado por todas las féminas de la isla. Incluyendo a la señora Mackenzie que, en muy pocas ocasiones, dejaba a su gata sola. Pero lo que indicaba la magnitud del hecho era un rostro en particular, Pauline, cuyo vientre estaba a punto de estallar ante la llegada de los mellizos Kane. Bueno, todavía le quedaba parte del último trimestre de gestación, pero los pequeños estaban decididos a romper la marca de los bebés recién nacidos más grandes de la historia de Shell Island. Pauline era la personificación de un Teletubby, para ser exactos, Po, porque, además, iba de aquí para allá con las mejillas enrojecidas.

—Esperaba esto de todas las presentes, menos de ti, Pauline —dijo al tiempo que se cruzaba los brazos. Fingió fastidio. Hizo un recorrido visual por la cafetería. Ni una sola mirada esquivó la suya, no sentían vergüenza alguna ante el acto de desfachatez que las había llevado hasta el lugar. ¡Cielo santo, Netflix no estaba haciendo bien su labor en aquel lugar si el cotilleo social era más importante que la segunda temporada de los Bridgerton!—, y de usted tampoco lo esperaba, señora Mackenzie, no puedo creer que haya dejado sola a su ga... —Lanzó la primera bala: la culpa. El tiro le salió por la culata pues antes de que finalizara, la señora Mackenzie alzó la transportadora que cargaba a su hija felina. Johana gruñó entre dientes—. Tengo que replantearme las actividades comunitarias. Los habitantes de Shell Island tienen mucho tiempo libre. —Fue hasta la mesa ocupada por Pauline, Camile y MaryAnn. Se dejó caer en la silla como una niña enojada.

—Ten... —MaryAnn extendió un plato con una porción de tarta de manzana tibia—, a modo de ofrenda de paz.

—No, gracias, no tengo apetito. —No lo dijo por capricho o muestra de fastidio, en verdad tenía el estómago cerrado, o, mejor dicho, repleto de mariposas que revivían, de recuerdos, de emociones olvidadas.

—Pues, si a ti no te apetece y no tienes inconvenientes, déjamela a mí. —Pauline se apropió de la porción de tarta.

—Jamás le negaría tarta a una embarazada... a una embarazada metiche —agregó con una mueca en los labios.

—Ey, tengo argumentos de defensa —exclamó Pauline con una mano en alto. La otra estaba muy ocupada clavando el tenedor en la delicia dulce y tibia que tenía ante ella. Cogió un trozo, lo saboreó con calma, con pausa—. Oh, sí... esto sabe igual de dulce que los besos de Ethan —balbuceó extasiada.

—Mujer, deja tus confesiones maritales fuera de este café —le reprochó Camile—. Nada de dulces besos, por favor. No todas tienen un Ethan en casa, algunas tenemos a un Ted.

—Ted es un encanto —MaryAnn salió a la defensa del pequeño hombrecito. Lo de pequeño era verdad, no superaba el metro sesenta y cinco—. Lo recuerdo de niño correteando por mi jardín.

—O sea, lo recuerdas tal cual como está hoy —bromeó Camile haciendo alusión a la altura. Era su esposa, la promesa que hizo en el altar también incluía bromear hasta que la muerte los separase. Más aún cuando ella alcanzaba el metro ochenta.

—Esperen, esperen, no se vayan por la tangente —intervino Johana. Antes de continuar, cogió la jarra de agua de la mesa y se sirvió en un vaso. Bebió, tenía la garganta seca—, Pauline estaba a punto de argumentar en su defensa, porque vuelvo a decirlo, me esperaba este espectáculo de chismosas por parte de ustedes, pero no de ella. —Clavó la mirada en su amiga.

—Mi defensa es Camile —argumentó luego de su tercer bocado de tarta—, fue a buscarme a la casa a primera hora alegando no sé qué deber. —Los motivos reales nunca los supo, tampoco indagó en ellos. Nunca le decía no a una visita a Café Jamaica, y tampoco les decía no a sus tartas, sus rollos de canela, croissants, etcétera.

—¿Deber? —interrogaron Johana y MaryAnn.

—El deber de complicidad y acompañamiento que las madres de mellizos tenemos que sostener y alimentar a diario.

—Tú no tienes mellizos, Camile, tienes gemelos —dijo Johana solo para contradecirla, o quizá, no sentirse excluida de ese nuevo club.

—Gemelos, mellizos, da igual. Vienen de a par. Lo que me recuerda, ¿a que no saben?

—¿Qué? —preguntaron a coro MaryAnn, Pauline, Johana, y Beatrice que traía consigo una bandeja con cinco tazas de café espumante.

—¡La esposa del nieto de la señora Sheppard está embarazada también de gemelos!, y, al parecer, dada la presunta fecha de concepción, ese par fue engendrado aquí en la isla, en las vacaciones de verano. —Camile frunció el ceño, su mente barajaba un par de hipótesis. Absurdas, pero hipótesis al fin—. Si me preguntan, algo extraño sucede en estos lares, los embarazos se acrecientan y lo hacen en múltiplos de dos. —Miró de soslayo a Johana con un deje de picardía en sus ojos—. Yo creo que es el agua de Shell Island.

Johana dejó de beber, apoyó el vaso de agua en la mesa y lo apartó con ganas. En reemplazo, cogió el café.

—Oh, no seas infantil, Johana —la reprendió MaryAnn con dulzura—, desde cuando crees las tonterías de Camile. Y tampoco seas egoísta...

—¿Egoísta? —No entendió la referencia. Fue Beatrice la que disipó la duda.

—Necesitamos más oficiales de la fuerza policial en la isla —Por lo visto, Beatrice conspiraba con MaryAnn—, aunque gateen y vistan pañales. ¡Aquí todo vale! —Estallaron en risas, menos Johana, por supuesto.

—Basta, basta, no la avergüencen más —Pauline salió al rescate de su amiga—, que sus bromas son el artilugio de escape perfecto para la señorita Benson. —Hizo a un lado el platillo con tarta, luego terminaría con ella. Otra situación demandaba su plena atención—. Sabemos dónde estuviste y con quién estuviste anoche. Habla de una vez —la intimó con las manos apoyadas en su vientre gigantesco.

—No hay nada de qué hablar, es más, me atrevo a decir que ustedes saben más que yo considerando que el cotilleo y la imaginación vuelan más rápido que las gaviotas. —Esto último lo dijo en tono alto para que las mujeres de las mesas cercanas la oyeran.

—¡Rayos! Necesitamos instalar cámaras en la isla —masculló la señora Mackenzie en complicidad con Gladys Whitmore.

—¡Ja! —Johana golpeó la mesa con la palma de su mano—. Llevo más de un año intentando abordar el asunto de instalación de cámaras en las reuniones comunales, pero no... siempre bla bla bla... ¡Ahí tienen, se lo han perdido! —mintió con el afán de lograr su cometido en la próxima reunión comunal.

—No se han perdido de nada —exclamó Coleen Meyer ni bien se sumó al encuentro social. Las labores matutinas en el club náutico la habían demorado, mas no se perdería el momento, poseía información clasificada, su casa era contigua a la casa Benson—, créanme, tanto el oficial Allen como ella son dos aguafiestas. No les pude dar un buen uso a mis nuevos binoculares, los quince dólares peor gastados de mi vida —Resopló. Se sumó a la mesa de la señora Mackenzie—, no hicieron más que jugar con las alimañas del sótano —agregó para la decepción de todas las presentes—, un despropósito de noche. Cuando eran jóvenes eran más divertidos.

—Tú misma lo has dicho, Coleen, cuando éramos jóvenes. —Johana se incorporó de la silla, giró sobre sí a sabiendas de que se colocaría en el centro de atención visual—. Como ven, claramente no lo somos, por eso nos comportamos como adultos, a diferencia... —carraspeó con fuerza— de ya saben quiénes. —Fue una acusación directa a las mujeres metiches de Shell Island.

MaryAnn la contempló con ternura. ¡Oh, dulce e inocente niña!

El abucheo generalizado fue acompañado de una lluvia de misiles: misiles hechos con servilletas de papel.

—Te arrojaría el resto de tarta por la cabeza —dijo Camile enojada por la falta de detalles sensuales y turbulentos de una noche apasionada. Una noche apasionada que no tuvo lugar—, pero Pauline se comería mi mano en reemplazo.

—Definitivamente me comería tu mano... —La mencionada volvió a clavar el tenedor en el delicioso postre.

—Pues tendrás que quedarte con las ganas. ¡Todas tendrán que quedarse con las ganas! —Habló en tono alto, como solía hacerlo cada vez que les leía un cuento a los niños—. Nada ha sucedido, ¿de acuerdo?, pongan pausa a sus pensamientos fantasiosos. Repito, nada ha sucedido, solo un desperfecto eléctrico y una familia de musarañas.

Buuuu... Buuuu. Más abucheos. Beatrice la obligó a sentarse.

—Cariño, eres maravillosa en los negocios inmobiliarios, pero pésima ante el manejo de multitudes.

—O, mejor dicho, pésima alimentando a las fieras —convino MaryAnn. Nada peor que mujeres insatisfechas.

—Es verdad, esperábamos más de ti... —agregó Camile sorbiendo su café—, y más de Roger. En especial de Roger. —Sonrió en el borde de la taza.

Johana miró a Pauline dispuesta a oír su descargo.

—No, no, no tengo quejas. Con la tarta de manzana me doy por satisfecha —Johana le sonrió—. Aunque... espera, ¿has dicho musarañas?

—Sí, una musaraña con sus crías.

—¡Qué pena! Me hubiese gustado fotografiarlas. —Pauline siempre tenía tiempo para nuevas fotografías sin importar el cansancio, la hinchazón de piernas o el peso que cargaba en el vientre. Dio por hecho que los animalitos ya no estaban.

—Todavía puedes. De momento solo he emitido una orden de desalojo —confesó. No podía a la vida salvaje así porque sí. No molestaban; al fin de cuentas, la casa era grande y el corazón de Johana Benson también—. Lo que me recuerda... —Apoyó las manos en la mesa y, con un impulso, se incorporó—, tengo cosas más importantes que hacer. —Cogió la taza, sorbió una, dos, tres veces—. Ustedes continúen fabulando con mi noche, mientras, yo me ocuparé de familia de musarañas que convive conmigo. —Alzó la voz—. ¿Han oído? ¡Musarañas! Ni un solo fantasma, musarañas —finalizó con aire triunfal y se marchó.

—En eso tienes razón, cariño, ni un solo fantasma —dijo por lo bajo Coleen al hallar complicidad en la mirada de MaryAnn—, porque los fantasmas no se encuentran en la casa, los cargas contigo.

Caminó a paso rápido en dirección a Cloud Market con un solo propósito en mente: las musarañas. Debía ocuparse del asunto lo antes posible, y no porque considerará una prioridad el bienestar de las alimañas invasoras, sino porque era la manera más práctica de poner en segundo plano a sus pensamientos y emociones.

Las mujeres de Shell Island no eran las únicas decepcionadas. Ella también lo estaba. Su corazón latía al ritmo de la decepción.

Aggg, gruñó para sí, apretó los dientes. Quería anestesiar a las mariposas en su estómago que acababan de despertar del letargo. Quizá, si pasaba por la consulta del doctor Jagger, conseguiría algún sedante, lo que fuera que las regresara al sueño profundo. Porque las necesitaba dormidas. Todo debía de regresar a su sitio, de nada servía intentar reflotar un pasado que estaba muy bien enterrado en las profundidades de la isla.

Ya no eran jóvenes... se repitió tal como lo dijo minutos atrás. Y definitivamente, ya no eran los mismos, ni sentían lo mismo, ¿verdad? Daba por hecho que así lo experimentaba Roger. Estuvo ahí para ella; no esperaba menos del jefe de policía, siempre al servicio por el bien de la comunidad. Lo ocurrido durante la madrugada no fue más que una prueba de su excelente desempeño profesional, nada más. De haber más, de existir alguna mariposa viva en el estómago de Roger Allen, esa única sobreviviente hubiese agitado sus alas con frenetismo al punto tal de hacerlo aceptar el café, las galletas y esperar juntos el alba. ¿Abrazados? No, era demasiado. ¿Juntos? Sí, hubiese sido posible si Roger —y su mariposa— lo hubiesen deseado. Pero se marchó, en cuanto tuvo la oportunidad, en cuanto comprobó la ausencia de peligro, se marchó. Y una vez más, ella lo dejó ir.

Lo mejor era prescindir de su ayuda también, podía arreglárselas, había visto un sinfín de veces a Ethan y a Alonso mientras realizaban reparaciones. No era tan difícil, como solían decir los muchachos: es cuestión de los materiales, las herramientas adecuadas y una buena predisposición.

Bueno, predisposición le sobraba. Herramientas, no tanto. Materiales, ni uno. Cloud Market era la solución para lo último.

Cogió un carro con ruedas, de los grandes, en el aparcamiento; la red metálica de contención de musarañas ocuparía espacio. A eso se le sumaría unos guantes de seguridad, una pinza para corte, precintos plásticos, ganchos de pared... y todo aquello que se le cruzara en su camino y que ella considerase prudente adquirir. Más valía que sobraran cosas y no que faltasen.

Convertirse en una versión femenina de Ethan Kane resultó más estimulante de lo que esperaba. Gracias a ello olvidó por completo a las mariposas, olvidó todo, se movía por entre los pasillos destinados al área de construcción como si fuese una experta en el rubro. Se sintió poderosa y autosuficiente. A modo de festejo personal, destinaría unos minutos de su tiempo a deambular por el pasillo de congelados y comidas preparadas. Con una buena dosis de yogur helado y una pizza congelada de pepperoni se daba por satisfecha. ¡Era un buen plan! Muy buen...

Estaba tan ensimismada en sus pensamientos de mujer independiente y empoderada que no prestó atención a su entorno. Por lo visto, su entorno tampoco prestaba la suficiente atención. Los carros de compra chocaron. ¡Y no cualquier carro de compras! Nada más ni nada menos que el carro del jefe de policía. ¿Casualidad? No, absoluta sincronicidad de corazones.

—Antes de que digas una sola palabra —Johana consideró necesario expresarse de manera inmediata para evitar malos entendidos—, te recuerdo que este es el pasillo principal y yo circulaba a la velocidad máxima establecida.

—Lo sé... —Roger sonrió, le era muy difícil controlar sus ganas de sonreír cada vez que la veía; por suerte, Johana siempre colaboraba con sus comentarios y él podía fingir que lo hacía por lo oído y no por el simple placer de verla—, el infractor aquí soy yo, conducía el carro sin prestar atención —Se mesó la barba apenas crecida, no se había afeitado por falta de tiempo, había dormido poco, el motivo de su desvelo estaba ante él—, pero, por favor, que quede entre nosotros, no tengo deseos de que este incidente sea registrado en mi legajo.

—Puedes contar con mi secreto, de esta boca no saldrá ni una palabra, el problema aquí sería... —Los dos giraron en busca de la cámara de seguridad. Allí sí había cámaras—. Calvin —dijeron al unísono.

—Tuvimos un incidente en el pasillo nueve —informó una voz masculina por el altavoz. Calvin se sentía super poderoso en la sala de control. Fabulador también, el trabajo era muy monótono y aburrido. Para él, lo sucedido fue comparable a una escena de rápidos y furiosos en su mente—, repito, un incidente en el pasillo nueve, que alguien llame a la jefatura de policía. —Los que se encontraban realizando compras se acercaron a contemplar lo sucedido. Las murmuraciones no tardaron en resonar en los oídos de Johana y Roger—. Oh, no, esperen, el jefe de policía está aquí, repito, no llamen, está aquí. Todo en orden, damas y caballeros, continúen con sus compras. Gracias por elegir a Cloud Market. Promoción de salchichas de pavo en el pasillo tres.

—Voy a destriparlo —masculló entre dientes Johana.

—No, no, nada de destripamientos en mi guardia, por favor. —Roger giró su carro de compras y lo puso a la par del de Johana. Avanzaron dispuestos a alejarse del lugar del choque—. Además, piensa en el lado bueno de esto...

—¿Hay un lado bueno? —No apartaban la mirada de ellos.

—Sí, ahora les daremos de qué hablar —le susurró por lo bajo Roger—, estarán entretenidos por un par de horas.

—¿Horas?, no. Espera a que vean las compras en nuestros carros... —dijo ella al llegar a la línea de cajas.

Él observó su compra, luego miró la de ella. Volvió a repasar la suya, y una vez más, la de Johana. Precintos plásticos, esa era la única diferencia, por fuera de eso, habían comprado exactamente lo mismo.

—Operativo musaraña en marcha. —Se encogió de hombros. Era el jefe de policía, ¡al diablo con las opiniones chismosas y ajenas!

Lo que iba a ser un simple elemento de contención de alimañas, algo que las mantendría en la esquina solitaria del sótano sin acceso a nada más, se convirtió en un apartamento estilo loft neoyorquino con salida al jardín trasero y acceso directo a la playa.

La red metálica se extendía desde el hueco en la pared, hasta la pequeña ventana que se comunicaba con el exterior. Unos cuantos metros de perímetro que solo fue posible gracias a la maravillosa coordinación de compra de materiales. Johana compró un par de metros de red. Roger hizo lo mismo. Metros más metros igual a apartamento de musarañas. Por supuesto, la mayor parte del trabajo la realizó él. Ella se encomendó a la tarea de dar órdenes, mejor dicho, sugerencias. Así se expresó ante la primera mirada cargada de hartazgo de Roger.

—¿Alguna sugerencia más, Johana? —La miró de soslayo mientras colocaba el último gancho y ajustaba la red. Tenía el rostro perlado por el sudor, mucho sudor, al punto tal que una gota resbaló por su nariz hasta llegar a la punta y se lanzó al vacío como una kamikaze.

—Estaba pensando que... —Lo dijo sin pensar, estaba poniendo su atención en otro asunto, recorriendo la figura masculina con pausa. Su rostro no era lo único cubierto por sudor, su pecho también. Se había quitado la camisa del uniforme policial, y podía verse como la camiseta blanca de algodón manga larga se había adherido a su abdomen. Johana tragó saliva. Reconocía para sí que pretendía retrasar la finalización de la labor solo para tenerlo más tiempo con ella—, que tal vez podríamos hacer del espacio algo más hogareño, ¿no lo crees?

—Depende... —Enderezó la espalda, secó el sudor de su frente con la manga.

—¿De qué depende?

—De si piensas adoptarlas. —Roger alzó una de sus cejas—. Porque esa es tu intención, ¿verdad? —Hubo sarcasmo en el tono de su voz—. Dime, ¿cómo hemos pasado de exterminarlas, a restringirlas... a esto?

—Jamás hablé de exterminarlas.

—Tienes razón, el exterminio es el premio mayor de las ratas —Se quitó los guantes de protección, utilizó el cinturón de su pantalón como sostén para los mismos—, lo demás se presta a un debate filosófico.

—Yo creo que hemos sobrepasado ese punto, diría más bien que se presta a un debate comunitario —No iba a confesarle a Roger que sus intenciones nada tenían que ver con el bienestar de las musarañas, sino de tenerlo bajo su techo todo el tiempo posible, y si para ello tenían que construir una mansión para los pequeños mamíferos, ¡qué así sea!—, estoy pensando, muy seriamente —pestañeó, los ojos le brillaron por el resplandor de la repentina idea—, en considerar a las musarañas como el animal emblema de Shell Island, ¿qué opinas? —Sonrió de par en par.

—Opino que nada de lo que digas puede considerarse *serio* desde el preciso instante en el que utilizas la expresión «muy seriamente».

—¿Por qué será que cada vez que intento ser seria nadie lo cree? —Era una constante en su vida. Cada una de sus ideas eran tomadas entre pinzas hasta que se llevaban a cabo y veían los resultados—. Tienen como costumbre pensar que es una broma, o un...

—Capricho —finalizó él con ojos desafiantes. Exhaló con cierto deje de resignación, había dormido poco gracias a la aventura nocturna de caza fantasmas y su jornada laboral comenzó desde muy temprano. Estaban en pleno mediodía, y en vez de tomarse el tiempo de su hora de almuerzo para hacer justamente eso, almorzar, ahí estaba él, siguiéndole el juego de proteccionismo ambiental a Johana.

El mensaje fue recibido. No existía argumento para rebatir a Roger. Estaba en lo cierto. Era un capricho, una manera de demorar lo inevitable, que él se marchara, para luego, volver a ser dos miembros de la comunidad de Shell Island que, cuando cruzaban sus caminos, se saludaban con amabilidad y compartían una breve charla banal. ¡Ojalá existieran fantasmas! Así podría llamarlo cada noche con la voz cargada de desesperación y él recurriría a su llamado.

—Tienes razón, he sido egoísta al retenerte aquí con esta ridícula tarea. —Puso un punto final a sus secretas intenciones. Recogió las herramientas utilizadas—. Has hecho más de lo que debías, las musarañas y yo te estamos agradecidas. —Evitó todo posible contacto visual y sin más dilaciones, se encaminó escaleras arriba.

—Johana... —Ella ni siquiera se volteó a él—. Johana... —repitió en el momento en que la perdió de vista. Maldijo entre dientes y siguió sus pasos. La halló en la cocina, con un vaso en mano y una jarra de limonada.

—Te ofrecería un café, un improvisado almuerzo... —Se adelantó a las palabras de Roger, sin importar cuales fueran estas—, pero sé que no lo aceptarás. —Sirvió la bebida en el vaso y se lo entregó—. Lo mínimo que puedo hacer es contribuir con tu hidratación.

Roger cogió la limonada. La bebió de un solo trago.

—Gracias, la necesitaba. He sudado más de lo esperado —reconoció para sí.

—Ya veo, quizás, hasta que resuelva el asunto de la calefacción, sería conveniente para mí ir a dormir al sótano. —La casona Benson, en época invernal, podía compararse a un refrigerador.

—Considerando que has construido un amplio apartamento puede evaluarse como una posibilidad, aunque tendrás que pedirles permiso a las musarañas. —Sonrió. Johana correspondió su sonrisa con otra, forzada, pero sonrisa al fin. Cogió su camisa. La había dejado apoyada en una de las sillas de la cocina. Se la abotonó con parsimonia—. Sabes que lo de caprichosa no le he dicho porque lo crea, ¿verdad?

—Sé lo que soy, Roger, y también lo que no soy... y en medio de ello me he acostumbrado a que la gente haga presunciones sobre mí. Dulce, inocente, caprichosa, consentida... —Enumeró. Tenía una lista que cargaba a cuestas solo por ser una Benson—, la niña mimada de la isla. —Se encogió de hombros—. Muy pocos conocen quién soy en realidad. —Él la conocía. Como ningún otro. Y cuando se marchó, se llevó consigo la llave que abría su interior. Desde aquel entonces, ella no era más que una fachada. Sobrevivía.

—¿Y quién eres en realidad? —Mucha agua había pasado por debajo del puente de sus vidas. Roger se reconocía como un hombre distinto, y si estaba de regreso en Shell Island era para poner fin a los rencores del pasado. Porque no tenían sustento, lo comprendió cuando la verdad le fue revelada luego de reclamar una y otra vez por años. Se preguntaba si Johana conocía la historia fragmentada que había hecho lo mismo con ellos, romperlos en pedazos, separarlos. Se preguntaba si ella había tenido el mismo coraje, reclamar el porqué.

—¿Tú lo preguntas? ¿De todos... tú? —lo dijo con cierto aire de enfado.

—Sí, Johana, tuvimos un pasado compartido, pero en el presente, somos extraños con memorias compartidas.

Dolió demasiado. Decirlo. Reconocerlo. Oírlo. Dolió por partes iguales. Casi podría decirse que el corazón partido de ambos volvió a romperse, esta vez en pedazos imposibles de unir.

—¡Vaya! Extraños... —repitió ella en un susurro—. Ni yo me hubiese atrevido a tanto. —Cogió el vaso vacío, lo colocó en el fregadero, abrió el grifo, dejó correr el agua. Una excusa perfecta para darle la espalda—. Cuando hablan de nosotros, suelo decir: Roger y yo no somos los de antes, ya no somos adolescentes. Pero de ahora en más, utilizaré tus palabras. Extraños con memorias compartidas.

Abofetearse a sí mismo, eso tendría que hacer. Más tarde, le atribuiría su comportamiento brutal al agotamiento. Porque sí, fue brutal, edificó un muro de piedra gigantesco para mantenerla alejada de él, al punto tal que no podría ni asomarse un vestigio de luz. Fue hasta ella. Sí, la cogería de la cintura, la haría girar sobre sí, enfrentarlo. Deseaba ver sus ojos, ese brillo gris que, lejos de ser una tormenta, era más que nada la demostración de que luego de la peor de las tempestades, siempre existe un arcoíris oculto.

Dio tan solo unos pasos. Se detuvo. El muro cumplió su función. El sudor se intensificó. Respiró profundo, evitar la sofocación era su mayor meta. Algo que resultaba en extremo difícil, Johana le quitaba el aliento desde el día que la conoció.

—Tal vez, lo conveniente es no darles el motivo para que hablen de nosotros.

—Si no querías darles motivos para que hablen de nosotros, no deberías de haber vuelto. —Roger no fue el único brutal ese mediodía. Johana lanzó su dardo, y este fue directo al corazón de su contrincante. Giró sobre sus talones. Necesitaba verlo a los ojos, descifrar la verdad en ellos—. ¿Por qué lo hiciste, Roger? Después de todo este tiempo, ¿por qué volviste?

—Porque nunca debí de haberme marchado en primer lugar. Shell Island era también mi hogar, y me hubiese aferrado a él con uñas y dientes. —Fue una recriminación que no pudo contener. Por ella, hubiese luchado contra todos los vientos y mareas de la isla, solo por ella. Sin embargo, fue Johana quién colocó el pasaje de partida en sus manos. Y lo hizo sin siquiera despedirse.

—¿Alguna vez vas a perdonarme? —Ella nunca lo haría. Jamás debió dejarlo partir creyendo que el amor que se tenían no valía lo suficiente, que no era fuerte para echar raíces.

—Si te soy sincero, no sé si hay algo que perdonar a estas alturas. Bien lo has dicho, ya no somos adolescentes. —Se acomodó el cinturón, se colocó la chaqueta—. No voy a negarlo ni mentirme, me fui por ti, pero regresé por mí. Shell Island es mi hogar.

—Me alegra saber que la isla significa eso para ti. En eso coincidimos. Shell Island es mi hogar.

—Lo sé. —Sonrió con melancolía—. Tú haz tu parte, que yo haré la mía... —Golpeó su insignia policial—, proteger y servir.

—¿Aunque los invasores sean musarañas?

—En especial si son musarañas... quién se atreva a atentar contra el animal emblema de la isla, tendrá que vérselas conmigo —Con total confianza, cogió una manzana de la fuente de frutas que se encontraba sobre la mesa de la cocina—. Mi almuerzo... —dijo, y le guiñó un ojo.

No eran los mismos. Eran el resultado de la ausencia mutua. Llenar ese vacío dependía de ellos, tendrían que hacerlo cada uno por su cuenta. Y quizás, cuando el vacío desapareciera, cuando ya no fuera más un abismo... se reencontrarían sin temor a caer. De ahí en adelante, solo quedaba avanzar.

W inston Benson era un hueso duro de roer. Llevaban un par de noches de dinámica inalterable. Beatrice cerraba Café Jamaica, pasaba por Cloud Market, compraba algunos víveres y se dirigía a la casa Benson con el mejor de los ánimos. Saludaba a un gruñón hombre echado en el sofá, cocinaba algo delicioso, intentaba conversar y sus palabras se congelaban en el aire por la frialdad de su interlocutor.

Alonso, pese a saber que su madre era una mujer adulta y muy capaz de apañárselas con cualquier obstáculo, le transmitió su preocupación: ¿y si Johana está en lo cierto esta vez en lugar de MaryAnn?, ¿y si el viejo es más que un simple cascarrabias? Su hijo no quería que sufriera, la vida le había dado una gran dosis de discriminación en el pasado, tampoco era cuestión de hacerse adicto al veneno. Beatrice lo tranquilizó, estaba segura de que Winston no era de esa clase. Había conocido a demasiados de *esa clase* como para reconocerlos a la distancia.

Sin embargo, el señor Benson seguía siendo un enigma para Beatrice, y muy a su pesar, le resultaba cada vez más atrayente. Ya no era una jovencita con mariposas en el estómago y pájaros en la mente, por eso hallaba extraño encontrarse pensando en un hombre con tanta frecuencia. Cuando preparaba café *espresso* se preguntaba si sería del gusto de Winston; si se estaban por terminar los cuadraditos de limón glaseados, evaluaba la posibilidad de separar el último por si a él le apetecía; si una tarde no se acercaba con sus gruñidos a quejarse de los niños en la acera, de lo mal que trabajaba su ayudante o de lo inestable que andaba internet después de la tormenta, Beatrice sentía el irrefrenable deseo de poner en marcha la maquinaria de cotilleo y enterarse si algo había alterado la vida del mandamás de la isla.

A veces consideraba no estar bien de la cabeza o ser una de esas mujeres que siempre se fijan en el hombre equivocado. Al fin de cuentas, el padre de Alonso entraba en la definición de *hombre equivocado*. Pero su instinto le decía que no era el caso, que se trataba, de hecho, de lo opuesto. Su primer amor se mostraba amable de cara a la galería y era un monstruo en la intimidad. Winston se mostraba como un ogro hacia el exterior, ¿sería distinto por dentro?

Quizá no fuese tan altruista después de todo, pensó Beatrice, mientras preparaba la cena. Quizá no se hallaba allí por su vocación asistencialista, por su experiencia en cuidado de mayores o por ayudar a una amiga... Tal vez todo era mucho más básico y se ofreció porque anhelaba conocer al verdadero Winston Benson. A ese del que hablaba MaryAnn y Coleen con cierta nostalgia, y de quien daban a entender que estaba lleno de secretos que le agriaban el carácter.

—Pasta con salsa de camarones —dijo Winston desde el sofá. Tenía la pierna en alto sobre la mesa auxiliar, el mando a distancia en la mano sana y una manta lo cubría—. Demasiado elaborado para un martes.

—¿Ah, sí? —comentó ella, conteniendo la sonrisa—. Claro, había olvidado que los martes son los días de emparedado de atún y refresco de dieta. —Un gruñido por respuesta—. En tal caso... —Beatrice dejó la sentencia en el aire por unos segundos—, arrojo esto al cesto y cambiamos el menú.

—No, sería una pena desperdiciarlo.

—Tendrás que sacrificarte.

Gruñó un poco más. Apagó el televisor, simuló leer. Observaba el ir y venir de Beatrice reflejada en la pantalla negra. Desde que había llegado a la isla, esa mujer se le había colado bajo la piel. Fue una tontería de su parte, dieciocho años atrás decretó el final de su vida amorosa. Bajó la vista, leyó una vez más un párrafo de la novela entre manos. Bufó. Había elegido ese libro porque la vio a Beatrice leyéndolo. Volvió la atención al contoneo de la mujer. Bufó una vez más.

—Si no te gusta la pasta con camarones, puedo...

—Por supuesto que me gusta, y no soy un niño, lo único que un adulto no come es lo que le da alergia o intolerancia. Faltaba más... desperdiciar comida...

—Eso mismo pienso yo, pero... —vaciló.

—Pues si eso es lo que piensas, hazlo valer.

—¿Aunque sea forzándote a comer camarones rancios? —bromeó.

—Sí.

—Mmm... —murmuró, puso la pasta en el agua hirviendo, activó el temporizador y revolvió la salsa.

—¿Mmm?, ¿qué es eso?, mmm no es una palabra...

—No, no lo es.

—¿Entonces, qué significa ese mmm?

—A que casi parece que me estás advirtiendo de que no me deje amedrentar por tu temperamento, que eres más tolerante de lo que demuestras.

—Has entendido mal.

—Ya veo... —Sonrió. Winston volvió a leer el mismo párrafo, estaba sonrojado y culpó al hogar encendido.

—Hace demasiado calor —se quejó.

—Aparta la manta.

—Lo he hecho. —Suspiró. El estómago le rugió por el hambre y la gula. La comida olía deliciosa, y su experiencia le decía que sabría mil veces mejor. Quería hallar algo de qué quejarse, irritar a Beatrice, que se alejara de él. En cambio, de sus labios brotó una incoherencia—: Ese plato merece un torrontés.

—¿Aunque sea martes?

—Ya que hemos arruinado la semana... —musitó. Beatrice contuvo la risa—. ¿Sabes tanto de vino como de café?

—¡No!, de hecho, no sé absolutamente nada de vino. Ni siquiera sé si el torrontés es blanco o tinto.

—Esto es una especie de tortura por mis pecados.

—¿Tienes demasiados? —indagó ella, mitad en broma, mitad en serio. Quería saber, y la curiosidad iba a matarla.

—Los tengo, pero no tantos como para que alguien sirva ese plato con un chardonnay de diez dólares.

—Bueno, pues piénsalo de este modo, hoy pagas por adelantado, mañana pecas un poco más, y todo resuelto.

—¡Ja!, no me queda tanta vida. —Winston cogió el bastón y se incorporó. Beatrice se apresuró a su lado; él alzó la mano, la detuvo con un gesto. Podía dar un par de pasos, o saltos, hasta la cocina. Se acercó al fuego, inspiró el aroma y se le hizo agua la boca. Por el plato, por la cocinera, por la idea de echarse algún que otro pecado más en la poca vida que le restaba. Pero en esa ocasión, optaría por los errores que valían la pena cometer. Sin detenerse más, porque la pierna hacia abajo le dolía demasiado, cojeó hasta la cava refrigerada y eligió el mejor torrontés disponible. Lo llevó a la mesa, junto con el sacacorchos y dos copas de cristal. Se dispuso a abrirlo, mientras Beatrice servía la deliciosa cena inadecuada para un martes.

—En Latinoamérica tenemos un dicho —agregó la mujer una vez sentada a la mesa—: *hierba mala nunca muere* —dijo en español.

—¿Qué significa?

—Que tal vez te quede mucha vida... —Su sonrisa la delataba. Winston resopló, sabedor de que aquello no escondía un halago.

—¿De dónde eres? —preguntó. Le tendió la copa de torrontés, aguardó a que bebiera. Quería vislumbrar su expresión de deleite, porque, estaba seguro, a Beatrice le gustaría ese vino.

—De Guatemala. —Bebió un sorbo. Se sorprendió. No esperaba que le gustara; más allá de los manhattans en el club náutico, rara vez bebía alcohol.

—¿Qué te trajo a Los Estados Unidos? —Beatrice tardó en responder. Se acomodó en su silla, cogió el comando del termostato y lo puso a unos setenta grados Fahrenheit. Winston seguía sus movimientos con concentración, los dedos gráciles, la piel del color del cacao con leche. De perfil podía ver su nariz respingada y pequeña, ubicada en el centro de un rostro redondo. La boca era de labios carnosos y sus facciones no habían perdido la tersura de la juventud. Él se sentía una uva pasa a su lado. Le llevaba tan solo diez años, no eran tantos, y si de vivencias duras se forjaban las arrugas, la señorita Rodríguez tendría que ganarle por amplia diferencia.

—La esperanza... —fue la escueta respuesta.

Winston le otorgó un minuto de descanso, lo suplió con un bocado de deliciosa pasta. Esa mujer era una artista de la cocina.

—Alonso nació aquí, ¿verdad?

Beatrice se tensó un segundo, Benson se sintió fatal. De la historia de Alonso sí estaba al tanto, por MaryAnn, quien fue su hogar de acogida unos años atrás.

—Sí, él es ciudadano estadounidense —dijo, tajante. Los ojos cafés de la mujer lo escrutaron.

A Winston lo desarmaba la mirada de la mujer, la entereza detrás de sus pupilas. Cierto era que MaryAnn y Coleen lo conocían de antes, sabían que perro que ladra no muerde, y eran conscientes de que, en el fondo, se trataba de un hombre inofensivo. Solo una afrenta muy grande lo empujaba a sacar las garras, y las consecuencias lo perseguían. Era un ser con conciencia moral, sentía remordimiento de sus actos. No obstante, Beatrice desconocía todo aquello. Su actitud firme nacía de la dignidad, de una fortaleza de carácter que muchos mequetrefes con ínfulas de poder envidiarían.

Sus mejillas ardieron, el pudor se abrió paso a modo de sangre hirviendo en sus orejas. Bien merecido se lo tenía, se había ganado la fama y la cama en la que le tocaba echarse a dormir estaba repleta de espinas.

—No pretendía... —comenzó a disculparse.

—Veo, ¿entonces no tienes ningún problema con mi hijo?

—¡No, claro que no!

—¿Ni conmigo? —sondeó.

Él fijó sus ojos en ella, los del hombre eran grises, fríos y mucho más difíciles de leer que los de ella. Winston era muy capaz de esconder sus emociones, no entendía por qué, entonces, con Beatrice le costaba tanto. El sonrojo crecía, le nacía en el cuello y avanzaba hasta las sienes. La mujer seguía a su lado, inalterable.

—¿De dónde has sacado que podría tener problemas con ustedes?

Ella arqueó sus perfectas cejas renegridas. Luego sonrió, una sonrisa tenue, escondida detrás de la copa de torrontés.

—Se dice por ahí, y sé de buena fuente que jamás lo has negado, que eres racista...

—Ah, eso... —masculló.

—Y yo blanca no soy, mi hijo tampoco. De hecho, si deseas un detalle de lo que corre por mis venas y genes: ascendencia africana, xinka y española... —Beatrice lo estudió en detenimiento, Winston no se había inmutado, por el contrario, su declaración había alimentado sus ansias de saber. El racismo era ignorancia, el conocimiento es enemigo de la discriminación, y ahí estaba el gran señor Benson, mordiéndose, debatiéndose entre su fachada resquebrajada y su esencia real.

Ganó su esencia.

—¿Xinka?, sabía que en la zona actual de Guatemala habitaban los Mayas y... —Beatrice lo interrumpió. De lo contrario, ese hombre se haría el tonto hasta el fin de sus días.

—Winston, si no eres racista, ¿por qué le haces creer a todos que sí?, no es exactamente la mejor estrategia para ganar amigos.

El señor Benson suspiró. Se dejó caer rendido contra el respaldo de la silla y guardó silencio unos segundos, buscaba cómo empezar una confesión.

—Debí convencer a Johana, mi hija *tiene* que pensar que soy el malo de la historia —enfatizó la palabra «tiene», era de vital importancia que así lo creyera. Beatrice aguardó a que extendiera su explicación—. Era lo mejor para ella en ese momento, pero la mentira creció, y creció, y luego mentí para sostener la mentira, e hice que otros fueran cómplices... ahora el embrollo es tan grande que no sé cómo solucionarlo.

El sonrojo fue reemplazado por palidez. La frialdad de sus ojos grises por la transparencia de un cielo de verano y de sus labios salía una muda súplica.

—¿Por qué no pruebas a contarme?, dos cabezas piensan mejor que una y no hay mentira, por grande que sea, que tenga más fuerza que la verdad.

Él asintió a modo de promesa. No empezaría esa noche, tendrían muchas más para abrir las heridas del pasado y, quién sabe, sanarlas o perecer.

***

El deterioro de la casa era peor del esperado. Era como si alguien hubiese puesto empeño en destruirla en complicidad con el tiempo. Ethan pasó esa misma mañana a revisar la instalación eléctrica.

—Johana —decretó con la linterna apuntando al tablero—, esto no es un daño, se trata de negligencia humana.

—O de boicot —dijo ella, con un nombre en sus labios. Winston Benson.

—¿Por qué querría boicotear su propiedad? —Para Ethan Kane, contratista independiente, aquello no tenía sentido. El problema no era la estructura, la instalación eléctrica o las musarañas. El problema era que todos los compradores se desalentaban sin razón aparente, desde mitos de fantasmas hasta cambios del precio del mercado, todo parecía indicar que estaba maldita.

Johana tampoco entendía por qué su padre boicoteaba cada potencial venta, pero estaba segura de ello. La pintura roja era una prueba más a la lista.

—Eso es lo que desearía averiguar —masculló. Ethan cambió el interruptor automático y, cual Dios en la creación, separó la luz de las sombras—, desearía que no mintiese tanto, porque ya me cuesta diferenciar la mentira de la verdad. ¿Café? —ofreció cuando la cafetera emitió el pitido. Volvía a tener electricidad.

—Nunca me niego al café, menos ahora que lo tengo limitado en casa. A Pauline le da acidez en estos días y me siento fatal bebiendo delante de ella —confesó. Johana le sonrió.

—En breve, el café será lo único que los mantenga con vida. —Ethan le devolvió la sonrisa. Su amiga se alegraba de que al fin tuviera aquello que buscó toda la vida, y más aún, que lo hubiese hallado en Shell Island. Era una romántica, lo admitía, y un poco metiche. Pero como ella no había tenido su felices por siempre, intentaba propiciarlo en los demás y compartir la dicha ajena.

—Ahora, con electricidad como corresponde a este siglo, ¿en qué arreglos te sumergirás? —Johana arqueó las cejas. Le sirvió el café y se apoyó en la encimera—. Me enteré de que empezaste por el hogar de las musarañas.

—Lo esperaba de Alonso, pero... ¿de ti?, ¿prestarte a los cotilleos de la isla?, ¿el reservado Ethan Kane?

—Por tu culpa *fui* el cotilleo de esta isla por meses. Ahora, gracias a ti dejé de serlo. —Brindó con su taza de café y aguardó la respuesta. Su interés no tenía relación con Roger, sino con su pasión en las refacciones.

—Mmm —Jugueteó Johana—, pensaba en derribar ese muro de allí —mintió— y pintar la cocina verde menta. Poner moquetas en la sala, en tooooda la sala, moqueta marrón, ya sabes, que disimula la suciedad y...

—¡Detente, por favor, detente! No puedes tirar ese muro, es de contención, y la moqueta... por si el color no fuera suficiente, ¿cerca del hogar?, es una invitación al incendio y... —Se calló al oír la risa contenida de Johana—. ¡Eres cruel!

—Y tú, un metiche. Te recuerdo... —le dijo, sirviendo el resto de la jarra de café en una taza térmica y entregándosela—, que me has dicho que no cuando te ofrecí refaccionar la casa.

—Vale —Ethan alzó las manos en son de paz, en una de ellas tenía una taza térmica—, solo promete que nada de verde menta.

—¿Verde manzana? —preguntó con falsa inocencia.

—¡Johana Benson!

—Nada de verde, hasta pienso sacar el verde inglés de la biblioteca. Hace que uno se sienta en Harvard, en lugar de en un espacio relajante.

—¿Por qué color lo re...? —Cerró la boca y simuló coserla.

—Ese es mi chico.

Lo despidió, no quemó ese puente, sabía que cada tanto tendría que consultarle sobre materiales, herramientas y técnicas, pero una parte de ella anhelaba llevar la refacción con sus propias manos. Que los expertos de la isla estuviesen ocupados resultó ser *una desgracia con suerte*. Regresar a su vieja casa era poner más que escombros en orden, era acomodar los recuerdos.

Decidió que iría directo a la biblioteca, por allí seguiría; junto con la sala, era la habitación que más agitaba sus emociones. Encendió la luz, bendita sea la electricidad, y el resplandor tenue alcanzó cada rincón.

Miró la lámpara junto a uno de los sofás de paño, la pantalla verde la hizo sonreír. Había una razón más para deshacerse de ese color: Roger Allen. La desenchufó, con ayuda de su camiseta cogió la bombilla, la retiró y luego pudo desenroscar la pantalla. La arrojó con cierto deleite a la inmensa caja de cosas por donar o tirar. Observó derredor, uno a uno, los objetos verdes fueron a parar a esa caja y Johana se sintió cada vez más liviana.

Roger no odiaba el verde, Roger era incapaz de odiar algo y mucho menos, de quejarse. Por lo menos, no solía hacerlo de adolescente y todo parecía indicar que, en ese aspecto, no había cambiado con los años. El problema era el juego de luces que esas lámparas proyectaban sobre el papel. Sobre todo, aquellas de cristal pintado. Los mismos dibujos de mariposas entre flores que las hacían pequeñas obras de arte, conseguían que la atención de un joven con dislexia se fuera por las nubes.

Y Roger Allen tenía dislexia.

Johana lo había descubierto más o menos cuando tenían trece años. En esos tiempos era difícil de diagnosticar, porque el sistema educativo tendía a ser cruel. Si no cumplías con ciertas calificaciones, pues es que eras lerdo y ahí te ves, tú, el estigma y el *bullying*. Por fortuna, había cambiado; ahora se prestaba más atención a los niños, a sus pesares hogareños, a sus dificultades cognitivas. ¡Y vaya si eso daba excelentes resultados!

Ethan Kane, por ejemplo, el problemático niño quien por culpa del abandono no ponía ni pizca de atención en clases. Con un poco de psicología y acompañamiento, le hubieran ahorrado gran parte de los dramas acontecidos después. Y Roger...

Roger la había tenido a ella, y aunque ahora se le estrujara el corazón y le doliera la boca del estómago de pensarlo, se alegraba de haber pasado a su lado la adolescencia. ¿Qué hubiera sido de él si se dejaba convencer por el sistema educativo de que era tonto?, ¿de que no le daba la cabeza? No se hubiese alistado al ejército, ni hecho sus estudios de enfermería dentro del mismo. Mucho menos hubiera confiado en él para cambiar el rumbo y optar por la policía, rendir los exámenes y convertirse en jefe. Aquellos logros se debían a su voluntad férrea y, por supuesto, a que alguien confió en él siempre. Incluso en las sombras, incluso a la distancia.

El librero ocupaba toda una pared, la mayoría de los ejemplares se los habían llevado a la nueva casa. Allí permanecían los de su madre, quien gustaba de leer biografías y libros de salud, y los de la infancia y adolescencia de Johana.

—¡Mi primera edición de Harry Potter! —exclamó, fascinada. Ahora tenía una colección conmemorativa, había olvidado aquel primer ejemplar de edición rústica que su padre le trajo del continente. Lo abrió y halló el dibujo de un corazón en la primera hoja. Sonrió. Así marcaba los libros que leía junto a Roger.

Cogió otro, el caballero de la armadura oxidada. También con un corazón. Solía sentarse allí mismo, en ese sofá. Lo hizo, como entonces. Con las piernas recogidas sobre el tapizado, la cabeza inclinada hacia la luz que ahora no tenía ninguna pantalla que la distorsionara y pasó las páginas.

Ella lo había ayudado a leer, a hacer las tareas y, sobre todo, a enfocarse en una cosa a la vez. En ocasiones, si intentaba tomar nota y poner atención al mismo tiempo, hacía ambas cosas mal. En cambio, si se concentraba, organizaba, podía con todo.

Él la había ayudado a ella. Le hizo descubrir su pasión por los libros, por compartirlos. Leer en Café Jamaica era una extensión de ese amor. Había seguido los pasos de su padre en el negocio inmobiliario, pero su vocación se hallaba en las historias. En leer, en escribir, en hacer que otros adoren la lectura como ella. Roger había sido su primer éxito, ahora el oficial Allen siempre tenía un libro en su mesa de noche y, cuando no, los oía. Los audiolibros eran aliados de los disléxicos.

Allí, en esa casa, había descubierto sus amores. Roger y los libros. Y cuando se mudó, quedaron olvidados, juntando polvo, a la espera de que Johana regresara a por ellos y los hiciera parte de su vida. Suspiró. Leer historias para los niños era un pasatiempo y amar a Roger, un resabio del pasado. ¿Cómo había dejado que eso sucediera?

Ni siquiera podía hallar realmente el punto de quiebre. ¿Fue la muerte de su madre?, no, porque Roger se marchó antes, un par de meses antes. Winston había despedido a Paul Allen, el padre de Roger y jardinero de la casa. El motivo de tal despido nunca estuvo claro para Johana. Tras presionar mucho, Benson confesó que lo hizo porque no quería *esa clase de gente* cerca de su hogar. *Esa clase de gente*, así también se refirió a Roger. Por el color de piel, por la clase social...

Sin embargo, siempre existió un aspecto de ese odio en su padre que la desconcertaba: había sido un odio repentino. Paul Allen trabajó siete años para los Benson, y ¿recién al séptimo Winston se dio cuenta de que eran *esa clase de gente?* No le cuadraba. Nunca lo había hecho, pero cuando se lo planteó a su madre, ya moribunda, ella le dijo que a todos los hijos les llega la hora de ver a sus progenitores tal cual son.

Entre líneas: ella había idealizado a Benson y aquel que despedía a Allen era el real.

¿Y ahora?, tras quitarse el velo, seguía sin ver al real. Con Beatrice era distinto, o, mejor dicho, igual al del pasado. Con Alonso... Incluso ahora parecía no tener el mismo desprecio hacia Roger.

El móvil vibró sobre la mesa auxiliar. Lo cogió sin mirar la pantalla y atendió.

—¿Johana? —La voz de Beatrice la puso en alerta.

—¿Mi padre está bien? —preguntó sin siquiera saludar. Se incorporó de golpe, deambuló por la biblioteca.

—Sí, lo siento, no deseaba preocuparte. No te llamo por él, es... —Vaciló, se oyó cómo tomaba aire al otro lado. Evaluaba si había hecho bien.

—¿Es?, vamos, no me tengas en ascuas. Soy una persona muy nerviosa —intentó bromear.

—Es Roger. —Y la broma se evaporó, era, de hecho, una persona ansiosa.

—¿Qué pasó?, ¿está bien?, ¿dónde está? —Mientras soltaba el interrogatorio, Johana fue hasta el hall, buscó las llaves de su coche, un abrigo, dispuesta a salir y ¿hacer qué?, no lo sabía, algo.

—Sí, Johana, tranquilízate. ¿Por qué eres tan fatalista?, solo te llamo porque Roger le pidió a Alonso cruzar al continente, el último ferry ya partió y...

—Una urgencia —completó ella. Supo que exasperaba a Beatrice, quien intentaba transmitir la noticia con serenidad.

—Pensé que querrías estar a su lado, falleció un compañero del ejército.

¡Bendito Shell Island!, clamó Johana, por supuesto deseaba estar a su lado, acompañarlo en el momento de dolor. De hecho, no soportaba la idea de que él no se lo hubiera pedido.

—¿E-en el frente? —la voz le sonó cortada. Con las ideas más claras, se dispuso a cambiar el atuendo por uno apto a un funeral.

—No, una enfermedad. No sabría decirte cuál.

—Vale, gracias por avisar. De verdad —insistió—, muchas gracias por avisar. Y... y por todo. —Tenía un nudo en la garganta. Allí todos se ayudaban, se cuidaban y sostenían. Que Roger no hubiera pedido más sostén que una mano en un timón la desgarraba. Cortó la comunicación, se enfundó en un vestido sastre negro, abrigo camel y zapatos de tacón, y se marchó sin siquiera echar llave.

Roger llevaba mucho tiempo lejos de la isla, había olvidado que allí tenía amigos. Que la tenía a ella. A él también le había llegado la hora de desempolvar algunos recuerdos para ver cuáles irían a la caja de desechos y cuáles prefería conservar.

L a noticia lo había tomado por sorpresa. Eddie y él se formaron en el ejército juntos, hasta sirvieron juntos en el frente. Roger no concebía que le hubiera ocultado la gravedad de su enfermedad. Se dice por ahí que los lobos, al hacerse viejos o saberse cerca de la muerte, se alejan de la manada. Ellos eran lobos sin manada, pero lo de Eddie iba un paso más allá.

Como amigo cercano, conocía su historia con Johana. Entre tragos y noches en vela, el en aquel entonces cabo Allen se abrió a su colega y le contó el pasado. Su novia, el secreto, el pacto con Benson, la traición final y la huida. Pero, sobre todo, le dejó ver que esa herida aún sangraba. Fue Eddie quien lo instó a hablar con su padre: *sana un trauma por vez*, le aconsejó, con ese acento sureño lento y marcado. *Escucha qué es lo que tiene para decir*.

Paul Allen no tenía nada para decirle a su hijo, o al menos, nada que enmendara su relación. El viejo Allen estaba vacío, no había contado con un gran corazón y el poco que tenía lo había apostado y perdido, como luego hizo con su dinero, trabajo, pensión... No le quedaba nada más para otorgarle a su hijo. Eddie estaba en lo cierto, escuchar lo que su padre tenía para decir lo sanó. La herida se cauterizó, con dolor, dejó una cicatriz, pero dejó de sangrar.

Johana...

La de ella seguía abierta. Y ahí fue Eddie, a darle el empujón necesario: *regresa a Shell Island, toma ese puesto vacante como jefe de policía, para arrepentirse siempre hay tiempo.* Su amigo le dio el valor de enfrentar a los fantasmas mientras él se alejaba solo, a dar un último paseo con el suyo. De contarle a Roger que tenía cáncer en estado avanzado y con solo tratamiento paliativo, jamás se hubiera subido al ferry, aceptado el puesto en Shell Island y mirar a los ojos a Johana una vez más. Hubiese optado por quedarse junto a su amigo hasta el último suspiro, así perdiera la oportunidad de remediar el pasado.

Porque eso es lo que hacen los soldados, caen junto a sus colegas. En cambio, Eddie, ante la última encrucijada de su vida, eligió ser amigo antes que soldado.

Sentía un fuerte dolor en el pecho. Le habían dicho que los hombres no lloraban, que debían ser fuertes, afrontar la vida... ¡Al demonio!, él tenía un caudal de lágrimas y muchas ganas de demoler el mundo con sus puños. Él...

Mientras Alonso preparaba la embarcación para llevarlo al continente, la farola de un coche iluminó la noche. Lo encandiló. No fue necesario forzar sus ojos, la figura al volante se adivinaba: Johana Benson. El tin... tin... tin... de la alarma, el ruido amortiguado de la puerta al cerrarse, la silueta recortándose en la noche... y el alivio repentino. De pronto pudo respirar, la presión en su esternón disminuyó.

Estaba demasiado triste como para enfurecerse o siquiera pensar en el poder que Johana tenía sobre él. Se dejó rodear por los brazos femeninos, inhaló el familiar perfume de mujer y, pese a las capas de prendas, se perdió en la tibieza de ese cuerpo que le brindaba consuelo. Alonso era una presencia silenciosa, odiaba los funerales, el último al que había asistido era el de su esposa y madre de su hijo. La idea de asistir a otro lo perturbaba. Ahora, con la presencia de la señorita Benson, la obligación de ser un buen amigo estaba subsanada y él podía regresar a la isla tras el viaje.

Con ese abrazo en la bruma, con esa presencia que todo lo abarcaba, les recordó a los habitantes que eso era Shell Island. No un pedazo de tierra en medio del océano, no un espacio físico... un lazo irrompible, una red de contención. Hoy por ti, mañana por mí.

—Ya está todo listo —declaró el capitán de Cachorro, la pequeña embarcación.

La respuesta fueron los pasos ahogados, el frufrú de la ropa y el sonido del viento jugando con el mar. El silencio era pesado, como la neblina de esa noche. Ante la muerte jamás hay palabras. Johana se sentó junto a Roger, volvió a cogerle la mano y a transmitirle su calor. La entereza a ella también le faltaba, porque lo que palpaba bajo su piel no era solo el dolor de la pérdida física, era la agonía de una vida en soledad.

Había expulsado a Roger de su vida y, con ello, de Shell Island, en su afán de protegerlo. La inocencia de la juventud le impidió magnificar el gran error cometido. Lo había transformado en un hombre sin raíces y solitario. ¿Podía eso enmendarse? Quiso preguntárselo, allí mismo, en medio del mar, pero las palabras no salieron de su boca.

Roger pensaba algo similar, con la diferencia de hacerlo desde su perspectiva. ¿Era capaz de perdonar?, se cuestionaba mientras sus dedos se aferraban con fuerza a los de Johana, más aún, ¿era capaz de empezar de nuevo como dos extraños? Cerrar la puerta del pasado y alejarse era posible, eso había hecho con su padre; pero reconstruir desde las cenizas es distinto a simplemente arrojarlas al viento y dejar que se esparzan.

Una vez en tierra firme, Johana le soltó la mano y fue hacia Alonso. Lo abrazó a modo de agradecimiento y le susurró al oído:

—Yo me encargo desde aquí.

Roger también le agradeció, esperar el ferry significaba no estar presente en el funeral. Alonso asintió, restándole importancia y le dio el pésame una última vez antes de regresar junto a su hijo. Ellos permanecieron de pie en el muelle hasta perderlo de vista. Lucían como un cuadro craquelado por el tiempo, lleno de fisuras, pero que deja adivinar aún la belleza de las pinceladas originales.

—Ya pedí un taxi —dijo Johana. Regresó a la practicidad, las emociones debían catalogarse y pasar una a una por el embudo de la garganta si no querían morir ahogados.

—Gracias, iba a hacerlo yo.

—Lo sé. Sé que eres mejor que yo en responder bajo presión. —

Le brindó una leve sonrisa—. Te has entrenado para eso. —Roger la observó de soslayo, la luz de la farola la hacía ver como una actriz de *film noir*. Gabardina larga, figura esbelta y expresión enigmática. A él el rol de Humphrey Bogart no le sentaba tan bien como a ella el de Gene Tierney—. No estoy intentando ser funcional, trato de ser una amiga —confesó en un suspiro.

El taxi se aproximó, Roger le abrió la puerta y subió tras ella. Le indicaron al conductor el destino, cada uno giró el rostro hacia su ventanilla. Se volvieron al mismo tiempo, los ojos se encontraron.

—Te has entrenado para esto —le dijo Roger, incapaz de protegerse de ella. Johana lo observó, había perdido el hilo de la conversación—. Eres una buena amiga, de eso no hay duda.

—*Auch* —bromeó, lo hizo sonreír—. Eso sonó a cuando una pregunta si le sienta bien el vestido y le responden que admiran su personalidad o su autoestima.

La risa de Roger inundó el habitáculo.

—También se te da bien esto de socorrer, solo que no tanto como a mí —respondió la puya.

—Ah, conque está compitiendo, oficial Allen.

Las bromas colaboraron a hacer el viaje más ameno, pusieron el dolor de la muerte en perspectiva a la vida.

Era tarde, quizá demasiado, cuando arribaron a la casa de Eddie. La madre los recibió bien, casi con alivio. Lo estaban velando allí y la idea de pasar las horas con el cuerpo sin vida de su hijo, a solas, se le hacía insoportable. Así como ver la infinidad de bandejas con comida que los allegados traían a modo de ofrenda a los deudos. ¿Qué haría con tanto alimento?, ¿esperaban que lo arrojara sin más?

Martha, la mamá de Eddie, abrazó a Roger con tanta fuerza que por poco lo rompe. Él se dejó hacer, la consoló y acompañó al sofá. Johana tomó las riendas de las tareas eficientes. Se encargó de preparar el café y el té, de seleccionar entre los miles de platos algo frugal, capaz de mantenerse en el estómago junto al nudo de dolor y sirvió a los allegados del difunto. Ellos conversaban en murmullos, los últimos momentos del joven soldado, la decisión de no contarle a nadie de su enfermedad...

—Lo vendrán a buscar en unas horas —dijo Martha, en dirección al ataúd—, él quería la cremación; tenía todo tan planeado que solo me ha dejado la tarea de llorarlo. No sé si se lo agradezco o si lo reprendo por ello.

—Pues no te preocupes, déjame la tarea a mí, yo sí lo reprenderé. —Roger le sonrió, le hizo saber que esos sentimientos contradictorios eran normales. Martha se sintió aliviada.

—Dime —bajó la voz hasta hacerla apenas audible—, ¿es ella...?

—Johana Benson. —Había olvidado presentarla. Su acompañante solo había aclarado ser una amiga del oficial Allen. Ahora era la encarnación de *distracción necesaria*.

—Oh, es muy guapa. Algo refinada, ¿no?

Johana los oyó, contuvo la risa y les permitió hacerla centro de su cotilleo.

—Si por refinada te refieres a niña bien...

Martha carcajeó, la risa despertó otra oleada de llanto. Optó mantener la banal conversación, el alivio pasajero.

—Venga, querida, defiéndete.

—Imposible. Soy culpable de todos los cargos —declaró con falsa solemnidad.

—¿Han recompuesto su relación? —indagó Martha—. A Eddie le hubiera hecho muy feliz, ¿sabes? —agregó en dirección a Johana—, él lo convenció de tomar el puesto de jefe en Shell Island. Nuestro muchacho —Le palmeó la mano a Roger— estaba listo para hacer el examen de detective cuando la vacante apareció delante de sus narices. Mi Eddie le dijo: ¡esto es una señal!, ¡y vaya si lo era! Grande y clara. ¿Qué planes tienen?

—Somos solo amigos, Martha —especificó Roger. La mujer arqueó las cejas, los miró uno al otro y frunció los labios.

—Como digas. Digan —se corrigió al ver que Johana mantenía la misma farsa. Si esos dos eran *solo amigos*, ella era una veinteañera con la vida por delante—. La amistad es la base de todo.

—Lo es —asintió Allen—, y recuerda que cuentas conmigo como un amigo.

—Vaya, ¿por qué la distancia? —preguntó Martha, conmovida—, tú eres un hijo más para mí. —Le acarició la mejilla y se lanzó a relatar mil anécdotas. Todas ellas con Eddie y Roger como actores principales. Aquel 4 de Julio; la vez que regresaron del servicio; ¡oh, esa pelea de bar!, ¿quién lo hubiera dicho de esos dos jóvenes tranquilos?

Cambiaron el café por una bebida más fuerte, era hora de que Martha se relajara y consiguiera unas horas de sueño. Johana le hizo señas a Roger, se dispusieron a ordenar la cocina y limpiar un poco, así ella no debía de preocuparse por las banalidades de la vida cotidiana.

—Roger... —murmuró Johana—, esa mujer se está debatiendo entre pedirte o no un favor.

—¿Qué favor? Sabe que puede pedirme lo que sea...

Sí, la señorita Benson se había percatado de ello. El lazo que lo unía a Eddie y, por consiguiente, a Martha era tan fuerte como los tejidos en Shell Island.

—No sé qué favor, adivina no soy.

—Empiezo a sospechar que sí —dijo él, mirando a la madre de su amigo. Ahora que Johana se lo señalaba, le resultaba evidente la inquietud de la mujer.

—Ve a preguntarle, sé directo y no le permitas evadirte. De esa manera no se sentirá culpable de expresar su necesidad.

—Tus tácticas de manipulación son casi militares. —La observó con una mezcla de admiración y pánico—. ¿A ellas recurres para salirte siempre con la tuya?

—Sí, y lo consigo. Observa y aprende, oficial Allen, y luego... imita. —Le dio un suave empujón en dirección a Martha. Ella permaneció en la cocina, haciendo el mínimo ruido, de manera de poder oír la conversación.

Roger se aproximó a Martha. La mujer se retorcía las manos, caminaba de lado a lado y bebía un coñac de a pequeños sorbos, con la esperanza de que le propiciara un buen descanso. La melancolía la asaltaba de oleadas, la reemplazaba la preocupación y de nuevo la tristeza.

—Martha, ¿qué sucede? —indagó Allen.

—Oh, nada, querido, la pena... ya sabes.

—Además de la pena —insistió. Oteó a Johana, ella le dio valor con una mirada—, me doy cuenta de que algo más te preocupa. ¿Dinero? Sabes que puedes decírmelo, ¿verdad? ¿Algún problema legal?, lo que sea.

—Nada, nada... yo... yo me las apañaré.

—Martha... —dijo en tono de tierna amenaza—, si no me lo dices lo averiguaré. Recuerda que tengo acceso a los archivos policiales de Maine.

—¡Ay, qué eres ocurrente! —Intentó bromear. Los ojos oscuros de Roger le impidieron evadirse por más tiempo—. No quiero ponerte en un compromiso... —confesó al fin.

—No será un compromiso. Con todo lo que han hecho Eddie y tú por mí en estos años, ¿quién sería yo sin ustedes?

—Por favor —La mujer lo abrazó—, ni que nos debieras algo por quererte. De eso nada. ¡Me las arreglaré sola!, no quiero que pienses que es una especie de saldo ni nada y...

—Martha —Johana, al ver que Roger perdía la batalla, intervino. Le cogió las manos entre las suyas y dio rienda suelta a su talento—, ayudar a quienes queremos nunca es una deuda, ni un saldo, ni un pago. Es un honor y una dicha. Son las medallas que nos llevamos los que no vamos al frente, nuestra vitrina de orgullo...

—Es que es demasiado...

—No podremos saberlo si no nos lo dices. Hagamos un pacto, tú nos cuentas el problema y nosotros prometemos con solemnidad admitir si la solución escapa o no de nuestras manos.

Con esa certeza, Martha dejó ir su pesar.

—Eddie no estaba solo al final de sus días. Sí es cierto que no le dijo a nadie de su enfermedad terminal y no nos permitió estar a su lado, pero no estuvo solo...

Roger y Johana pensaron de inmediato en una pareja. Una mujer u hombre que amó a Eddie en sus últimos días. Aguardaron a que Martha juntara valor y prosiguiera:

—Adoptó una perrita —expuso con un suspiro.

—¿Una perrita? —Johana exhaló con alivió. Empezaba a vislumbrar el asunto y le parecía menor. Pero, a su lado, Roger fruncía el ceño, negaba con la cabeza y suspiraba con frustración. Martha le sonreía, entre ellos se estaba dando una conversación muda en la que la señorita Benson estaba excluida.

—Empezaría por sacarle el diminutivo, ¿no, Martha? —y entonces en los labios de Roger se dibujó una sonrisa genuina, de cariño hacia su amigo. ¡Lo conocía como a nadie!

—Este... puede que sea una *perrota*.

—Oh... —Johana iba tejiendo escenarios a medida que la información le era entregada. Un perro grande es más difícil de ubicar, pero no imposible. Muchas familias desean....

—¿Y esta perra tiene unos dientes enormes y una presencia que asusta? —siguió Roger.

—Sí, a mí me asusta. Pero no es eso... Siempre hay alguien que desea un animal imponente, amedrenta ladrones con solo verla. Es una pastora belga... malinois dijo el veterinario.

—Ajá... —Roger asintió. Johana los observó sin entender.

—Seguro le encontramos hogar, Martha —prometió la señorita Benson—, nosotros nos encargaremos de todo. —Martha bajó la vista, compungida. Roger arqueó las cejas, reconocía para sí que le divertía la última andanza de Eddie. Eso sí era irse a lo grande.

—Aguarda a tener toda la información, Johana —sugirió Roger, jocoso—, porque te tomaré la palabra y te dejaré con... ¿Cómo se llama?

—Dolly.

—Dolly —repitió—. Un nombre enternecedor. —Martha le devolvió la sonrisa, y de pronto se halló riendo de manera histérica.

—Oh, Roger, ¿qué voy a hacer? Tú sabes a lo que me enfrento y yo...

—Yo no lo sé. —Johana no quería presionar, pero era incapaz de ayudar sin tener el panorama completo.

—Dolly es una veterana de guerra —expuso Roger—, ¿cuántos años tiene? —inquirió.

—Tres. Es casi una cachorra...

—¿Tiene estrés postraumático? —El oficial Allen cambió el tono a serio.

—Sí, y empeoró con la enfermedad de Eddie. Ahora tiene estrés y depresión... y un poco de obesidad —enumeró Martha—. Es un caso complejo, una perra así, con esas fauces, ese entrenamiento, esa fuerza y tan... tan...

—Inestable.

—La van a sacrificar si no le consigo hogar. —Martha se cubrió el rostro con las manos—. Era la última compañera de Eddie y se va a ir con él. Es tan injusto... —Las lágrimas se hicieron presentes—. Él quiso brindarle una segunda oportunidad, ¿sabes?, porque si no la hubieran tenido encerrada en un canil, y ahora... y ahora...

—No permitiremos que la sacrifiquen. Yo me haré cargo de ella personalmente —prometió Roger—. A mí me la entregarán, porque tengo entrenamiento militar como Eddie y sé trabajar con perros adiestrados del frente.

—Es demasiado. Tú tienes trabajo, vida... —Observó a Johana—, asuntos del pasado por resolver. Dolly será una complicación.

—O un consuelo... como lo fue para Eddie. Déjame encargarme de ella. ¿Dónde está ahora?

—En el canil del veterinario, la tuvieron que sedar con la muerte de Eddie, su corazón casi no lo soporta y el mío tampoco. ¡Lo que aullaba ese animal!, te partía el corazón en más pedazos de lo que uno ya lo tiene roto.

Roger permaneció junto a Martha, la tranquilizó y acompañó a la cama. Se ocupó de los asuntos de la funeraria, el crematorio y las cenizas. Con Johana apenas habían dormido unos segundos en el sillón, pero no podían regresar a Shell Island aún. El último ferry partió y ellos permanecieron en el continente.

Alguien más los necesitaba. Tenía cuatro patas, unos dientes de miedo y tantas heridas como sus nuevos dueños.

Johana sintió que estaba atrapada en una película de zombis; ella no era la protagonista, su cerebro había sido devorado y ahora subsistía a base de respuestas neuronales básicas. Clamaba café con cada fibra de su ser, incluso un café sin gusto como el de un Seven Eleven.

La ceremonia de despedida de Eddie fue emotiva. Martha lloró mares, era inconcebible cuando una madre sobrevivía a su hijo. Estaba devastada. Se aferraba a los compañeros de regimiento, porque en ellos vivía la memoria de su pequeño. Tras el último adiós, Roger y Johana partieron en dirección a la veterinaria en la que Dolly se hallaba recluida. Los aullidos del animal fueron descorazonadores.

Estaba sola en un enorme canil que igualmente le quedaba chico. Lo recorría de esquina a esquina, olía el mundo exterior y se lamentaba. Johana quedó petrificada ante el animal, entendió a Martha con cada fibra de su ser. Imponía respeto, por no decir que daba un miedo de muerte.

Dolly era hermosa, sin dudas. Hermosa como lo son los leones capturados por las cámaras del National Geographic. La clase de animal que uno admira siempre y cuando esté a la distancia. El hocico era negro como la noche, los dientes blancos como la luna y el pelaje del color del amanecer. Johana la describió mentalmente de esa manera tan poética en el afán de restarle terror al asunto.

—Si la pienso como un cielo, entonces no es tan intimidante...

Ni ella lo creía. Roger la miró, contuvo la risa, pero no la saña.

—Ahora ves con más cariño a las ratas, ¿verdad? —bromeó.

—Con más cariño... lo que se dice con más cariño, no. Solo admito que las ratas no tienen ese tamaño. —Señaló a Dolly.

El veterinario era un hombre corpulento, entrado en años y con mucha experiencia en animales grandes. Se presentó, estrechó las manos y se sumó a la conversación.

—Dolly es un amor, es más probable que un perro pequeño muerda antes que ella. Los animales solo atacan cuando se sienten amenazados y...

—Y dudo que algo la amenace a ella —completó Johana, con la voz algo temblorosa.

—Exacto. Nuestra chica se hace respetar, ¿a que sí, preciosa? —le dijo el hombre y le dio una golosina para perros a través de la reja. Dolly la deglutió de un bocado, la serenidad le duró lo que el gusto en su paladar. De inmediato regresó a su andar nervioso—. Señor Allen, tengo entendido que usted también fue militar y tiene experiencia con animales como Dolly.

—Así es. Igualmente, me gustaría conocer el panorama completo, por el bien de Dolly. Creo que ambos sabemos qué destino corren si llegan a cometer un error.

Johana se estremeció. Ahora que la había visto, la idea de la eutanasia le resultaba cien mil veces más espantosa. Le aterraba pasar la mano por la reja, el veterinario lo notó, le tendió un puñado de pienso seco y la instó a dárselo. Ella se atrevió de a poco, sin pasar del todo el brazo por la reja.

—Bien, Dolly tiene estrés postraumático porque sirvió en el frente como perro busca-bombas. Estuvo cerca de un par de explosiones y participó de varios tiroteos, sin contar con que se ha lanzado en paracaídas, viajado en aviones, barcos... Digamos que la vida casera, bueno... le da ansiedad.

—Dolly —dijo Johana, juntó coraje y pasó la mano por la reja, dejó que la perra se la oliera—, has tenido, sin dudas, una vida más interesante que la mía, ¿y cuántos años tienes?

—Tres años y ocho meses —respondió el veterinario. Dolly, tras olfatear, volvió a alterarse.

—Sentada —clamó Roger, en voz de mando, y el animal posó sus ancas sobre el suelo.

—¡Vaya, vaya!, otro que se hace respetar —bromeó Johana. Regresó su atención a Dolly, mientras los hombres hablaban.

—También sufre de depresión, pero es normal en los animales y suelen superarlo con el tiempo —especificó el veterinario.

—El tiempo lo cura todo, incluso en mascotas —coincidió Roger. Johana tragó saliva, se dio por aludida. El cambio en su humor fue percibido por la perra, quien se acercó a ella y buscó lamerle el rostro. El chillido agudo que Johana emitió la avergonzó por completo, el oficial Allen contuvo la risa y, en cambio, comandó—: ¡Al suelo, Dolly!

El animal acató de inmediato. Patas delanteras extendidas, cabeza posada entre ellas. ¡Era adorable!

—El problema —prosiguió el veterinario—, es que la depresión la ha hecho subir de peso. Está acostumbrada a mucha actividad física y a emociones fuertes, su corazón y la grasa corporal no son compatibles.

—Ejercicio, entendido —repitió Allen.

Dolly volvía a estar ansiosa en el canil, el veterinario la imitó. Nadie quería sacrificarla, pero su ansiedad era muy peligrosa. La perra rara vez encontraba algo que considerara una amenaza, porque todos los animales eran más pequeños que ella y los humanos eran pan comido; sin embargo, un simple susto, como los fuegos artificiales del 4 de Julio, podían ponerla en alerta absoluta y dispuesta a todo por proteger a quien creía en riesgo. Y no sería una mordida suave, una advertencia de dientes, como solía pasar con los animales domésticos... Dolly estaba entrenada para someter y matar.

—No quiero ser pesimista —expresó el profesional—, es importante que sepan que sus estados de ansiedad son peligrosos.

Johana asimiló la gravedad del asunto. Roger emitió otra orden de estarse quieta que consiguió un par de minutos de serenidad y también iluminó la mente de la señorita Benson.

—Ya sé —interrumpió la conversación—, ya sé lo que Dolly necesita. ¡Un objetivo!

—¿Qué? —Roger la observó, ella estaba sentada en posición Buda frente a las rejas, mientras la perra pasaba el hocico en busca de caricias. Las manos de Johana le retribuían la osadía, el miedo menguaba minuto a minuto.

—¡Quieta! —probó. Dolly no le hizo caso.

—Quieta —repitió Allen. Consiguió su cometido. Johana le sacó la lengua—. Tienes que ser firme, no gritar ni vacilar.

—Vale, vale...

—Usted hablaba de objetivos —intervino el veterinario—, ¿a qué se refiere?

—A que Dolly necesita un empleo, claro. —Se incorporó. Roger le extendió la mano y tiró de ella hasta que recuperó la posición vertical. El impulso la hizo caer sobre su pecho, él la retuvo un segundo más de lo necesario, y ella le regaló otro segundo de respuesta. Sus ojos conectaron, la sonrisa masculina le transmitió entendimiento. El oficial Allen sabía a qué se refería Johana—. Es una chica con una vida muy activa, le da ansiedad el encierro, pero en cada ocasión en que Roger le da una orden, se serena. Necesita eso, órdenes, misiones, actividades... Y nosotros podemos dárselas. ¿Verdad?

—Sí —confirmó Roger—, es decir, puedo seguir su entrenamiento y ejercitarla, asegurarme de que gaste energía...

—Pero me refiero a algo más, Roger. —El veterinario los observaba, ellos apenas se percataban de su presencia—. Podríamos entrenarla para ser un perro de búsqueda y rescate.

El oficial Allen se quedó prendado en el plural. Él estaba acostumbrado al singular, pero Johana le obsequiaba un plan conjunto. Podríamos entrenarla, los dos, a la par... Se quedó sin habla. A la señorita Benson le sobraban las palabras.

—En temporada alta siempre se pierden los turistas, no hay ocasión en que no tengamos que rastrillar la isla. Si Dolly puede encontrar una bomba, puede hallar un niño así... —y chasqueó los dedos— de rápido.

—Bueno, podría, el entrenamiento es otro —explicó Roger.

—¡Por supuesto!, esa es la mejor parte. El entrenamiento la ayudará a hacer ejercicio, gastar energías y, lo más importante, bajar la ansiedad. Al suelo... —comandó, Dolly inclinó la cabeza y Roger carcajeó.

—Tendré que entrenarlas a las dos...

—¿Eso es un sí? —Johana dio un brinco—, ¿acabo de oír un sí enorme? ¿Escuchaste, Dolly?, el lunes empezamos crossfit.

El oficial Allen rodó los ojos con exageración, escondió así el tsunami de emociones que lo aplastaba. Johana seguía siendo Johana, la muchacha con planes, llena de energía y que utilizaba su superpoder de manipuladora para el bien. El veterinario también agradeció la propuesta, era lo más cercano a una solución que se le había presentado desde la muerte de Eddie.

Fue el turno de sacarla del canil, subirla a la camilla y empezar el trámite de sesión de dueño. No era una adopción convencional, a Dolly había que registrarla casi como un arma.

—¿Cuánto tiempo estuvo con Eddie? —preguntó el oficial Allen. Acariciaba el pelaje del animal con mano firme, le transmitía seguridad.

—La adoptó cuando supo que él tenía cáncer y que ella... bueno, ella también tenía los días contados.

El veterinario escaneó el chip y se dirigió al ordenador a actualizar los datos de contacto. Roger y Johana quedaron a solas, con Dolly en el medio.

—¿Por qué crees que la adoptó? —inquirió Johana. No había conocido a Eddie, le era imposible adivinar sus intenciones, pero al ser amigo de Roger y tras ver el cariño que despertaba en sus familiares y allegados, no dudaba en que el objetivo había sido noble—. Conocía su enfermedad, el tiempo que le quedaba, incluso te lo ocultó a ti y a su madre... al igual que la ocultó a ella...

Roger le sonrió.

—Porque sabía quién se haría cargo y tuvo la misma brillante idea que tú...

—¿Cuál?

—Darme un objetivo para paliar su partida.

Johana apenas se sostenía de pie. Con la única neurona despierta, admiró la capacidad de Roger de ser funcional. Dolly ya estaba en su poder, la ansiedad del animal era un hecho y, pese al cansancio que azotaba a ambos, la llevaron al bosque a hacer actividad física. La señorita Benson probó un par de veces más su voz de comando, sin mucho éxito. Debía recompensarla con golosinas si deseaba conseguir algo, y el peso de Dolly le impedía más de tres extorsiones al día.

La perra se adaptó a ellos con facilidad. En parte porque el periodo con Eddie fue corto y en parte porque Roger estaba en lo cierto, había sido el plan de su amigo. Dolly llevaba meses en contacto con objetos pertenecientes al oficial Allen. Una gorra, algunas medallas y el viejo kit de supervivencia militar que había quedado olvidado en casa de Eddie. A Johana le sorprendió que el olor permaneciera en los objetos tanto tiempo y cometió el error de olfatearse a sí misma.

—Puaj...

Roger la miró justo cuando ella escondía la nariz en su otra axila con gesto de desagrado. Rio de buena gana.

—¿No eres amiga de los olores corporales?

—No sabía que podía oler así. Y llegué al punto en que rociarme con un perfume empeora la ecuación.

Le devolvió la sonrisa a Roger. Su antiguo novio estaba melancólico, sí, pero también algo feliz. Como lo están las personas que regresan a un sitio importante de su vida. Eddie y Martha fueron su espacio seguro por mucho tiempo. Dolly corría. Se hallaban a leguas de otra casa, porque aún desconocían las respuestas del animal y querían brindarle un espacio abierto, libre de correas, caniles y bozales.

El silencio cómplice se instauró entre ellos. Johana estaba demasiado agotada como para pedirle a Roger que se alejara, no la oliera de ser posible. Porque él... ¡maldición!, él olía a él. A hombre, a fuerza, a recuerdos y pasado.

—Noté que Martha fue como una madre para ti —Johana habló bajo—, ¿y Paul?, ¿dónde está tu padre?

—Nos distanciamos.

—Lo entiendo —susurró—, ese año nos distanció a todos. Yo también desde entonces estoy enojada con mi padre...

—Fue lo primero que noté al regresar a Shell Island. No fue el nuevo edificio de correo, ni la ampliación del muelle, ni la apertura de Café Jamaica..., el mayor cambio en la isla es la relación Benson. —Roger la observó, ella no se atrevió a devolverle la mirada. Se había asegurado de que Allen jamás supiera el motivo de su alejamiento, porque en aquel entonces eran jóvenes y se creían más fuertes que el mundo. Hubieran arruinado sus vidas. Si ahora callaba era por cobardía, por miedo a que Roger volviera a irse lejos de ella. Se le llenaron los ojos de lágrimas, parpadeó, las deshizo antes de que escaparan de sus ojos. El egoísmo no le sentaba y retener a Roger con secretos y medias verdades era la definición de egoísmo—. Pero también me percaté de que aún se quieren, Johana. Él te quiere y tú a él...

—¿Tu padre y tú no? —preguntó, horrorizada. Era cierto, quería a su padre y sabía que él la quería a su vez, esa dicotomía era el génesis de la mala relación. Por fin se atrevió a mirar a Roger, el dolor fue agudo, el joven que amó y el hombre que... ¿aún amaba?... conocía la soledad más abyecta. Johana era incapaz de concebir el odio entre hijos y padres. ¿Rencores?, sí. ¿Distancias?, sin duda. ¿Malos entendidos?, a montones. Pero, ¿odio o indiferencia...?—. Se ve que en eso también soy una maldita niña privilegiada —dijo en voz alta. Roger fue capaz de adivinar los pensamientos que recorrieron su cabecita en esos segundos de silencio.

—Me alegro por ti, Johana. Muchísimo. Todos los niños del mundo tendrían que ser unos *malditos privilegiados*, no te culpes por ello. Culpa a los padres que no son como el tuyo.

—Pensé que detestabas a mi padre...

—Pensé que entendías las contradicciones que despierta tu padre —dijo, mitad en serio, mitad en broma. Johana rio. Sí, Winston Benson y *sentimientos encontrados* eran términos hermanos. Roger le tendió la mano, ella la aferró y se puso de pie. Dolly corrió a su encuentro, recibió un par de órdenes del oficial Allen y en pocos movimientos una correa y un bozal la tenían de nuevo bajo el mando humano.

Un embotellamiento y adiós al último ferry. Johana pensó que lloraría, se debatió en extorsionar a Larry, el trabajador de la boletería, quejarse con el gobernador de Maine o iniciar una protesta portuaria, pero todo ello requería mayor energía de la que le quedaba en su cuerpo.

—Podemos llamar a Alonso —sugirió Roger—, o podemos buscar un hotel y partir mañana.

—Tendrá que ser el hotel. Si llamamos a Alonso nos ganaremos muchos enemigos en la isla.

—¿Ah, sí?

—Claro. Es la noche libre de Ethan con Pauline, eso quiere decir que Erina —aludió a la hija de Ethan— está con Mickey —el hijo de Alonso—. Y MaryAnn, tercer jueves del mes, tiene noche de bridge —Si Alonso tendría que correr por una emergencia, recurriría a ella, pues su madre estaba a cargo de los cuidados del señor Benson—. El torneo está reñido, Gladys está a punto de ganarse la botella de coñac y eso es algo que Coleen no puede permitir...

—Estás en lo cierto, como oficial de la ley, lo último que deseo es tener que arrestar a tres mujeres por juego ilegal.

Echaron un último vistazo al mar y se dieron la vuelta. A Johana le latían los pies dentro de los tacones, al menos ahora no se preocupaba por el olor de sus axilas. Roger a su lado estaba casi tan inquieto como

Dolly, detestaba no tener en sus manos el modo de socorrerla. Se mezclaba su esencia asistencialista de siempre con el cariño latente que Johana despertaba en él.

Cogieron un taxi y le indicaron la dirección de un hotel hallado en Google Maps que decía aceptar mascotas. La señorita Benson se negaba a cerrar los ojos, estaba al límite del colapso y, si se dormía, la tendrían que cargar como un crío hasta la cama. ¡Y antes se bañaría! Las pocas horas de sueño en el sofá de Martha se le presentaban lejanas y casi, casi, tentadoras. Su agotamiento le impidió notar la expresión de pánico del conductor, el hombre miraba por el espejo retrovisor a Dolly con miedo. Suspiró aliviado cuando los tres pasajeros descendieron.

En el hotel se enfrentaron al primer obstáculo.

—Eh... sí... aceptamos mascotas, pero... —La recepcionista no quitaba los ojos de Dolly, sudaba, y el miedo alteraba aún más a la perra. El miedo humano suele estar asociado a respuestas irracionales, como disparar un arma sin negociar.

—Tiene bozal, correa y entrenamiento —negoció Roger.

—Déjeme hablar con la encargada...

Tras perder otra hora de valioso descanso, no los admitieron en el hotel. Fueron al siguiente, y al siguiente... la escena se repitió de manera idéntica. Cambiaban los actores. Rebecca era Louis; Louis, Ruppert; Ruppert, Sandra...

—Probemos un motel —sugirió Johana—, Norman Bates no puede hacerme más daño que estos malditos zapatos de tacón. —Roger gruñó, Dolly lo hizo a la par. Los ojos de ella brillaron de cariño. Entendió que el oficial Allen no quería llevar a la maldita niña privilegiada a un motel de mala muerte—. Será anecdótico... ¿a que sí? Ustedes —dijo en dirección a la perra y el hombre— se han lanzado de paracaídas, volado en aviones de guerra, visitado países exóticos y yo ni siquiera he estado en un motel. Será parte de mi entrenamiento.

—No intentes hacer ver esto como bueno —respondió él, molesto—, accedo porque estás al borde del desmayo.

El motel quedaba a pocos metros del último hotel en el que no fueron admitidos. Fueron a pie, un martirio para Johana, un juego para Dolly. Al llegar, los admitieron sin problemas. Solo le cobraron un depósito extra por el animal.

—Tenemos disponible una sola habitación, cama doble... tuvieron suerte.

¿Cómo explicarles que no eran pareja? Roger se debatió en ir al siguiente motel; la palidez de Johana lo hizo desistir. Él podía aguantar varias horas más de pie, estaba entrenado para situaciones más difíciles. En las misiones solían pasar noches sin dormir, solo descansaban un par de horas asignadas por turnos entre disparos y explosiones; reconocía que no era lo que más extrañaba de su antiguo trabajo. Esas condiciones llevaban a los veteranos a buscar cualquier otro empleo, mientras más aburrido, mejor.

—La tomamos, gracias. —Se apuró a extender su tarjeta, antes de que a Johana se le ocurriera siquiera abrir el bolso. Estaba mal, muy mal, pero poder cuidarla se sentía bien. Ella siempre lo había protegido a él. En la escuela de los maestros impacientes con su dislexia, en la isla con cualquier muchacho que deseara burlarse del hijo de un simple jardinero, ahora lo protegía de Winston y de lo que ella creyera que era una amenaza. Él, en cambio, la había cuidado una sola vez... de la verdad... y el resultado fue catastrófico.

La condujo por la galería que unía las habitaciones del motel. A unos pasos se hallaba una máquina expendedora de alimentos y una de agua caliente. La habitación era humilde pero limpia, con sábanas de algodón suaves por tantos lavados, toallas delgadas que raspaban la piel y un televisor pequeño, amurado a la pared. La cama estaba en el centro, secundada por dos mesas de noche, y la moqueta tenía algunas manchas de vaya uno a saber qué año.

—Necesito un baño urgente —suspiró Johana.

—Ve, yo iré a por alimento. ¿Algo en particular?

—Mmm... —Johana cogió el móvil, buscó en la zona—, alitas de pollo con patatas fritas.

—Hecho. Cierra con llave cuando me vaya, ¿sí? —pidió—. Tú —dijo en dirección a Dolly—, protege... —Dolly corrió hacia Johana, casi la lanza al suelo. Roger consiguió detenerla—. Lo siento, lo siento —se disculpó entre risas—. Dolly, protege la puerta —especificó, señalando el espacio, y la perra se echó al suelo, con las patas delanteras extendidas y la cabeza alerta posada entre ellas.

—¿Qué fue eso? —Johana sentía el corazón a mil. La ausencia de pánico se debía a la risa de Roger.

—La orden de proteger suele indicar proteger al soldado, eso implica tirarse encima de él y cubrirlo con su cuerpo de cualquier ataque.

—¡Vaya!

—Y por algún motivo, Dolly creyó que tú eras, de los dos, el soldado que más necesita protección —completó con una media sonrisa.

—No voy a discutirle a ninguno de los dos —Alzó el dedo, amenazador— el hecho de que me consideren indefensa, porque... porque estoy muy cansada. Mañana ya verán, ya verán...

Con una sonrisa tan amplia como la de Roger, se metió en el baño. Quitarse las prendas fue una delicia, los zapatos, ni hablar; meterse bajo el agua, mucho más. Pese a no tener más que el *body & hair* del motel, se enjuagó el cabello y frotó su cuerpo con esmero. Necesitaba quitarse cuarenta y ocho horas de actividades de encima. Se rodeó con la toalla y recién allí cayó en cuenta de que no tenía más ropa que la muda usada.

—¡Mierda! —masculló. Bragas de repuesto siempre llevaba, su neceser con productos de tocador la acompañaba a todos lados, pero no mucho más. Se suponía que era un viaje de veinticuatro horas. Pensó en ir a un Walmart, comprar algo, pero la simple idea de sumar una actividad más al día la desalentó.

La puerta sonó, la ausencia de nervios de Dolly le dijo que era Roger. Se puso las bragas limpias, se rodeó con la diminuta toalla y abrió.

Roger quedó petrificado en el umbral al verla.

El entrenamiento militar no le valió de nada. Estaba acostumbrado a los cuerpos, a todos. Formas, edades, sexos... Sirvió con mujeres y hombres, tanto en el ejército como en la policía. Hizo la preparación de enfermería en el frente. Nada de ello le sirvió a la hora de mirar a Johana. Parpadeó, y el sonrojo inundó las mejillas de la mujer.

—Lo siento, me percaté de la ausencia de ropa una vez que me la quité. —Se dio media vuelta, el impacto fue peor. Roger no sabía si era mejor verla ir o venir. El trasero respingón, las piernas torneadas y esa jodida toalla que invitaba a imaginar lo poco que cubría.

—Eh... claro... nuestro viaje se extendió. —Ingresó y cerró tras de sí. Dolly dio por finalizada la orden al oler el pollo. En la teoría de entrenamiento canino, la perra debía comer después que ellos; pero en esos momentos no estaba para seguir el manual. Sintió pena del animal y le sirvió pienso seco—. Johana... —la detuvo antes de que se perdiera en el baño—, ¿te pondrás tu vestido?

—Otra alternativa no queda...

Roger divisó la prenda extendida en la silla. Le pareció un instrumento de tortura. Se trataba de un vestido negro, entallado, que terminaba en la rodilla y enfundaba el cuerpo femenino hasta el cuello y muñecas. No era sugestivo en el sentido tradicional, se trataba de un atuendo apropiado para un funeral, eran las curvas ocultas lo que le daba aquella forma del demonio. El cierre en la espalda se le clavaría sobre la piel, las mangas la agobiarían...

—Puedes usar mi camiseta... —sugirió poco convencido—. Es decir, no es que yo huela a rosas...

No, hueles a testosterona en su estado puro. A feromonas. A deseo. A mi perdición. Las palabras se atoraron en la garganta de Johana, el sonrojo se incrementó.

—¿Y tú?

—Bueno, suelo dormir solo en ropa interior... También está mi camisa, pero...

—¿Pero?

—Pero trasluce un poco. —Y moriré calcinado si puedo entrever tus bragas.

—Vale... si no te molesta, sí, preferiría tu camiseta a mi vestido. —Miró la prenda negra con pavor, su piel aún contaba con las marcas que las costuras habían impreso en ella.

Lo que Johana no tuvo en consideración era que, para darle su camiseta, Roger tenía que desvestirse. En frente de ella. Los dedos masculinos aflojaron la corbata, la sacaron por la cabeza. Siguieron con los botones, los tendones del cuello de Roger la hipnotizaron. Era incapaz de moverse, de apartar sus ojos. Aquella piel oscura, la forma de su cuerpo firme, la musculatura... Todo él era su condena. Se había debatido desde su regreso si aún lo amaba. Sin dudas amaba su recuerdo, al muchacho que supo ser, amaba lo que construyeron juntos en la juventud... pero no sabía si amaba al hombre que era ahora. Necesitaba conocerlo de nuevo, bucear las lagunas de su pasado y completar la estampa. Sin embargo, de algo sí estaba segura: lo deseaba más que antes. Lo deseaba como una mujer desea a un hombre. Sin las hormonas revueltas, sin la inexperiencia y la curiosidad de los primeros encuentros. Lo deseaba con conocimiento de causa. Así fuera un extraño en un bar, ella se iría con él a cometer locuras en una habitación de motel.

Ya estaban en la habitación. Ya estaban desnudos. ¿Estaban tan locos?

El terminó de quitarse la camiseta. El pantalón estaba desabrochado y se veía el elástico de su bóxer. Le tendió la prenda, tenía su perfume impregnado. Ella se la colocó y, por debajo de la tela, retiró la toalla. Roger siguió sus movimientos con la misma expresión de tortura que unos segundos atrás tenía ella.

—Gladys Whitmore hubiera musicalizado el momento —dijo Johana, ansiosa de enfriar ese infierno.

—¿Con *Let's Get It On?* —bromeó. Estaba acostumbrado, él era uno de los *buenorros* que conformaban el elenco de Magic Mike versión Shell Island. En cada ocasión que estaban en el club náutico de Coleen, Gladys los instaba a *ponerse cómodos* y regalarles un espectáculo de piel masculina y mucho músculo. Los otros dos participantes eran Ethan y Alonso.

—Creo que en esta ocasión hubiera optado por Joe Cocker.

Las risas sonaron roncas. Roger se apresuró a perderse en el baño, lo hizo de modo torpe y no consiguió ocultar del todo el motivo. De pronto sus pantalones estaban más abultados de lo habitual.

—Ahora estamos solo tú y yo —le dijo a Dolly. Oyó el sonido de la ducha, se cubrió el rostro con ambas manos—. Protege la puerta —le ordenó al animal—, protege la puerta del baño porque yo soy toda una amenaza.

Dolly inclinó la cabeza de ese modo tan suyo. Le prestaba una oreja, cual psicoterapeuta, pero no les hacía caso a sus órdenes. Johana probó con algunos comandos más, así se entretuvo hasta que Roger salió del baño, con la piel húmeda, el cabello chorreando, los pies descalzos y los pantalones apenas colgando de las caderas.

Se merecía ese infierno. Se merecía arder en llamas. Comieron las alitas de pollo con la televisión encendida de fondo.

—¿Qué piensas que tiene ese conteiner? —preguntó Johana en referencia al programa de tv que veían.

—Sabes que está todo arreglado, ¿verdad?

—Oh, ¡eres una aguafiestas! —lo reprendió, golpeando suave el brazo. Bostezó y se dispuso a juntar las cajas vacías con olor a salsa picante. Él la detuvo.

—Me ocupo de esto yo, tú duerme. —Ella se arrastró por el colchón—. Del otro lado...

—¿Tiene preferencia por un lado de la cama, oficial Allen?, no lo hacía tan quisquilloso.

Él le brindó una sonrisa enigmática.

—Prefiero el lado de la puerta. Por seguridad —insistió.

—Oh... —Otro bostezo—, siento que nunca dormí más segura en mi vida. Dolly de un lado, un oficial de la ley del otro... —Tiró de las sábanas y se acurrucó. Dolly saltó a su lado ni bien ella cerró los ojos. Roger observó el cuadro, su pecho le pesó por la ternura inusitada. La perra seguía considerando a Johana como su objetivo a proteger.

—No somos tan distintos, ¿verdad? —Le acarició la cabeza, y la perra le lamió la mano. Tiró las cajas vacías al cesto, y se acostó lo más alejado que pudo de Johana. Lo que fuera con tal de mantener la cordura.

Durante la noche, Dolly fue su enemiga. La perra también estaba cansada y cayó presa de un sueño profundo, sueño que la hizo buscar una posición cómoda. Fue empujando el cuerpo de Johana más y más hacia el centro de la cama, hasta arrastrarla a los brazos de Roger.

Al alba, él abrió los ojos apenas. La mano de Johana estaba sobre su pecho, una de las piernas enredadas entre las suyas, la melena le acariciaba el hombro y la maldita camiseta se había elevado, dejando al descubierto el nacimiento de su blanco trasero. Su mente no fue lo único que despertó; de pronto todo su cuerpo estaba más vivo que nunca. Gruñó y cabeceó la almohada con frustración.

Johana abrió los párpados. Sus ojos grises lo escrutaron en la oscuridad.

—¿Ya es la hora?

—No, duerme un poco más.

Ella le regaló una sonrisa adormilada y volvió a cerrar los ojos. Roger aguardó a que la respiración se volviera pesada y cedió a la tentación. Le dio un beso en la frente y, recién entonces, la pudo acompañar al mundo de los sueños.

Cogió el mando a distancia de la tv y bajó el volumen hasta llevarlo a mudo. El episodio de la Ley y el orden, repetido por tercera vez, perdía interés comparado al suave y alegre murmullo que resonaba entre las paredes de la cocina. Maldijo para sí cuando intentó levantarse y el dolor en la pierna pudo más que él. Quizás era la humedad del día lo que había hecho que todo le doliera el doble. Quizás era simplemente el jodido paso del tiempo o la mochila repleta de emociones contenidas que cargaba a cuestas. Un par de noches con Beatrice bastaron para que Winston hallara en su compañía el método de expiación que tanto había anhelado. Se reconocía un cobarde, no se atrevía a levantar la alfombra por su cuenta y exponer la suciedad, necesitaba de alguien que lo hiciera, que le gritara: ¡Mueve el trasero y ponte a hacer el aseo de una vez!

—¿Has dicho algo? —alzó la voz. Fue un artilugio para capturar la atención de la mujer. Si Mahoma no podía ir a la montaña, haría que la montaña fuese hasta Mahoma.

El rostro de Beatrice se asomó por la puerta de la cocina.

—No, no he dicho nada, solo estaba tarareando una canción mientras cocinaba.

—Me pregunto qué estarás cocinando en esta ocasión —masculló.

Activó su modo de viejo cascarrabias—. Tendremos que empezar a utilizar un menú semanal para evitar sorpresas desagradables.

—¿Un menú como en la cafetería? —carcajeó Beatrice—. No, no. Lo siento, abandono la rutina del restaurante a las 6 PM, después pretendo dejarme llevar por la maravillosa improvisación —dijo como cierre final, uno muy enigmático para Winston. Volvió a desaparecer tras la puerta.

¡Al diablo el dolor! Se aferró al bastón, contuvo el quejido y se incorporó del sillón. Pasta con camarones, espagueti con boloñesa, lasaña de vegetales, risotto con parmesano, ese había sido el menú de la semana. Se preguntaba qué estaría improvisando la mujer esa noche. Lo que fuese, lo degustaría con disimulado placer. No expondría su satisfacción, no era propia de él. Ni siquiera recordaba cuándo fue la última vez en la que recibió tantas amables consideraciones. Él solía ser el encargado de las atenciones y las complacencias, en muy pocas ocasiones se sintió del otro lado de la ecuación. ¿Recibiendo? ¿Él? Le sobraban los dedos de las manos para contar las veces.

—¿A qué huele? —exclamó con tono demandante desde la puerta. Tenía la nariz fruncida, intentaba descifrar el enigma.

—A algo delicioso, por supuesto. Es lo único que debe de importarle, señor Benson. —Ni siquiera se volteó a mirarlo, continuó con la labor. Sonrió para sí, se daba el mérito de haber logrado que el hombre abandonara el sofá por su propia cuenta—. Reconozco que mi primera elección fue preparar una deliciosa ternera al vino tinto.

—¿Ternera al vino tinto? —protestó Winston. Estaba loca, cocinar un plato tan elaborado para un hombre como él—. ¡Mujer, es un condenado jueves, no una celebración!

—Tengo dos cosas para decir con respecto a lo que has dicho... —Estaba limpiando los trastos utilizados. Le gustaba sentarse a la mesa a cenar con la cocina acomodada. Cerró el grifo del agua. Giró sobre sus talones—. Primero, desistí de la ternera al vino tinto porque, como es tu costumbre, de seguro querrás cenar con una copa de vino como acompañamiento. Demasiado vino en una noche para mí —bromeó. Él coincidió con un gesto de cabeza. Sí, iba a querer su copa de vino con la cena. Sí, era demasiado para ella—. Y, en segundo lugar, pero con la misma relevancia que lo anterior, para mí, cada día merece ser celebrado.

—Si tú lo dices, Beatrice... —El tono utilizado expuso su opinión opuesta. Avanzó cojeando con la ayuda del bastón. Apartó una de las sillas junto a la mesa de la cocina, y tomó asiento. Se desplomó sobre la misma—. Mi concepto de celebración no coincide con el tuyo. Es más, creo que podemos dar por establecido que mi espíritu nunca coincidirá con el tuyo. —Lo dijo con pesar.

—Tienes razón —Se colocó las manoplas de cocina. Abrió la puerta del horno empotrado en la pared. Extrajo la bandeja con la preparación—, pero no necesitamos coincidir en todo para disfrutar de una cena. Mientras coincidamos bajo el mismo techo, es suficiente. —Apoyó la fuente de vidrio en la isla central de cocina—. ¿Dónde te apetece cenar? —Siempre lo hacían en el salón de la tv, cada uno con una mesa auxiliar, con alguna serie de fondo. Se atrevió a preguntar para empujarlo a un cambio de planes.

—Cenemos aquí, ya me he puesto cómodo. —El bastón reposaba contra el respaldo de la silla contigua, y el solo hecho de pensar en levantarse le provocaba dolor—. Además, el calor del horno ha templado el ambiente, mis articulaciones lo agradecen. —La cocina estaba cálida y olía de mil maravillas. Su estómago comenzó a agitarse, quería con desesperación lo que fuera que esa mujer había preparado.

Beatrice dispuso la vajilla sobre la mesa, los cubiertos y una jarra con agua. Los dos mantuvieron el silencio durante la breve ceremonia. Por último, sumó las copas y la fuente de vidrio humeante con la cena. Winston la evaluó con detenimiento. Mmm, queso gratinado, rodajas de tomate y puré de patatas. Inhaló profundo, percibió la totalidad de aromas. Una variedad de hierbas, tomillo, romero y, sin duda, pimentón ahumado.

—¿Pollo? —preguntó dejando salir su último vestigio de duda. Beatrice sonrió.

—Pastel de patatas y pollo, ¡mi favorito! —Los mejores recuerdos de la infancia de Alonso junto a ella coincidían con un delicioso plato de pastel de patatas y pollo de por medio—. Receta familiar ¿Qué opinas?, ¿te apetece?

—Opino que esto merece un buen Cabernet. —Inhaló profundamente una vez más. Tomó coraje, se incorporó, contuvo el dolor—. Voy a por él. —Beatrice intentó detenerlo, lo cogió del brazo con delicadeza.

—Déjame, quédate sentado, yo me ocupo.

—Oh, no. No delegaré esa tarea en ti, he dicho un buen Cabernet, tú traerás el primero que veas. —Ella rio. Winston sacudió la cabeza. Era verdad. Él iba a por el mejor, porque Beatrice merecía lo mejor, casi cinco noches a su lado y no huyó despavorida. ¡Todo un mérito por parte de la mujer!

Como era habitual, cenaron intercambiando charlas banales. Desde que Winston estaba recluido en la casa y, para colmo de males, sin Johana, nada sabía de lo que sucedía en la isla. Solía enterarse de todo mientras recorría las calles principales cada mañana en su caminata diaria. Sin más alternativa, debía recurrir a Beatrice que, según ella, no era dada al cotilleo.

—A otro con ese cuento, Beatrice. ¿En verdad piensas que voy a creer que no se te da bien el chisme?, ¿tú?, ¿la dueña del café que puede considerarse el epicentro del cotilleo?

—No, no. Detente ahí —Alzó la mano en lo alto—, el verdadero epicentro del cotilleo es el club náutico. —Las mujeres de la isla se reunían cada sábado para beber manhattans y disfrutar de la buena vista. Llámese «buena vista» a los jóvenes hombres de la isla que se prestaban al juego de entretener a las féminas mientras desarrollaban tareas en el club—. En mi cafetería se habla de los asuntos cotidianos... cosas al pasar. —Ocultó sus labios en el borde de la copa. Sonrió con picardía.

—No escondas la sonrisa, Beatrice. Tú sabes y yo sé que deseas contarme todo. ¿Acaso tengo que embriagarte para que sueltes la lengua? —Le quitó la copa de las manos, sirvió más chardonnay.

—Posiblemente... —confirmó entre risas ellas—, y por lo visto, no soy la única.

—¿Qué quieres decir? —Fingió no comprender. Lo entendió a la perfección, esquivaba cada oportunidad que se le presentaba para sincerarse con ella.

—Voy a ser directa y clara con mis palabras —Sorbió de su copa— para que no nos andemos con tonterías como niños. No lo somos. Tampoco lo es tu hija, vale aclarar.

—Oh, eso lo tengo muy en claro —carcajeó él.

—Pues entonces te imaginas muy bien que la noticia del momento está relacionada a ella y a cierto oficial de la policía. —Beatrice lo interrogó con la mirada. No quería perderse ni un solo gesto por parte del hombre.

—Supongo que el regreso del oficial Allen alimenta las fantasiosas mentes de los aburridos habitantes de Shell Island, pero no la mía. —Dio por zanjado el asunto con un ademán al aire—. Conozco a mi hija, y también conozco la gran distancia que la separa de Roger Allen. —Nada tenían que ver con los metros o los kilómetros, se refería a una distancia emocional fundada en secretos, en un pasado que era mejor no recordar. Bebió de su copa hasta dejarla vacía. Volvió a rellenarla con más vino.

—Las fantasiosas mentes de Shell Island dicen que la causa de esa distancia fuiste tú, ¿es verdad? —Winston tosió, ahogado con la bebida—. De acuerdo, no más Cabernet para usted, señor Benson. —Cogió la botella y la llevó hasta el fregadero—. Ahora que lo pienso, estoy siendo una pésima enfermera. Tú tomando analgésicos como caramelos, y yo permitiendo que bebas alcohol. —Se palmeó la frente como reprimenda.

—Regresa aquí con la botella, Beatrice, necesito los analgésicos para el dolor y necesito del vino para el coraje —confesó con una larga exhalación. Ella regresó a su lado, volvió a ocupar la silla, apoyó la botella en la mesa. Mantuvo el silencio por temor a que Winston perdiera el poco valor adquirido con una palabra equivocada—. La causa de esa distancia no fui yo, o bueno, sí... fueron mis acciones... cada una de mis acciones desde el día en que tuve en brazos a mi maravillosa Johana. —Sonrió con melancolía. Cogió su copa a medio llenar y la sostuvo entre sus manos—. ¿Por qué tuviste un solo hijo? —interrumpió sus pensamientos para hacerle la pregunta, requería de la colaboración de la mujer para destrabar la verdad anclada en su garganta.

—Ah, veo que perdimos el eje de la conversación —reclamó, quería ser funcional para el hombre, el dolor lo invadía, resultaba evidente, pero lejos se hallaba esa dolencia del cuerpo, el dolor que manifestaba provenía de lo más profundo de su alma. ¿Y cómo lo sabía ella? Porque solo un alma rota puede reconocer a otra en igual circunstancia.

—Por favor, responde, así podré continuar.

—De acuerdo… —suspiró Beatrice, no estaba en sus planes desenterrar sus muertos—. Conocí al padre de Alonso, yo aún era una adolescente, y luego de unos meses quedé embarazada, de más está decir que no quiso asumir su rol en ningún aspecto y, cuando Alonso y yo nos convertimos en un inconveniente para él, me reportó a migraciones. Alonso quedó aquí al cuidado de servicios sociales por ser ciudadano estadounidense. Yo aterricé en Guatemala con una patada en el trasero. Mi única meta desde aquel día fue poder obtener la ciudadanía, ahorrar dinero y regresar por mi hijo. No tuve tiempo ni espacio para nada ni nadie más en mi vida.

Winston maldijo para sus adentros, no fue su intención hundir el dedo en la herida de Beatrice. ¡Sí, era un maldito cobarde!

—Me imagino que todo ese tiempo lejos fue desgarrador para ti —dijo por lo bajo con sincera pena. Beatrice asintió con un leve movimiento de cabeza y Winston comprendió el mensaje oculto en su gesto: punto final, no diré nada más. Inhaló profundo, bebió un sorbo de vino, y continuó—: Serías tan amable de hacerme la misma pregunta. —Beatrice lo interrogó con la mirada sin entender—. La pregunta que te he hecho.

—¿Por qué tuviste un solo hijo? —repitió aún sin entender. Winston asintió.

—Porque fui incapaz de concebir otro. Johana podría considerarse un milagro —Los ojos le brillaron ante el recuerdo de la noticia—, Genieve tuvo que someterse a muchos procedimientos de fertilización asistida, todo por mí… todo por mi maldita cantidad de esperma. La distancia, la distancia inició allí… y el fin de nuestro matrimonio, también.

—¿A qué te refieres? ¿Genieve construyó un muro en torno a ella y la bebé? —Conocía de historias en dónde la maternidad se transformaba en algo exclusivo y excluyente. En ocasiones, cuando el vínculo sentimental entre hombre y mujer no era fuerte, este se diluía al ser compartido con alguien más.

—Hubo un muro, pero según Genieve, lo construimos nosotros para mantenerla fuera. —Rio con sarcasmo—. Como te he dicho, Johana fue un milagro para mí, y disfruté de esa hermosa posibilidad que me dio la vida desde el instante en que la tuve en mis brazos. —Exhaló con fuerza, como si quisiera liberarse de un peso invisible que presionaba contra su pecho.

Sus ojos eran puro brillo gracias a las lágrimas contenidas—. Cuando Johana tenía cinco años, Genieve quiso volver a intentar la fertilización asistida, deseaba otro bebé, uno que fuese para ella solía decir. —Una lágrima rodó por su rostro—. Yo creía que lo decía a modo de broma, luego comprendí que no, que los celos que confesaba eran verdaderos. Johana no se desprendía de mí, y yo la dejaba prenderse a mi pierna o a mi brazo cada vez que ella lo quería, jamás se me ocurrió pensar que mi esposa lo consideraría como el puntapié a una competencia. Fue mi culpa, siempre le di todo a Genieve, lo que pedía y lo que sabía que deseaba; no tenía ni que decirlo, con pensarlo bastaba. —Abrió los brazos e hizo una reverencia—. El mundo a sus pies, siempre, ¿y sabes por qué lo hacía?, porque yo sabía que odiaba vivir en Shell Island. —Las cejas de Beatrice se alzaron muy por lo alto. ¡Vaya sorpresa!—. Te cuesta creer lo que te digo, ¿verdad?

—Pues sí, tengo entendido que Genieve Benson era la embajadora de la isla.

—Lo era, de las puertas de la casa hacia afuera. Dentro, detestaba el hecho de verse reducida. Cito sus palabras: Shell Island devoraba su espíritu. Maine devoraba su espíritu... Yo devoraba su espíritu. —Un picor en su garganta lo obligó a toser. Lo hizo por unos cuantos segundos. Tuvo que beber vino para recuperar el habla—. Prefiero poner un punto final ahí, porque puedes imaginarte con quién sigue la lista. —La expresión de Beatrice lo confirmó: *Johana devoraba su espíritu*—. Cada día que pasaba aquí, añoraba una vida en la ciudad, en la gran manzana. En compensación a su frustración, yo le di todo lo que pude darle...

—Perdón que te interrumpa —Apoyó la mano en el brazo de Winston—, y perdón por mi atrevimiento; pero si tanto añoraba una vida lejos de aquí, ¿qué le impidió ir a por ella?, ¿tú?

—No, yo siempre la preferí feliz, aunque ello significara que estuviera lejos de mí. Incluso antes de que Johana siquiera fuera concebida, le ofrecí el divorcio, no lo aceptó —Otra lágrima amenazó con abandonar sus ojos, parpadeó para deshacerla—. Con el tiempo reconocí que yo no era más que su zona de confort, de privilegio, de atenciones... yo era quien satisfacía sus caprichos.

—Hasta que nació Johana —agregó Beatrice.

—No, me encantaría decir que ese fue el detonante de nuestra historia familiar, sin embargo, no lo es. Como he dicho, yo permití cada uno de sus caprichos, inclusive, el más costoso de todos —Cogió la botella—, Paul Allen, el padre de Roger. Nuestro jardinero. —Sirvió en su copa hasta la última gota de Cabernet. Necesitaba ahogar las palabras, los recuerdos... el maldito pasado.

***

Si se dejaba convencer por su cuerpo, dormiría hasta el mediodía. No, mejor hasta la tarde. Con un poco de suerte, hasta el fin de semana. Su piel se fundiría con las sábanas y mantas con gusto. ¡Cielos! Le dolía la espalda, el cuello, los pies. ¡Oh, los pies! Tomó nota mental: *de ahora en más, en cualquier funeral que se te presente, lleva unos tenis en el bolso. Y una muda de ropa de repuesto. Ah, y un desodorante corporal.* En especial esto último.

La cabeza le estallaba en mil pedazos, en cada uno de esos fragmentos se encontraba la imagen de Roger impresa. De cada minuto vivido a su lado. Le dedicaría una mención en sus plegarias a Eddie por el resto de su vida. Dicen que las desgracias suelen unir a las personas, y daba fe de ello. La muerte de su amigo había roto, de una vez por todas, la barrera invisible que los separaba, que los hacía sentir extranjeros en la vida del otro. ¡Vaya vueltas de la vida!, pensó. Tiempo atrás, la muerte de su madre fue lo que terminó por separarlos de forma definitiva. Ahora el dolor de otra partida compensaba el pasado. ¿Podrían escribir un nuevo presente juntos?

La respuesta quedó flotando en su inconsciente, la realidad externa le impidió seguir indagando en ella. Uno, dos... cinco mensajes a su móvil. Uno seguido de otro, sin pausa, con prisa. Todos tenían el mismo denominador común: reunión urgente en el Café Jamaica.

Apartó las mantas, se catapultó de la cama. Dos días lejos de la isla y, cuando regresaba, el lugar parecía haber colapsado. Empezó a conjeturar los posibles motivos de la urgencia mientras enfundaba las piernas en un jean, se calzaba unas botas y envolvía su torso con un poncho ruano.

El manto tejido cubría en su totalidad la camiseta pijama.

Cogió las llaves de su coche, el pequeño bolso deportivo que colgaba en el perchero de la entrada de la casa y se cubrió la cabeza con un gorro que reposaba en la mesa de arrime. Fue lo más práctico, considerando que no tenía tiempo ni para mirarse en el espejo. Menos aún, peinarse.

Las conjeturas se convirtieron en preocupaciones. ¿El señor Perkins continuará con la bomba de agua averiada?, ¿Bethany habrá podado su árbol? La señora Fergusson vaticinó que las ramas largas le quebrarían el cristal de la ventana de su habitación en cuanto el viento soplara fuerte. ¿Habría soplado fuerte el viento durante esas dos noches que ella no estuvo? ¡Dios quiera que no! ¿El asunto del columpio en la plaza de juegos de la escuela había sido solucionado? ¡Dios quiera que sí!

Nuevas notificaciones de mensajes la azotaron, no las leyó, no leía mensajes cuando estaba conduciendo. Solo miró los nombres de los contactos que aparecían y desaparecían de la pantalla. Las preocupaciones crecieron, muchos de esos nombres eran de madres cuyos niños asistían al instituto de Shell Island.

—Víctor, Víctor, por favor, dime que arreglaste el bendito columpio —dijo en voz alta como una forma de exorcismo, liberó la repentina sensación de angustia. Y la sensación, además de ser repentina, también fue fugaz. Ni bien dio un volantazo y cogió la calle principal en la que se encontraba el Café Jamaica, la preocupación le apretó la garganta, el pecho, el corazón. Aparcó con una destreza propia de un conductor de Fórmula Uno. Sin tomarse ni un segundo de pausa, abrió la portezuela, abandonó el vehículo de un salto y corrió.

El interior del café desbordaba de niños, madres, padres, vecinos. Cuando la sala de juntas del municipio no estaba abierta al público, las reuniones sociales se llevaban a cabo dentro del café de Beatrice, el único espacio capaz de albergarlos y satisfacerlos con café. Todos los allí presentes parecían enardecidos, hablaban uno por encima del otro, gesticulaban, alzaban los brazos. En torno a ellos, los niños, correteando, con notorias expresiones en los rostros. Tal era el descontrol que, cuando ella ingresó, nadie cayó en cuenta de su presencia. De no ser por uno de los pequeños, continuaría pasando desapercibida.

—Señorita Benson, ¿es verdad que el lobo nos va a comer? —preguntó

Tommy. Tenía cinco años y, a esa hora de la mañana, tendría que estar correteando por la sala del jardín de infantes, no en la cafetería.

Absolutamente todos los rostros giraron en su dirección. Las miradas se clavaron en ella como dagas. Parpadeó. Tragó saliva.

—No hay lobos en Shell Island, Tommy. —Fue lo primero que atinó a decir.

—No había, querrás decir —masculló entre dientes Meredith, la madre de Tommy.

—Un lobo bastante grande e inquieto —agregó Jude, el padre de la pequeña Chloe. La cargaba en brazos.

—Va a comernos a todos, ¡a todos! —exclamó otro de los niños. El tono de su voz indicaba que lo hacía a modo de juego, para asustar a los demás. Lo logró. Los gritos agudos casi perforan un par de tímpanos.

¡Qué demonios! Johana alzó las cejas. No entendía a qué se referían. Se repitió en la mente, dos días fuera de la isla, ¡dos!... ¿un lobo? Más que lobo, diría que alguna sustancia química contaminó el agua y les alteró la razón.

Beatrice pasó junto a ella cuando se disponía a dejar un pedido en una de las mesas. Susurró a su oído: «Al parecer, el lobo vino con un cazador incluido, Roger Allen».

—Ohhh —exhaló relajada. Ni contaminación, ni locura colectiva, ni lobo. Se referían a Dolly. Hizo palmas al aire como solía hacerlo cada domingo, era una combinación de palmas en particular, la utilizaba para convocarlos al sector en el que realizaba la lectura de cuentos. Siempre obtenía la atención de los niños y esa ocasión no fue la excepción. Dejaron de gritar, de correr; se sentaron en canastilla en el lugar habitual. Johana hizo lo mismo, se sentó en el piso—. Primero y más importante, repito: no hay un lobo en Shell Island.

—¡Pero lo vimos, señorita Benson! —exclamó uno de ellos. Un par de niños más se le sumaron, otros solo se limitaron a asentir.

—Aún no he terminado de hablar... —carraspeó como reprimenda. Los padres de los niños se miraron entre sí. Ellos sabían muy bien que no había ningún lobo en la isla y, de haberlo, no era nada comparado a las verdaderas fieras del lugar. Las fieras estaban sentadas como indiecitos frente a esa mujer poderosa que, con una simple mirada y un par de palmas, los dominaba. ¡Era admirable! ¡Que alguien clonara a Johana Benson, requerían unas cuantas!—. Segundo e igual de importante, pongamos en claro que los lobos no comen personas.

—Sí lo hacen —contradijo la pequeña Aileen—, se comió a la abuela de caperucita.

—No, no. Ese lobo no se comió a nadie, recuerdan —Por supuesto que modificó el cuento cuando se los narró, en qué cabeza cabe hacer referencia a algo tan brutal—, el lobo quería comerse a la abuelita, pero se quedó a dos velas... el lobo se disfrazó y a caperucita engañó, ¿y qué sucedió? —Esperó a que alguno de ellos diera la respuesta.

—¡El cazador entró y una paliza le dio! —finalizó Tommy.

—¡Exacto! —les sonrió Johana.

—Pero intentó comerse a la abuelita —agregó Jude con picardía. Como premio recibió un codazo de su esposa.

—Bueno, ahora que quedó establecido que los lobos no comen personas, hablemos de Dolly. El nuevo miembro de Shell Island.

—¿Quién es Dolly? —preguntaron casi todos a coro.

Como si de Candyman o Beetlejuice se tratara, nombrarla fue llamarla. La puerta se abrió de repente con un fuerte golpe. La perra atravesó la marea de cuerpos adultos y, cuando llegó al círculo de niños, saltó por sobre ellos hasta llegar a Johana. La embistió sin control, ella cayó de espaldas al piso. Dolly la cubrió con su cuerpo, la protegía. ¿De qué? De lo que fuera.

—¡El lobo! ¡El lobo! —gritaron—. ¡El lobo va a comerse a la señorita Benson!

Ni bien dijeron eso, Dolly comenzó a lamer el rostro de Johana. Los lengüetazos la hicieron reír. Le hacían cosquillas.

—Ella es Dolly y, como ven, no come personas. ¡Solo las cubre de baba! Espesa y abundante baba. —Volvió a reír. Los niños la imitaron, rieron, aunque se mantuvieron lejos de la perra loba.

Al cabo de unos segundos, el rostro sudoroso de Roger se asomó por la puerta. Era evidente que Dolly se había escapado de su control y él había corrido tras la perra. Estaba claro quién ganó la carrera.

—Lo siento —gesticuló él. Se sonrieron.

El recuerdo del primer día de Dolly en la isla quedaría en el olvido.

Ninguno de los presentes lo recordaría, porque lo único que recordarían serían esas sonrisas y las amorosas miradas entre el oficial Allen y la señorita Benson. ¡Aleluya, tenían cotilleo para días!

Había visitado tierras exóticas, lugares increíbles. Había viajado por el país con Eddie, conocido cada rincón. Sin embargo, jamás halló en otro sitio el encanto de Shell Island. Dolly, a su lado, estaba por descubrirlo. No era el viento, ni el aroma limpio a mar. No se trataba de las conchas depositadas en la costa, ni los acantilados en la piedra. Todo se reducía a la magia de la mujer que caminaba a su lado.

Roger la seguía con el rabillo del ojo. Sus intentos de mantener las distancias, poner punto final al pasado, estaban cayéndose a pique. Dolly era el empujón necesario. La perra olfateaba la vulnerabilidad de Johana de un modo instintivo. Un animal entrenado no se deja engañar por las ropas, el porte, las sonrisas estudiadas y las gafas de sol; sabe detectar el miedo, la flaqueza. Y él, que se creía el más débil de los dos, no lo era. Johana sufría, por eso Dolly la cuidaba.

Se sintió fatal al pensar que era él quien le provocaba ese dolor. No había hecho nada, de eso estaba seguro. Jamás la dañaría conscientemente, y, aun así, de algún modo que desconocía y que no controlaba, la estaba hiriendo. Por suerte su nueva mascota estaba allí para evitar más daños.

—Estuve leyendo en internet —dijo Johana, acuclillada frente a Dolly. La perra buscaba lamerle la cara—, espero que tus besos sean tan hidratantes como mi rutina de mañana, porque te la estás cargando toda. —Rio, Roger se encontró sonriendo como un tonto ante la escena.

—¿Estuviste leyendo sobre rutinas faciales a base de saliva canina?

—¡No!, sobre cómo entrenar a un perro en búsqueda. Hay escuelas, ¿sabes?, pero tendríamos que llevarla al continente al menos una vez a la semana y sería un engorro.

—Sí, lo sé. Yo también estuve leyendo... Bueno, oyendo —dijo Roger, su tono de piel lo ayudaba a esconder el sonrojo. Aún le costaba leer, mantener la atención mientras descifraba los caracteres impresos en papel o en tinta electrónica. Había mejorado mucho en su adolescencia gracias a Johana, pero su condición era permanente, se trataba de vivir con la dislexia, no corregirla.

—¿Has encontrado audiolibros interesantes? Pásame la lista —pidió ella, se incorporó y estiró todo a lo largo. El viento jugaba con sus mechones castaños, el sol brillaba y le daba directo en los ojos. Estaban tan al norte que, a esas alturas del año, el sol jamás tocaba el medio cielo. Los días lucían como un atardecer constante sobre el mar—. Apenas tengo tiempo y energía para leer por las noches —confesó. La labor de restaurar la casa por su cuenta comenzaba a dejar su impronta de cansancio en ella—, no envidio en absoluto el trabajo de Ethan. No sé cómo no tiene más canas —bromeó. El señor Kane tenía el cabello entrecano desde la veintena. Genética y malas decisiones se lo habían pintado de blanco.

—Luego te comparto mi selección —prometió—, aunque nosotros tendremos que improvisar. Dolly no es cachorra y tiene entrenamiento previo, lo cual es bueno y malo a la vez.

Roger sacó de su bolso una soga con nudos, Dolly mostró ansiedad. La exaltación del animal era tal que infundía miedo. Entonces el brazo masculino dibujó un arco en el aire con la soga, y la perra dio un brinco ágil; a Johana le hubiera gustado captarlo en cámara y luego pasarlo cuadro a cuadro. Era magnífica. Sus fauces capturaron un nudo y tiraron de él con violencia.

—No creo que me acostumbre a Dolly jamás —dijo Johana, maravillada. Le tomó un par de instantáneas a la perra con su móvil—, estoy a un paso de convertirme en una de esas dueñas de mascotas que llenan su muro de Instagram con imágenes del animal, le compran vestiditos y los nombran con apodos como Pelusa, Pompón o Bebita de mamá.

Roger carcajeó.

—Nada de apodos con Dolly, su nombre es sagrado para el entrenamiento.

—Ohhh, pero Bebita de mamá le sienta muy bien. ¿O no, pequeñita? —preguntó con la voz impostando excesiva dulzura. Dolly fue hacia ella y la derribó, con todos sus kilos la inmovilizó y comenzó a lamerla. Johana reía, una risa divertida con un toque de pánico.

—¡Dolly, a lugar! —ordenó Roger. La perra fue a su lado y se sentó sobre sus ancas—. Ahora sabes por qué nada de *Bebita de mamá*. —Le tendió una mano, la ayudó a recuperar la posición vertical. Johana tenía baba y arena por todo el rostro. Roger siguió sus movimientos, hipnotizado.

Además de tierras exóticas, en sus tiempos lejos de Shell Island también conoció personas diversas. Hombres y mujeres rudos, hechos a sí mismos, con historias mucho más duras que la de él; y otra gente adinerada, refinada, que bebían champán y hacían donaciones a los veteranos. Toda su experiencia le sirvió para confirmar algo que su corazón ya sabía: Johana Benson era única. Niña rica a veces, manipuladora y de buen corazón, capaz de arremangarse y hacer la labor más baja y luego enfundarse un vestido corte sirena y caminar en una alfombra roja sin tener nada que envidiar a las grandes estrellas de Hollywood.

Esa sonrisa, los ojos grises, el cuerpo de cintura estrecha y caderas amplias... ¡Al demonio el terror de salir herido!, todavía la quería. ¿Sería recíproco el sentimiento?, ¿podría esa vez ser más fuerte que las vicisitudes de la vida?

—Vale —Johana estaba sonrojada. Roger se dio cuenta de que se la había quedado mirando con su mejor cara de prendado—, nada de Bebita. Vayamos a lo importante, ¿por qué su entrenamiento es bueno y malo a la vez?

—Bueno porque ya sabe acatar órdenes, a los cachorros hay que enseñarles los comandos básicos, como sentarse, echarse, vigilar, etcétera. Malo porque debe desaprender a buscar bombas para aprender a buscar personas. En los perros no es la lógica lo que funciona, sino la repetición, y Dolly lleva tres años repitiendo el mismo ejercicio...

—Entiendo, pero no seas pesimista. Los humanos en el fondo no somos distintos, dicen que nos lleva entre quince y cuarenta y cinco días crear un hábito. Seguimos siendo animales en algunos aspectos.

Dolly estaba ansiosa de nuevo. Si deseaban su atención, era importante bajar su ansiedad. La hicieron correr, jugar con la soga y responder a órdenes azarosas en el medio del juego.

Johana la filmó e hizo algo que le costaría muy caro en Shell Island. Subió el video en un reel de Instagram, etiquetó a Roger y, como si su tumba no fuese lo suficientemente profunda, a modo de broma agregó: aquí, con la Bebita de mamá.

El primer comentario fue de Pauline: ¿Quién será el papá?, seguido de un emoticón con la expresión sugestiva. Coleen, al verlo, quiso enviárselo a MaryAnn, y como su uso de Redes sociales era nulo, terminó por compartirlo en las historias del club náutico sin pretenderlo. El resultado fue... hacerse viral.

—¡Demonios! —masculló al leer en la pantalla de su móvil la cantidad de notificaciones.

—¿Qué sucede? —Roger estaba en su mundo, jugando con Dolly.

—Nada... —La sonrisa de Johana no lo tranquilizó—, vivamos el momento —dijo—, el futuro nos espera a la vuelta de la esquina.

—Últimamente estás muy filosófica —bromeó él, a sabiendas de que ella le ocultaba algo. No sería grave, se tranquilizó, o los ojos grises de Johana no brillarían con tanto regocijo.

—Uf..., ya te digo, no sé por qué estudié administración inmobiliaria, lo mío es la filosofía.

Roger arqueó las cejas, luego respondió en un susurro que esperó que se llevara el viento.

—Lo tuyo es la literatura y lo sabes... —El sabor amargo del pasado estaba en esas palabras. ¿Cuántas veces habían planeado su futuro entre malteadas y DVD's? Ella estudiando literatura, él, enfermería. Juntos, en el continente, para luego regresar a Shell Island como el señor y la señora Allen. Había sido su proyecto, hasta la enfermedad de la señora Benson y la subsiguiente ruptura de Johana. Ella lo dejó en el muelle, con el corazón en pedazos, los sueños hechos añicos y la eterna pregunta: ¿qué demonios sucedió?, ¿qué cambió?, ¿o fue todo una mentira entre los dos?

Todo, no. Sus sentimientos fueron —y eran— más reales que la arena bajo sus pies. A veces lo más difícil era aceptar que solo tenemos control sobre nosotros; que, quizá, jamás sabría qué albergaba en verdad el corazón de Johana. Y eso no lo haría quererla menos.

—Según internet —insistió Johana—, debemos enseñarle a detectar olores humanos y premiarla. Dice que podemos empezar con nuestros olores, hagamos la prueba, ¿qué podemos perder?

—Vale... —dijo poco convencido.

Johana se escondió en las rocas, Roger sostuvo la correa de Dolly y le dio la orden de aguardar. Esperó un par de minutos antes de comandar:

—Busca.

En cuanto la perra se puso en acción, confirmó sus sospechas. «Busca» era para bombas, Dolly inició el rastreo con el hocico al ras del suelo y, cada tanto, sondeaba el aire. De pronto, salió corriendo sin control.

—¡Johana! —la llamó—. Joder, joder, joder.

Johana dejó su escondite. Roger intentó darle la orden a Dolly de que se detuviera, pero la perra siguió con su misión, enceguecida. Ellos trotaron tras el animal. El oficial Allen tenía un estado físico envidiable, y ni eso lo ayudó a ir a la velocidad de Dolly. Johana, detrás de ambos, empezaba a percibir una puntada en sus costillas.

Todo Shell Island se asomó a ver la escena, digna de Benny Hill. Ya no solo su video de *Bebita* se haría viral. El del oficial Allen, la señorita Benson y una perra díscola corriendo por las calles de una isla de Maine saldría hasta en el periódico en línea, en la sección de notas de color.

Al fin Dolly se detuvo. Lo hizo en el club náutico.

El pánico de Coleen se sumó a la anécdota diaria. La mujer, con sus buenos años, se trepó a la barra de bebidas y blandió una botella de Jack Daniels. El público se preguntaría si pretendía darle al animal con ella o beberla de un solo trago.

Dolly rascó tres veces con su pata delantera y se echó. Repitió la acción de manera mecánica hasta que Roger la alcanzó.

—¿T-tenemos una b-bomba en Shell... Shell I-island? —preguntó Johana, sin aire. Se cogía las costillas, le ardía la garganta. Roger premió al animal, había hecho bien su trabajo.

—Sí... —Roger se dobló de risa. La adrenalina seguida de la tranquilidad al confirmar que Dolly no era peligrosa en absoluto lo hizo carcajear—, nuestra *Bebita* acaba de encontrar el depósito de fuegos artificiales. En este

4 de Julio no será una sorpresa el espectáculo preparado por Coleen.

El club de lectura tenía cita, como siempre, en Café Jamaica. Lo habitual era que consumieran las delicias del café, los muffins con arándanos eran la perdición de Pauline. Esa tarde harían una excepción. Johana preparó un cheesecake de frambuesa, el preferido de Coleen. Necesitaba compensarla.

Llegó con la bandeja ocupando ambas manos. El aroma a café le hizo agua la boca. Uno de los clientes le sostuvo la puerta y ella le agradeció, todos se conocían allí.

—¡Vaya lío han montado! —dijo el hombre. Era Jack, el empleado del banco.

—Gracias, lo mejor que podemos hacer es comentarlo siempre, así perdura en la memoria —respondió, su voz tenía un deje de ironía. Jack carcajeó.

—Es lo que hacemos en Shell Island. Y tú siempre te encargas de que nos sintamos a gusto...

—Me sacrifico por los vecinos —confirmó, con las mejillas sonrosadas.

—Hasta el próximo cotilleo, señorita Benson —saludó el hombre.

—Hasta el próximo cotilleo... que espero no sea conmigo como actriz principal —completó en un susurro. Las mujeres aguardaban por ella en la mesa de siempre, pasó por la caja y pidió un café moca antes de, por fin, posar el cheesecake sobre la superficie de madera y dejarse caer sin gracia en una butaca.

—Nada de quejas —le dijo Pauline, a modo de saludo. Hablaban tan seguido que los holas se mezclaban con los adioses—, si a ti te duelen las piernas por una maratón por Shell Island, no te digo a mí.

—No me duelen las piernas, mi entrenamiento en yoga me mantiene en forma, ¿has probado la sesión que te envié? El yoga es bueno para el embarazo.

—Lo intenté —suspiró—, pero apenas puedo moverme. Lo bueno, he terminado el libro. ¿Quién ha elegido Carrie?, no lo recuerdo. ¡Por favor!, entre la acidez estomacal y mi imaginación, dormí apenas unas horas.

—Yo lo hice —dijo Camile, arrastrando el coche doble de sus gemelos. Johana, tras un gesto de aprobación de la madre, los cogió en brazos, colocando uno en cada pierna. Estaban grandes y podían sostener sus cuerpos erguidos. También podían hundir los dedos en el cheescake.

—¡No, no! —rogó Johana—, que debo hacer buena letra. Una vez que lo vea Coleen, pueden embadurnarse en frambuesa —pidió a los pequeños. Ellos reían, ajenos a todo.

—Ya lo he visto —La aludida se aproximó por detrás—. Y ni creas que podrás sobornarme.

—Coleen..., lo siento tanto, arruinar tu sorpresa de los fuegos artificiales... no fue nuestra intención, lo juro. Ni la de Dolly. —Puso su mejor expresión compungida. Los gemelos en sus brazos ayudaron al cuadro de ternura. Casi todos emitieron un: ¡ohhh!, salvo la víctima de esa estrategia.

—¿Los fuegos?, ¿crees que estoy enojada por los fuegos? ¡Ja! —Se quitó el abrigo, hizo señas y, antes de que llegara el café moca de Johana, ella recibió su capuchino—. Los fuegos siguen siendo sorpresa, al menos el espectáculo preparado. Todos saben que cada año doy lo mejor de mí para el 4 de Julio.

—¿Entonces?

MaryAnn se sumó, se quitó el chal que le rodeaba el cuello. Cogió a uno de los gemelos y lo estrechó contra su pecho, el hermanito clamó la misma atención y la mujer se la brindó gustosa. Necesitaba el afecto transparente de un niño.

—Entonces —completó la recién llegada—, está ofendida por esto. —MaryAnn sacó su móvil y se lo pasó a Johana. Era el periódico online. A falta de noticias locales, había cubierto el incidente de Dolly y allí estaba el motivo de enojo.

—¡¿«La anciana dueña del club náutico»?! —clamó la señorita Benson entre el horror y la risa.

—Por tu culpa me han definido como anciana. ¡Los setenta son los nuevos cuarenta!, ¿es que esta gente no se ha enterado?

—¿Y los ochenta, Coleen? —bromeó Camile.

—Te lo diré cuando llegue. Me faltan unas cuantas vueltas al sol todavía. Las mujeres rieron.

—Pues celebremos estos nuevos cuarenta con cheescake —propuso Johana—, antes de que los gemelos decidan celebrar los nuevos, ¿qué?, ¿doce meses?

Café en mano, libro también disponible, se dispusieron a hablar de lo que las convocaba. Beatrice se sumó, al finalizar algunos pedidos, con el ejemplar cargado en el Kindle. Bromearon de que *en casa de herrero, cuchillo de palo*. Había vendido todos los libros gracias al club, los habitantes de Shell Island se sumaban a los debates y el número de lectores se había incrementado desde entonces. Johana se percató de que MaryAnn sonreía, seguía las bromas, pero su cabeza estaba en otra parte.

Lo confirmó cuando dijo:

—Juro que nunca un libro me ha dado tantas pesadillas como Carrie. La próxima vez, uno romántico, por favor.

—Oh, claro... —bromeó Camile cómplice con Pauline—, el de terror para llamar al oficial Allen en mitad de la noche y el romántico para saber cómo continuar. —Le guiñaron el ojo y exageraron sus expresiones de enamoradas. Ante semejante manifestación de madurez, ella replicó acorde. Es decir, sacándoles la lengua.

Las risas seguían, al igual que el sonrojo de Johana. Y con todo ello, MaryAnn se mantenía silenciosa. Situaciones desesperadas requieren medidas desesperadas. Hizo un último intento:

—Bromeen todo lo que quieran, al fin de cuentas, quien le abre la puerta al oficial Allen a mitad de la noche, cubierta tan solo por una bata y con una colonia de musarañas, soy yo.

—¡Hasta que lo admites! —exclamó Pauline. Johana iba a rebatir algo sobre lo que ella había tardado en admitir que le encantaba cuando el señor Kane taladraba su techo, pero sus ojos seguían fijos en MaryAnn y en su ausencia de reacción.

—¿MaryAnn? —la llamó—, puedo seguir hundiéndome en el fango por dos horas si con eso consigo traerte a la tierra. La dignidad la perdí corriendo a una perra por Shell Island, así que no es problema. El problema es que estoy fracasando. ¿Qué sucede?

—Oh, nada, nada... —intentó distraerse, fue en vano. Sus amigas la escrutaban y a ella, los ojos se le comenzaron a inundar de lágrimas. Volvió a coger a uno de los gemelos, Dylan, que estaba revoltoso y pringado por el dulce del cheescake. El acto la delató.

—¿Niños? —adivinó Coleen.

MaryAnn llevaba años siendo hogar de acogida, había cuidado y amparado a Alonso y Ethan, entre tantos otros. Sus dotes maternales, su presupuesto, que no era poca cosa, y el hecho de vivir en Shell Island la hacían la candidata perfecta para los casos más duros.

Beatrice la abrazó, y a MaryAnn le fue imposible contener el llanto. Beatrice y ella se adoraban, porque ambas amaban a Alonso.

—Cuéntanos —pidió Johana—, sabes que aquí tienes no solo a tus amigas, también a un equipo SWAT si es necesario.

—Dudo que ayude, ni siquiera nosotras podemos contra el peor enemigo de un niño en el sistema: La burocracia —confesó la mujer. Apartó su ejemplar de Carrie, el cual solo le había removido sentimientos oscuros. El hogar de Carrie se parecía demasiado a los de los niños que terminaban en el sistema. Su peor miedo no era la telekinesis, era una madre o un padre abusador.

—Sabes que no me gusta usar mi apellido, pero, si es por un bien mayor... —dijo Johana. MaryAnn le sonrió.

—Lo mismo digo —aportó Pauline—, que nos sirva de algo la carga que ciertos nombres nos han dado en la vida. —Ella pertenecía a una de las familias más influyentes de Virginia y, aunque ahora estaba distanciada, siempre existía un hilo del cual tirar.

—Ya apelé a todos mis contactos. —Suspiró, y entonces dejó ir la historia—: Demian se llama, Demian Craft. Padre abusivo, madre alcohólica, ya muerta, vivió en caravanas; la abuela vende hierba. Lo encontraron cuando arrestaron a la abuela. Demian solo tuvo un registro, en el estado de Pensilvania. Desde que está en Maine, no ha asistido a la escuela ni tiene seguro social... nada.

El silencio fue pesado. Las palabras no podían hacerle justicia a la historia. MaryAnn bebió de su café antes de continuar.

—Tiene algunos arrestos por robo menor. Alimentos, principalmente, pero también algunas de esas pequeñeces que los niños desean tener: unas gafas de sol y un llavero de Iron Man.

—Oh, MaryAnn... ¿Qué edad tiene? —preguntó Johana. Pauline no podía hablar, entre las hormonas y el parecido entre esa historia y la de Ethan, un nudo le aprisionaba la garganta.

—Once.

—¡Apenas un año menos que Erina y Mickey! —exclamó Pauline, con voz ronca.

—Es la edad clave. Ahora pasa de hogar en hogar, nadie lo quiere. Los dolores de cabeza que da no valen el cheque del Estado —masculló. Era puro sarcasmo, detestaba a quienes acogían niños solo por un mugroso cheque. Esos pequeños necesitaban amor, no convertirse en una moneda de cambio.

—¿Qué impide que te lo den a ti? —Coleen estaba furiosa.

—Pues... que yo también soy una anciana, Coleen. Los setenta serán los nuevos cuarenta, pero ve tú a decirle eso al Estado de Maine —gruñó.

—¡Tú eres más joven que yo! —exclamó la mujer.

—Solo por una década, sigo siendo demasiado vieja para un niño problemático.

—¡Patrañas! —Johana se sumó a la oleada de furia—. ¿Vieja?, ¡experimentada! Y eso es exactamente lo que Demian necesita. Alguien con tu experiencia, ¿acaso no tienen el historial de los niños que has ayudado?, ¡y los que has ayudado fuera del sistema! Porque yo tengo muy presente que fuiste tú quien me sugirió que Roger podía tener dislexia. ¡Joder!, ya me oirán —Se incorporó. MaryAnn tiró de su jersey.

—Hacer revuelo será contraproducente, en eso también tengo experiencia —explicó la mujer—. En el sistema hay muchas personas nobles, muchísimas, y también hay quienes piensan que estos pequeños no son más que parias, que están arruinados, que el mejor sitio es el reformatorio de menores. Si hago enojar a la persona equivocada, quien pagará los platos rotos será Demian.

—¡Tenemos que hacer algo!, ¡debe haber algo que podamos hacer!

—Papeles, pilas y pilas de papeles —dijo MaryAnn—. Y, por supuesto, lo que ya hacen. Acompañarme, ser mi sostén mientras lucho contra gigantes.

—Eso ni lo dudes —dijeron a coro. Cogieron el pastel, Beatrice preparó café para llevar y mudaron el club de lectura a casa de MaryAnn. Si tenían que rellenar formularios, leer expedientes y surfear un océano de burocracia, lo harían sin vacilar.

—Demian será nuestro nuevo habitante de Shell Island —declaró Johana entre dientes—, como que mi apellido es Benson, que ese niño tiene aquí un hogar.

II

La llave en la cerradura. El sonido del pestillo al correrse. Los tacones resonando en el piso de madera. Su perfume. Cada vez que Beatrice llegaba a la casa, el ambiente se embalsamaba con aroma a cacao, vainilla, café. Era el más dulce, atractivo y sabroso cupcake que un hombre podía degustar en su vida. Y él no estaba en edad para ese tipo de antojos, no podía ni debía.

Puso toda la atención en el sonido lejano de sus pasos e interpretó el destino de la mujer dentro de la casa: la cocina. No era de extrañar, solía dejar los comestibles que traía consigo antes de presentarse ante él. Winston no estaba de ánimos para una cena, el tipo de cena que preparaba Beatrice, suntuosa, apetitosa. Imposible negarse a un bocado. No estaba de buen humor, daba por seguro que, cualquier cosa que metiera en su estómago, se convertiría en malditos cólicos.

—Beatrice, desde ya te lo digo, no tengo apetito. Ni te molestes en preparar la cena —gritó desde el pórtico trasero, con vista al extenso jardín y la bahía. El atardecer llegaba a su fin y, esos momentos previos a la oscuridad definitiva siempre lo invitaban a reflexionar. No fue su plan original, se había refugiado en el sillón exterior con un único propósito, que su cabeza no pensara, pretendía engañar a su mente con el baile de las gaviotas en el cielo. El tiro le salió por la culata. Los pensamientos lo desbordaban.

—No estaba en mis planes preparar una cena. —Beatrice lo tomó por sorpresa. Caminó en puntas de pie para lograr tal cometido. Winston se sobresaltó. Ella se adjudicó el triunfo, sonrió—. Es noche de sábado, pensé en darle un buen uso. He traído brownies recién horneados, helado de vainilla y salsa de chocolate.

—¡Oh, mira tú! ¿Qué haremos después, trenzarnos el cabello?, ¿pintarnos las uñas? —Winston fue sarcástico.

—Dudo que podamos hacer lo primero, considerando tu cabellera —Beatrice combatió su sarcasmo con un flechazo directo al ego masculino. Winston no contaba con una espesa cabellera—, y mis uñas están perfectas, así que creo que lo mejor es optar por una exfoliación facial, ¿qué opinas? —Antes de que el hombre replicara, agregó—: ¡Ah, lo olvidaba!, también he traído licor de café.

Winston la observó por unos cuantos segundos. En otra ocasión, mejor dicho, en otra etapa de su vida, la hubiese mandado al demonio. En cambio, esa noche, se limitó a decir:

—¡Hubieses empezado por ahí, mujer! —Se incorporó, cogió su bastón—. Tú ve a por ese licor, yo iré a por el exfoliante.

Una copa de licor, un trozo de brownie tibio, una cucharada de helado. Minutos, horas. Con los pies en alto sobre el apoya piernas, cobertores sobre los regazos, en compañía de la luna. Las articulaciones de ambos, muy lejos de la juventud, les recordarían al día siguiente que tales aventuras nocturnas y gastronómicas no eran acordes a su edad. De momento, solo importaba disfrutar y reír.

—¿Así se siente ser una mujer? —bromeó Winston.

—¿Disculpa? No te he entendido —dijo con la copa en mano y una ceja en lo alto.

—¿Me pregunto si así es cómo las mujeres lidian con los problemas?

—A ver, cómo explicarlo —Los dos miraban el cielo, el contacto visual no les pareció necesario—, digamos que, a muy temprana edad, nuestras hormonas nos acosan de tal forma que tenemos que apaciguarlas. Desde ese instante en adelante, comprendemos que una buena forma de hacerlo es así, con deliciosas y empalagosas calorías.

—¿Funciona para todo lo demás? Digo, algo que no sean hormonas alteradas.

—No sé, dímelo tú. Hace un buen rato que te ríes por cualquier tontería. Creo que las cantidades obscenas de azúcar han cumplido con su función.

—Touché, Beatrice. —Él alzó la copa, ella lo imitó. Hicieron un brindis al aire—. Dudo que mi médico de cabecera esté de acuerdo, aun así, creo que voy a utilizar esta terapia más a menudo.

—¿Por qué?, ¿necesitas reír por cualquier tontería más a menudo? —Beatrice se atrevió a penetrar la coraza Benson, lo hacía por su bien.

—Lo más conveniente sería decir: necesito olvidar más a menudo. Esto ha funcionado, nunca había evaluado esta alternativa —dijo cogiendo una cucharada más de helado que bañó con salsa de chocolate. La metió en su boca con rapidez, como si fuese un niño de seis años temeroso de perder la porción de paraíso que sostenía en su mano—, es en verdad gratificante.

—Lo es, y las mujeres somos grandes expertas en la materia. Digerimos las penas con la ayuda de nata batida. —Sonrió—. ¿Me pregunto cómo lo hacen ustedes?

—¿Nosotros? —Winston carcajeó—, nosotros no digerimos nada con nada, tragamos a la fuerza.

—No suena muy saludable.

—Esto tampoco —rebatió él con otra cucharada de helado en mano—, delicioso, sí; ¿saludable?, lo dudo.

—Es verdad, pero... ¡de algo hay que morir! —dijeron esto último los dos al unísono. Se miraron, sonrieron. Pudieron ver la melancolía en los ojos del otro.

—¿Qué te angustia, Beatrice? —le preguntó con un tono tan afectuoso que la piel de la morena mujer se erizó como hacía años no sudecía—, porque algo te apena. —Esa noche no se trataba solo de él, sino de ambos.

—Me encantaría decir que estoy de maravillas, que he traído esto para ti. No es así, tienes razón, te he utilizado de excusa para digerir mi malestar en buena compañía.

—Me agrada oír la referencia de buena compañía —balbuceó él por lo bajo—, no lo creo capaz en mí.

—Pues lo eres —reafirmó Beatrice.

—Entonces, espero ser también un buen oyente. Dime, ¿qué te tiene angustiada?

La fortaleza de Beatrice era innegable, su resiliencia también. La mujer se había reconstruido sola, y no importaba que tormenta la azotara, ella jamás caía, jamás se rendía. Pese a ello, no era inmune y, cada tanto, la imagen de mujer imperturbable, sonriente y feliz no podía sostenerse. Exhaló con fuerza.

—Alonso... me angustia el dolor de mi hijo, y temo que se atragante con él. —La muerte de Natalie hacía un trabajo silencioso y lento en él, lo disimulaba por el bien de Mickey. Pero ella lo sabía, Alonso necesitaba estallar, quebrarse en mil pedazos para recogerlos uno o uno. Si no estallaba, el fuego lo consumiría por dentro, lo haría cenizas, y nada se podría reconstruir con cenizas—. Hay dolores que no deben tragarse, deben escupirse. Salir en cientos y cientos de lágrimas.

—Te olvidas que somos hombres, Beatrice.

—¿Y qué hay con eso?

—No lloramos —agregó con un nudo en la garganta.

—Me tienen hasta la coronilla con la tontería de que los hombres no lloran. Todos lloramos, todos deberíamos llorar cuando lo necesitamos. —La enfurecía el simple hecho de pensar que Alonso se reprimió por tal arcaico concepto. La enfurecía el hecho de no haber estado en los momentos de su niñez, en los que él se golpeara, cayera de bruces contra el suelo, y ella con una caricia lo consolara susurrándole al oído: llora, pequeño, no te avergüences. No fue así. Alonso resistió los golpes bajo el cuidado de servicios sociales. Cuando llegó a los brazos de MaryAnn, fue tarde, las emociones estaban cerradas a cal y canto.

—Coincido contigo, creo que, de haber llorado mis lágrimas, contrario a lo que me enseñaron, me hubiese convertido en un hombre fuerte.

—¿No te consideras un hombre fuerte? —lo interrogó Beatrice. Era una buena oportunidad para abrir sus corazones.

—¿Parezco un hombre fuerte? —Giró el rostro hacia ella. Sorbió el licor de su pequeña copa.

—El hombre más fuerte de todo Shell Island. —Pese a la vejez, la imagen que Winston Benson brindaba a la comunidad de la isla era de pura fortaleza, carácter férreo, autoridad.

—Entonces mi puesta en escena me ha salido de maravillas. —Bebió más licor—. Los he engañado a todos, empezando y terminando con mi hija. —Elevó la copa al aire—. Siendo sincero contigo, Beatrice... ¿podemos ser sinceros? —La miró de soslayo, no esperaba una respuesta sino un pacto de silencio.

—Podemos serlo, Winston. —Elevó su copa al aire. El pacto fue establecido.

—Siendo sincero, no soy más que un hombre con el corazón roto que, sin proponérselo, provocó lo mismo en su hija. Le quise evitar el dolor de la decepción. —Sacudió la cabeza con fuerza, pretendía alejar las aves de rapiña que picoteaban los recuerdos de sus malas decisiones—. ¡Joder!, y fui yo quién le causó dolor, a ella... a él. —Tendría que beber toda la botella de licor para ahogar las miserias de su vida. Intentó cogerla, rellenar la copa; hizo un mal cálculo, la golpeó con la mano y cayó al piso. La angustia le había atenazado las manos. Por suerte, el vidrio que la contenía era grueso, ni siquiera se astilló, solo se derramó. Beatrice la levantó antes de que el derrame fuese masivo. Winston la cogió de la muñeca, se adelantó a su movimiento. Iría a por algo con lo que limpiar—. Déjalo. Aún no he terminado. —El grifo de las palabras estaba abierto y no le apetecía cerrarlo.

—Me da gusto oírlo. —Fue ella la encargada de retomar la conversación, hundió el dedo en la herida descubierta. Parecía una herida cerrada, aunque en realidad, bajo la costra de aparente cicatrización, había pus—. ¿Con *él* te refieres a Roger? —Winston asintió—. ¿Crees que él sí está al tanto del amorío de su padre con tu esposa?

—Sí.

—¿Cómo lo sobrellevó?

—Uno esperaría resentimiento por cómo lo traté, por cómo lo desmerecí ante los ojos de Johana, pero no... en sus ojos hay pena, un brillo de vergüenza que no le corresponde. Lo sabe, y me pregunto por cuánto tiempo lo mantendrá en secreto ahora que regresó.

—¿Eso te atormenta? —cuestionó Beatrice, sorprendida. Conocía muy poco a Roger Allen, pero podría jurar que el hombre era incapaz de cometer tal acto. No había regresado para sacar a la luz secretos, si estaba allí era porque su corazón lo había guiado de regreso a Shell Island.

—No, en lo absoluto, fue siempre un buen muchacho, y sé que es un hombre aún mejor. De hecho, utilicé todas mis influencias en Maine para que él pudiera acceder a este puesto.

—Wow, wow... detente ahí —El cuerpo de Beatrice giró por completo sobre el sillón, lo enfrentó. Winston hizo lo mismo—. ¿Roger Allen obtuvo su puesto de jefe de policía por ti?

—No, lo obtuvo por su capacidad. Yo simplemente me ocupé de hacer llegar a sus superiores la vacante de la jefatura de la isla. Pudo ser él, pudo ser cualquier otro. Pudo aceptarlo o no.

—Pero fue él. Lo aceptó.

—Exacto, lo que me hace pensar que no todo está perdido. Tiempo atrás creí que lo mejor para Johana era no conocer la verdad de su madre, preferí que mantuviera la imagen de madre perfecta, impoluta, amorosa... —Exhaló con fuerza. La respiración se le hizo dificultosa—, y lo hice a un alto costo.

—¡Demonios, Winston! —masculló Beatrice—. ¿Te encuentras bien, necesitas algo?

—Sí, más brownie y más helado, por favor.

Por primera vez en su vida, no se tragaría las lágrimas. Optaba por algo mejor, brownie, licor y Beatrice.

***

El debate mental se extendió por horas. ¿Rosa durazno o rosa flamenco? Miró de nuevo la cartilla de colores. Descartó tonos, volvió a considerar otros y se decantó por los mismos. Johana tenía una habilidad única, convertir a las decisiones simples de la vida en sucesos trascendentales. No podía seleccionar un tono de pintura así sin más, no, la analizaba, imaginaba cómo combinaría con determinados muebles o cómo se vería en días nublados, ¿le daría luz al ambiente o se sumaría a la oscuridad del atardecer?, ¿y si fuera un día soleado, el impacto de la luz en la pared sería demasiado? ¡Cielos, era una decisión muy complicada!

—Murphy, me vendría muy bien tu opinión profesional, ¿qué opinas?

—preguntó al hombre encargado del sector de pintura en Cloud Market.

—¿Qué opino de qué? —Se acercó a ella. Mascaba chicle, combatía la ansiedad mascando sin parar, intentaba dejar de fumar.

—¿Rosa durazno o rosa flamenco? —le indicó los tonos en la cartilla. Entre los dos evaluaron el color.

—¿Qué ambientes piensas pintar? —preguntó con el ceño fruncido. Estaba compenetrado en su evaluación visual.

—Estaba pensando pintar el salón principal y el salón comedor...

—Ajá, ¿y el salón comedor se comunica con la cocina de forma directa o está separado por una puerta?

—No, no hay puerta, cuenta con un arco de ingreso.

—Ajá, ya veo... —Mascó con más intensidad el chicle. Rascó su barbilla—. ¿Las ventanas del ambiente son grandes o pequeñas?

—De ambas. —El compromiso de Murphy para con su trabajo sorprendió a Johana.

—¿Y cómo están distribuídas?

—A ver, cómo explicarlo... —balbuceó Johana. No era sencillo trasladar en palabras la descripción de la casona Benson—, espera, te haré un dibujo, ¿te parece bien?

—Oh, sí, me parece perfecto, hazlo. —Murphy se cruzó de brazos.

Johana hurgó en su bolso, siempre cargaba consigo lapicera y anotador. Hizo un pequeño plano de la casa, con cada una de las ventanas mencionadas, el arco, las puertas. Murphy acompañó con su mirada cada trazo realizado.

—Pienso utilizar alguno de esos colores, aquí... aquí... y aquí —le indicó cada uno de los ambientes—, ¿qué te parece mejor, rosa durazno o rosa flamenco?

—Permíteme, por favor. —Cogió el plano de Johana, lo puso a trasluz por unos segundos, luego sobre la cartilla de colores, hasta finalmente, arrugarlo con sus dedos. Lo convirtió en una pelota y lo arrojó al cesto más cercano—. ¡Da lo mismo, mujer!, ¡los dos son rosa! ¡Rosa! —repitió con los brazos en lo alto, estaba harto de la duda de Johana—. Llévate uno de cada uno y listo, no notarás la diferencia. —La mirada de Murphy dijo lo demás: *y deja de ser una tocapelotas.*

—Okey, Murphy. —Cargó dos latas de pintura en su carro de

compras—. Gracias, has sido de mucha ayuda.

—Ayuda es lo que necesitarás con lo que sea que intentas hacer. Te recuerdo que los Benson no combinan bien con pintura, brocha y escalera. —Con su típica sutileza, Murphy le recordó el accidente de su padre.

—No te preocupes, las mejores manos de Shell Island estarán a mi lado. —Empujó el carro de compras y se alejó lo más rápido que pudo antes de que Murphy hiciera la pregunta obvia: Ah, ¿sí? ,¿quiénes?

La respuesta sería: nadie. Alonso había partido rumbo a Maine por unos encargos y allí permanecería gran parte del día. Ethan no daba a basto con el trabajo de refacciones en la casa de los Weber y, a la vez, con el acondicionamiento de la propia. Los mellizos estaban en el último estadio de cocción en la panza de Pauline, en un abrir y cerrar de ojos, estarían gateando por las calles la isla. Pedirle ayuda a Roger era impensado, primero porque se daba cuenta de su comportamiento cuando estaba bajo el antiguo techo Benson. Muchos recuerdos para ambos. Segundo, y más importante, entre las labores de la jefatura de policía y los cuidados que Dolly demandaba, apenas tenía tiempo para sentarse a comer un emparedado en calma. Ella no le robaría ni un segundo de descanso, los necesitaba. Y de hacerlo, los invertiría en otras actividades. Sonrió con picardía. Lo imaginó sin camiseta, en medio de su living comedor, con salpicones de pintura en su pecho. ¡Cielo santo, el rosa flamenco le sentaba de maravillas al caoba de su piel! Se mordió los labios como reprimenda. ¡Céntrate en el camino, Johana, estás al volante! No había que beber alcohol previo a la conducción de un automóvil y, en su caso, no debía imaginar a Roger Allen con poca ropa. Ambas cosas eran perjudiciales para los reflejos y la atención en la carretera.

Aparcó en la puerta de su casa. Descendió del vehículo con una sonrisa en los labios y un brillo ensoñador en los ojos. Cada vez que pensaba en Roger se encontraba sonriendo como una adolescente. Aquella de tiempo atrás. Estaba tan ensimismada en su romántico y sensual pensamiento que el grupo de mujeres que esperaba a por ella en la casa tuvo que anunciarse mediante el uso de carraspeos y toses forzadas. Johana continuó sumergida en su burbuja. Canturreaba feliz, mientras apoyaba en el césped las latas de pintura.

—¿Alguien piensa decirle algo? —susurró Camile al resto de las presentes: Pauline, MaryAnn y Coleen.

—No, se la ve muy feliz, me daría pena interrumpirla. —Coleen disfrutaba de tenerla como vecina una vez más. El regreso de Johana a la casa Benson trajo consigo un sinfín de recuerdos para la mujer y, en especial, compañía—. Démosles unos segundos que sola se... —Lo dijo en el instante en el que Johana giró y las vio. El sobresalto de sorpresa fue tal que la lata de pintura que cargaba resbaló de sus brazos. Cayó en los pies de la señorita Benson. Su grito de dolor llegó hasta la costa de Maine—. ¡Maldición!

Hielo, sofá y pie sobre un cojín. Los planes del día cambiaron abruptamente.

—¿Y ustedes tenían pensado ayudarme? —refunfuñó Johana. Asintieron—. ¿De qué manera? Si se puede saber.

El plan original era darle una primera mano de pintura a las paredes del salón comedor. Coleen y MaryAnn estaban descartadas, el peso de los años en sus cuerpos no les permitiría más que asistir con algún que otro elemento, nada más. Pauline y sus siete meses de embarazo le complicaría un poco el asunto. Solo quedaba Camile para brindar su mano amiga.

—Nosotras trajimos la limonada. —MaryAnn abrió la nevera transportadora de Coleen, sacó de su interior dos botellas de vidrio repletas de la bebida.

—Yo traje los conocimientos —alegó Pauline cuando la mirada evaluadora de Johana se posó en ella. Las demás alzaron las cejas. Se hacían la misma pregunta: ¿conocimientos de qué?—, ser la esposa de un contratista tiene sus beneficios, una aprende mucho.

Limonada. Conocimientos. Miraron a Camile a la espera de comprender el valor agregado de su presencia. La conocían muy bien, detestaba cualquier actividad destinada a arreglos del hogar, no se le daban bien las manualidades, ni le interesaba nada relacionado al diseño de interiores.

—¡Yo traje el vodka! —dijo a viva voz. Cargaba consigo una mochila de winnie the pooh de unos de sus hijos, extrajo la botella—, alguien debe de ocuparse de lo primordial, ¿verdad? —Coincidieron con miradas—. A ti te he traído chocolatinas —le dijo a Pauline.

—Las acepto con gran placer. —Extendió sus manos. Camile vació el contenido de la mochila. Lluvia de chocolatinas.

—Y yo acepto el vodka —demandó Johana. Un poco de alcohol en sangre le serviría como paliativo al dolor. Amanecería con el dedo gordo del pie morado.

—Todas aceptamos el vodka. ¿Por qué piensan que hemos traído la limonada? —intervino Coleen.

—Vamos, Camile, ve a por los vasos. —MaryAnn hizo palmas al aire. Marcó el ritmo de la amable orden.

Limonada, vodka, hielo y buena compañía. Las paredes del salón comedor podían esperar.

—Agradezco de corazón que hayan venido a *no* ayudarme —Poco podían hacer esas mujeres, a excepción de Camile. Solo estaba ahí por el vodka, ¡bendita sea!—, pero me gustaría saber cómo supieron de esto. —Aludía a su intención de pintar.

—No los contó un pajarito —confesó MaryAnn.

Johana giró su rostro a Pauline, lo lógico era creer que había sido Ethan, considerando que ella le había consultado sobre marcas y calidad de pinturas.

—No, no, te estás equivocando de pajarito. —Pauline despejó su duda.

¿Alonso? Miró a Coleen, la mujer conocía más de la vida y agenda laboral de Alonso que él mismo. Ella negó.

—Fue Murphy. —Camile se apiadó de su amiga, nunca se le ocurriría pensar en él—. Murphy le envió un mensaje a Jocelyn —Su esposa—, Jocelyn le envió otro mensaje a Magda —Su amiga— y Magda me lo envió a mí. —Eran vecinas.

—¿Murphy? —repitió Johana—. ¿Desde cuándo se ha convertido en una vieja cotilla?

—Según lo que me dijeron, estaba preocupado por ti. Dijo que no deseaba que corrieras con la misma suerte que tu padre.

—Dicho con otras palabras —se sumó Pauline abriendo su cuarta chocolatina de la tarde—, no te tiene fé con este asunto de la pintura.

—Y considera que tienes un historial de torpeza igual que tu padre —agregó Coleen, sus ojos se posaron en el pie de Johana—. A las pruebas me remito...

—Este accidente fue por ustedes. —Le faltó agregar: Y mis pecaminosos pensamientos con Roger.

—¿Nos culpas? —Dijeron al unísono con falsa ofensa.

—No, lo siento, quise decir que me tomaron por sorpresa, eso es todo. Sorpresa, no torpeza. Ahora, con respecto a mi padre, yo diría que lo suyo ha sido más que torpeza.

—Con eso quieres decir... —MaryAnn estaba interesada en lo que fuese que rondara por la cabeza de la muchachita.

—Que fue la consecuencia de sus acciones. Acciones que distan mucho de ser bien intencionadas. Según él vino a arreglar la fachada de la casa. ¿A esa hora?, ¿con esa pintura? —Sorbió de su limonada adulterada con vodka, mucho vodka—. ¡A otra con ese cuento!

—¡Pero si es un buen cuento! —bromeó Coleen—. No te olvides que yo lo presencié en primera fila.

—Entonces sé honesta y dime lo primero que se te cruzó por la cabeza cuando lo viste.

—Te diré lo primero que se me cruzó por la cabeza en cuanto sentí actividad en los alrededores de la casa. —MaryAnn la miró de soslayo, como si intentara adentrarse a los pensamientos de la mujer antes de que estos salieran de su boca. Pauline, Camile y Johana estaban expectantes—. Me dije, ¡quizás este asunto de los fantasmas sea cierto!

—¡Ja! —Johana apuntó su dedo índice en dirección a Coleen con actitud victoriosa—, eso quiere decir que nunca antes creíste la tontería de los fantasmas.

—Que los hay, dalo por hecho. —La mujer no tiraría por la borda la historia supernatural que se sostenía por años.

—¡Pero no aquí! Podría jurar que ese invento se diseminó por la isla gracias a mi padre, y no sé por qué.

—Quizás él ve fantasmas que tú no ves. —Camile sorprendió a todas con su punto de vista.

—Has planteado una excelente posibilidad, Camile —la felicitó MaryAnn.

—¡Basta de vodka, para ti! —protestó Johana. Estiró su brazo cuanto pudo y cogió la botella que reposaba en la mesa ratona. Camile frunció sus labios simulando la decepción típica de un niño.

—No te preocupes, yo te comparto chocolatinas. —Pauline puso en práctica sus futuras dotes de maternidad.

—El único fantasma de mi padre es la negación. La negación a habitar esta casa, la negación a rentarla o venderla, la negación a refaccionarla. ¡No tiene sentido!

—Que tú no le encuentres sentido, no quiere decir que no lo tenga para él. —Coleen siempre lo defendería, pese a tener todo el viento en contra.

—¿Qué quieres decir? No te pongas críptica conmigo, claramente, algo sabes —reaccionó a la defensiva, con cierto fastidio. No era habitual en ella. Pauline y Camile se miraron, ¡vaya carácter contenido el de la señorita Benson! No formarían parte de ese intercambio verbal. Por suerte tenían unas cuantas chocolatinas más con las que llenar y limitar el uso de sus bocas.

—¿Recuerdas aquella vez en la que tú, Ethan y Alonso desaparecieron por días en Maine? —intervino MaryAnn.

—Sí.

Por supuesto que sí, habían inventado una historia muy creíble para aquel entonces. Ethan, drogas, y ellos al rescate. La realidad era que habían estado dos noches apostando en el casino cherokee con el fin de obtener el dinero suficiente para pagar la deuda clandestina de Jason, uno de los tantos adolescentes problemáticos que había acogido MaryAnn. Con el fin de evitarle un disgusto a la mujer, optaron por resolverlo de la manera que les fue posible. Lo lograron, juntaron el dinero y todo quedó en el olvido. Ethan cargó con la mayor responsabilidad de todas, asumir ser el centro del conflicto. Sucesos como esos existían a montones entre ellos. Y todos permanecerían en secreto.

—Pues, ahora yo también te diría: ¡A otra con ese cuento! La historia que contaron no la creí en aquel entonces y la sigo sin creer hasta este presente.

—¿Y a qué viene este planteo décadas después? —interrogó sin saber cómo habían llegado a ese punto que poco tenía que ver con lo que estaban hablando.

—Nada, solo te recuerdo que Coleen y yo conocemos a tu padre desde mucho antes. Ni siquiera estabas en sus planes, ni siquiera tu madre formaba parte de su vida, y nosotras ya éramos sus amigas.

—Jack y nosotras éramos sus únicas amistades —rio Coleen al rememorar—. En aquel entonces, Shell Island tenía un diez por ciento de la población que hoy tiene. Tuvimos que aunar fuerzas —rio con más ganas.

—¿Quieres decir que ustedes sí pueden darles sentido a las tonterías de mi padre?

—Por supuesto que sí, pero no lo haremos. —Las mujeres chocaron sus vasos con limonada y vodka en el aire.

—Aunque no lo creas, cuando Shell Island quiere, puede guardar secretos —dijo Coleen con el mentón en alto.

Camile se echó a reír a carcajadas.

—¿Secretos? ¿En Shell Island? Ahora es mi turno de decir: ¡A otra con ese cuento!

—Ey, en defensa de Coleen, MaryAnn y la isla... —Pauline consideró prudente su intervención—, voy a decir que mantuvieron muy a resguardo el pasado de Ethan, si lo conocí fue por su boca, no por los demás.

—Mi padre no tiene secretos —agregó Johana todavía molesta por el comportamiento de las mujeres.

—Piénsalo de otra manera, cariño. Olvídate de la palabra secretos y piénsalo como pasado. —MaryAnn le acarició el rostro con ternura.

—Todos tenemos un pasado —finalizó Coleen otra vez con el vaso en lo alto—, ¿verdad?

Camile chocó el vaso con el de ella. MaryAnn hizo lo mismo. Pauline elevó al aire una chocolatina. Solo Johana se mantuvo impávida y en silencio. No podía evitar pensar, ¿quizás sí había un pasado que lo atormentaba con fantasmas? ¿Quizás estaba mirando la historia de su padre desde una sola perspectiva? Si ampliaba el horizonte, si la miraba a contraluz, si le daba vuelta para verla de revés... ¿Con qué se encontraría?

Tragó saliva. ¿Con qué se encontraría? Tal vez con algo más que musarañas.

Sirvió más vodka en su vaso. Más limonada. Se sumó al brindis de las mujeres, un susurro se escapó por entre sus labios:

—Verdad.

Se encontraba al cuidado de Dolly. La perra resultaba una gran compañía, la entretenía con sus monerías. Con Roger entendieron que la orden «busca» siempre estaría asociada a las bombas, la pólvora o las armas. Decidieron utilizar una nueva palabra. «Rastrea» fue la elegida. Dolly empezaba a familiarizarse con el concepto. Oler una prenda, olfatear el aire y buscar un nuevo indicio del olor, todo a cambio de premios. Las golosinas se acababan y la perra no bajaba de peso. Eso sí, una de cada diez veces conseguía hallar el objeto buscado.

A Johana el éxito o fracaso del animal no le afectaba. Se había encariñado con Dolly, y así nunca se volviera una perra de rastreo, tendría siempre un lugar en Shell Island. Como todos. Salvo uno. Roger seguía siendo un forastero, y la culpa era de ella.

Culpa, remordimiento, pena. Esos sentimientos se arremolinaban en su interior.

La gran casa Benson era una proyección de sí misma. La fachada se conservaba bastante bien; el interior era otro cantar. Polvillo y recuerdos. Daños y sitios olvidados. Necesitaba trabajar tanto en la construcción como en su corazón marchito. Ahora lo entendía, había cerrado su corazón como su padre hizo con la casa. Dejó que la suciedad se quedara dentro, las cosas rotas se percudieran aún más. Se clausuró con la ida de Roger Allen y, con su regreso, tenía que hacer por ella lo mismo que por la casa. Seleccionar qué salvaba y qué daba por perdido.

Tal vez por eso eligió dedicarse a las alfombras. Necesitaba exponer a la luz aquello que ocultó debajo.

—Rastrea —le dijo a la perra, haciéndola oler un almohadón. La perra dio varias vueltas en círculo, hasta marcarla a ella como la dueña del objeto. Johana la premió, sin estar segura de hacerlo correctamente—. Dolly, no sé si yo dejo mi olor en todos lados o si tú estás asociando «rastrar» con «hallar a Johana donde quiera que esté».

El animal movió la cola, ella le brindó un par de caricias. No era la primera vez que Dolly la marcaba como objetivo de su búsqueda; le habían hecho oler prendas de Roger, de MaryAnn, de Winston... a veces daba con las personas y otras, sin más, se dirigía hacia Johana y se parapetaba a su lado.

El oficial Allen insistía en que, por algún motivo propio de los animales, Dolly la consideraba su dueña. La señorita Benson no estaba tan segura. En término de acatar órdenes y respetar la autoridad, Roger seguía siendo el mandamás. El *alfa*. Para con ella, la perra era más bien una protectora, como lo suelen ser los animales con los niños del hogar.

Por qué la seguía rastreando era un interrogante y un obstáculo en el entrenamiento.

Se dispuso a enrollar la alfombra. Dolly la ayudó, empujó con su hocico.

—Por favor, no puedes ser más dulce. Y pensar que te tuve miedo —le dijo. El silencio y los ojos marrones, puros, la instaron a seguir hablando—. Lo sé, lo sé. ¿Quieres oírlo?, pues bien... Aún lo amo.

Dolly se echó, con las patas delanteras extendidas y una oreja más alta que la otra.

—Pones más atención que la mayoría de las personas, si no te va bien como perra de rastreo, te iría perfecto como psicóloga. ¿Has pensado en estudiar psicología? —bromeó. Dolly alzó la otra oreja—. Lo reconozco, sigo con eso de no admitir mis sentimientos —bufó con poco aliento. Levantó la alfombra enrollada, pesaba bastante, miró el piso. La madera estaba sucia, era lo de menos. El problema era que había conservado su color original mientras que el resto mostraba señales de desgaste. Tendría que pulirlo—. ¿Qué dices?, ¿que entonces aquello que dejé escondido está en mejor estado que el resto de mí?, ¿que tal vez lo que oculté bajo la alfombra era lo más valioso, porque sabía que se conservaría mejor?, ¿que todo este tiempo no pasé un solo día sin amarlo y que soy una completa idiota? ¡Ey!, una buena psicóloga no le diría idiota a su paciente.

Dolly ladró, Johana carcajeó. Recién entonces se dio cuenta de que tenía los ojos húmedos, y no por el polvillo.

—Claro, para ti es fácil decirlo, pero yo no puedo ir y confesarle que lo amo y que siempre lo amé, porque antes tendría que decirle que le mentí, y luego explicar por qué le mentí y...

La siguiente alfombra, la de la biblioteca, presentaba un enorme desafío. No iba a conservarla, no iba a limpiarla, no ahora que entendía que lo mejor estaba debajo. Se dejó caer sobre su trasero, con las piernas cruzadas y el rostro entre las manos. Dolly la besuqueó y se puso a lloriquear a su lado, desesperada, al notar el dolor de Johana.

—No puedo pedirle perdón si no me perdono antes, Dolly —confesó—, primero debo perdonarme por haber tomado una decisión tonta. Era joven, sí. Mi madre tenía cáncer y estaba por morir. Lo hice con buenas intenciones, sin duda. Así y todo, no cambia el hecho de haberme equivocado y haber herido a Roger. Él se distanció de su padre después, y yo no lo supe. No estuve a su lado cuando *su mundo* se desmoronaba y lo eché de mi lado cuando *mi mundo* se caía a pedazos. Lo dejé en soledad y le robé el derecho a elegir sus batallas. ¿Y todo para qué?, yo no he sido feliz sin él, y él... él tampoco halló la felicidad. Solo hemos perdido tiempo. Valioso tiempo. Y ahora no tengo el valor de abandonar el limbo, el estado de nada en el que habito y entregarle a él el poder de juzgar si me toca el cielo o el infierno.

Dolly se inquietó. Daba brincos, absorbía su angustia y la expulsaba gastando energía.

—Tienes razón, Dolly. Cada día que pasa pierdo más tiempo, le robo más días a Roger, y ya no soy joven, ni ingenua, ni estoy pasando un momento duro de mi vida. Solo soy cobarde, porque los que amamos mucho tememos mucho...

La perra aumentó su lloriqueo; se volvió un quejido, seguido de saltos altos y de correteos en círculos. La ansiedad la carcomía, Johana confirmó que su lectura de Dolly era correcta. Roger era su amo, pero ella su misión. La cuidaba física y emocionalmente, en ese momento le reclamaba lo evidente: las dos necesitamos un paseo, esta casa nos está consumiendo.

—Vale, tú ganas —le dijo y corrió escalera arriba. Tras ella, las cuatro patas de la perra.

Se cambió frente a los ojos del animal, dejarla fuera del baño no era opción. Habían atravesado ese nivel de intimidad, Dolly en su afán protector podía ser muy invasiva, lo cual incluía el retrete. Johana cambió sus pantalones de chándal por mallas térmicas, la camiseta del mismo material y tenis de deporte. Volvió a recoger su coleta y la pasó por la apertura de la gorra, de modo de cubrir la cabeza del frío. Guantes, por supuesto, y campera de entrenamiento. Así, completamente vestida en tonos negros y grises, cogió la correa de Dolly. La perra pasó de ansiedad absoluta a ansiedad exagerada.

—Te hará mal al corazón —la reprendió Johana. Colocarle la pechera fue una odisea entre saltos y lloriqueos. Johana hizo lo prohibido, le dio una golosina a cambio de su quietud—. No se lo digas a Roger, ¿sí? ¿Quién diría que la máxima manipuladora de Shell Island hallaría su rival en un can?

Consiguió ponerle la pechera y enganchar la correa, y ese fue todo el control que tuvo de la situación. Dolly tiró de inmediato. La sacó fuera de la casa, le impidió siquiera poner llave a la puerta.

—Claro, tú porque tienes contactos con la policía y la milicia, pero, ¿sabes?, incluso en esta isla solemos cerrar con llave. —Las palabras le salieron en una exhalación, todo su oxígeno fue utilizado para hacer fuerza.

Una vez que Johana se dispuso a trotar, Dolly dejó de tirar y acompasó su paso al de ella. Les hizo bien a ambas. Corrió con los oídos llenos del sonido del mar, del viento y al compás de sus pensamientos. ¿Roger también la seguía amando?, de ser así, ¿lo seguiría haciendo una vez que le confesara su mentira?

Absorta en sus cavilaciones, arribó al muelle. A lo lejos, el ferry surcaba el océano. Una embarcación privada se cruzó en su camino y el claxon del ferry rompió la armonía de olas y viento. Dolly se asustó, Johana también, en su caso fue un segundo, antes de entender que nada grave sucedía. Al menos no en el mar; en tierra era otra la historia.

Presenció un ataque de pánico de la perra. Dolly tiraba desesperada, buscando cobijo, y el corazón de la señorita Benson se resquebrajó. El miedo en los ojos marrones del animal era abrumador, la fuerza la superó y de sus manos enguantadas escapó la correa.

—¡Dolly, detente! —intentó poner su mejor voz de mando. Fracasó. La garganta la tenía atenazada. Si algo le probaba ese terror palpable del animal, era que en el mundo existían peligros mayores que el de hablar del pasado. Corrió tras la perra, por fortuna se alejaba del centro de la isla; no daría material de cotilleo—. Dolly, rastrea —probó. Nada la sacaba de su estado de alienación. Solo restaba seguirla y esperar a que se calmara.

Sus pies iban mucho más lentos, las cuatro patas de la perra conseguían una velocidad endiablada. Johana debía concentrarse en no perderla de vista, focalizada en ello no se percató del camino hasta que la vio perderse detrás de una cerca.

—Claro, pequeña —le dijo, sin resuello—, volviste a casa.

Casa era el hogar Allen. La buscó por los alrededores, fisgoneando el lugar. Nunca había estado allí, al menos no en el interior. No era la vieja casa de Paul Allen, sino la vivienda del anterior jefe de policía. Una construcción de madera blanca, con el porche elevado por un par de escaleras y una baranda baja. La puerta estaba pintada de azul marino y el llamador en dorado. Dos ventanas secundaban la puerta, eran medios hexágonos hacia fuera y unas cortinas blancas, semitransparentes, resguardaban la intimidad del interior. Johana asomó su nariz, hizo sombra con sus manos y buscó algún movimiento. No había nadie, algo que daba por hecho. Ella estaba con Dolly porque a Roger le había tocado hacer guardia en la jefatura.

—Dolly... —llamó—, Dolly, ¿dónde estás, pequeña?

Tardó en descubrir que Roger había instalado un acceso para perro en la puerta trasera. Dolly se había escabullido por ahí. Johana se debatió en llamarlo o buscar una alternativa, le daba un poco de pudor no poder manejar a la perra, más cuando ella fue la de la idea de traerla a la isla y entrenarla. Era tiempo de hacerse responsable.

Observó la abertura vaivén y negó con la cabeza. Dolly era tan grande, sin contar su leve sobrepeso, que por la puerta aquella pasaba hasta un caimán.

—¡Menos mal que no es zona de caimanes, Roger! —lo reprendió. Luego cayó en cuenta: ¡iba a allanar la morada del jefe de policía!—. Siempre hay una primera vez para ir presa o morir confundida con un ladrón.

Con ese poco valor, se deslizó por la pequeña puerta.

—¡Mierda! —masculló. Su trasero había quedado trabado—. Mierda, mierda, mierda... Tengo que ampliar mi vocabulario de insultos. ¡Mierda! Y dejar los dulces. No... —se corrigió, girando de lado a lado—, los dulces no tienen la culpa. Mi enorme trasero tampoco, es solo que las puertas de perro son para... ¡sí!, ¡perros! —se maldijo. Ya estaba a mitad del crimen, por todo lo que le era sagrado, no llamaría a Roger en esos momentos. *Oficial, me he quedado trabada en la puerta mientras intentaba irrumpir en su propiedad, ¿podría venir a salvarme?* La idea de Roger pujando de su trasero la horrorizó—. Por favor, Dios, Universo, karma... Permíteme conservar una pizca de dignidad.

Los ruegos dieron resultado, consiguió un ángulo mejor, apretó con fuerza los glúteos.

—De ahora en más, no falto a ninguna clase de Yoga —prometió y se deslizó con fuerza. Por fin su trasero estuvo junto a su torso en el lado interior. Las piernas fueron más fáciles, aunque no más dignas. Vaya sorpresa se llevó cuando alzó la vista y...—. ¡Una cámara de seguridad! Dime que esto no quedó grabado.

Las preocupaciones por el ridículo quedaron en segundo plano, lo importante era Dolly y su ataque de pánico. Sufría por la perra, también por Roger. Se preguntaba si el oficial Allen había presenciado muchos horrores en el frente, si él también sufría pesadillas y el temor lo enceguecía.

—¿Dolly?, ¿Dolly?

La perra era muy astuta, incluso en su miedo. Se mantenía en silencio, sin emitir siquiera un quejido. Sabía esconderse, protegerse. Johana la buscó en todos los recovecos de la casa, al hacerlo, también absorbió ese espacio tan íntimo. El aroma de Roger impregnaba el ambiente, junto al inconfundible olor del hogar: un dejo de café, pan tostado, productos de limpieza, jabón y madera. La casa era acogedora, muy hermosa. Pequeña en comparación a las viviendas Benson, contaba con una sala unida al comedor y la cocina separada por una barra. Un corredor conducía de la sala a las habitaciones, tres en total, y sobre su cabeza una puerta de esas que, al tirar, extienden una escalera que conduce al ático. Los sofás eran mullidos, se veían cómodos. El televisor grande, ¿qué tenían los hombres con el tamaño de sus pantallas?, se preguntó con una dosis de humor. Ver el *Super Bowl* allí sería una experiencia inolvidable, sobre todo por la compañía. Casi podía fantasear con la idea. Ellos dos, Dolly, palomitas y cervezas.

—¿Dolly?, ¿dónde estás? —continuó su búsqueda. Solo restaba la habitación principal, había esperado no tener que traspasar ese límite. La puerta estaba entornada, empujó con cautela—. ¡Vaya que eres ordenado, Roger! —Los años de entrenamiento militar estaban plasmados allí. Dos mesas de noche relucientes, un libro en una de ellas le indicó el lugar en el que dormía—. Claro, la puerta —dijo, recordando su noche de hotel. El armario estaba cerrado, descartó que allí se escondiera la perra. Estaba por rendirse cuando se percató de que la cama era demasiado alta. El cubre colchón disimulaba el espacio que la separaba del piso. Se arrodilló y levantó la tela. Los ojos marrones de Dolly la observaron con pánico—. Soy yo, pequeña, soy yo. ¿Ves?, estamos a salvo. —Extendió su mano, la perra se retrajo. Johana pudo ver que olfateaba algo y, enseguida, se serenaba. Entendió que debía hacerse con ese objeto, sacarlo de debajo de la cama y Dolly saldría por sus propios medios. Con un poco de miedo, pues estaba ante un animal asustado, se estiró todo lo que pudo y cogió una manija. Era una caja de madera, tiró de ella y la perra dejó ir un quejido lastimero—. Lo siento, Dolly, siento profanar tu sitio feliz. Ven..., prometo golosinas, solo tendrás que decirme dónde las guarda Roger, porque me has sacado de casa sin tiempo de prepararme.

Se sentó en el piso, en posición Buda con la caja en sus manos. Dolly salió del escondrijo y apoyó la cabeza sobre la superficie de madera.

—¿Qué hay aquí que tanto te relaja? —La perra empujaba con el hocico la tapa, no tenía llave ni cierre, se sostenía por su peso. Johana, pensando que podía haber alimento o algún juguete de la perra, la levantó.

El corazón se le detuvo una milésima de segundo. Dolly se quejó. Fue Johana quien la necesitó para serenarse, acarició el pelaje del animal y luego posó su frente sobre la cabeza de Dolly.

—¡Joder! —musitó—. Odio tener razón en estas cosas, él siempre fue tu dueño, yo...

La sombra de Roger se proyectó sobre ellas. Su voz ronca la hizo vibrar:

—Tú..., tú eres lo que más protejo en la vida.

Encontrarse a Johana sentada en el suelo de su habitación, con aquella gorra de deporte y la perra a su lado era la recreación de una fantasía hogareña que no se atrevía a soñar. Ella elevó la vista hacia él, sus ojos grises mostraban un crisol de emociones.

—Has... has guardado todo esto —dijo ella, las manos le temblaban mientras sostenían el preciado tesoro.

Roger se sentó a su lado y cogió el libro que Johana aferraba con los dedos blanquecinos por la fuerza. Abrió la solapa, en la primera página, el corazón de tinta.

—Siempre marcabas nuestros libros con un corazón en la primera página.

Dolly, más serena por tenerlos a ambos juntos, posó su cabeza en las piernas de Johana. Ella le propició pausadas caricias, las ayudaba a las dos a calmarse.

—Encontré varios de nuestros libros en la vieja casa. Dolly se escondió junto a la caja con estos recuerdos, tú lo sabías, ¿verdad?

—Sí, busca ese refugio desde el día que llegó. Te busca a ti, Johana. Yo también lo hago a veces.

Johana no pudo responder. Sus dedos hurgaban entre los demás recuerdos, sus cartas sostenidas por un lazo. Roger desató el nudo y le permitió leer sus propias palabras plasmadas años atrás.

—Dedicaba horas a dejarlas así de bonitas —confesó. Su caligrafía era esmerada, resaltaba con sus lapiceras de colores algunas palabras y dibujaba flores en los costados—. ¿Te acuerdas?, chateábamos horas por ICQ, y luego yo encontraba más cosas por decirte, nunca se me agotaban las palabras.

Hoy..., pensó, hoy se me quedan todas atoradas.

—Escribías para que yo practicara mi lectura de letra manuscrita, siempre fue lo más difícil. —De adolescente, había odiado su dislexia. La gente pensaba que era tonto. Había tardado más que cualquier otro niño en hablar y, cuando empezó a expresarse, lo hacía con tantos errores que recibía burlas. Se había amparado en los silencios. La lectura no era mejor, sus calificaciones siempre eran bajas y él no entendía por qué. Hasta que Johana un día le dijo: creo que eres disléxico. ¡Ni siquiera había podido pronunciar esa palabra correctamente! Sin embargo, ella no se había rendido. Mientras Paul Allen se dedicaba a los rosales y a arruinarse la vida con amoríos prohibidos, él mejoraba junto a Johana.

—Las escribía porque amaba hacerlo, podría haber transcrito cuentos, poemas, canciones. En cambio, preferí dejar constancia de mis sentimientos. Eso no lo hice por ti, lo hice por mí.

Y ahí estaba su mayor aporte. No fueron las horas de lectura conjunta, ni los textos manuscritos, ni las explicaciones después de clases... lo más importante que Johana había hecho por él era amarlo.

—Por más que lo hayas hecho por ti, fue significativo para mí. Todo tu esfuerzo daba más resultado por el hecho de preocuparte y ocuparte, mostrar interés. —Roger le quitó la gorra, la visera le cubría los ojos y él necesitaba conectar con ella, abrirse un poco más—. Éramos unos críos, Johana, y no nos dábamos cuenta... pero mi padre no fue un buen padre. No lo era entonces, y no lo fue cuando abandonamos la isla. Solo que en ese tiempo estábamos demasiado ensimismados.

—Las ventajas de ser adolescente. —Johana le sonrió.

—Tú debiste regresar a tu casa para descubrir las verdades pendientes de esos años.

—¿A qué te refieres?

—Si no lo sabes aún —Roger se encogió de hombros—, tendrás que preguntárselo a tu padre. Respecto al mío, lo hice hace un tiempo. Eddie me instigó a cerrar ese capítulo de mi vida.

—Repito, ¿a qué te refieres?

—A que mi padre no me quería, Johana. —Ella mostró pavor; él, total indiferencia. Ya no le dolía. Lo había superado y sanado—. Tampoco se quería demasiado a sí mismo, siempre tuvo un gran complejo de inferioridad. Me lo transmitió a mí, yo también me sentía menos. No aspiraba a mejorar su vida porque no se creía digno de ello, ni buscaba progresar, y esperaba que yo siguiera sus pasos. Fuera jardinero, como él, o buscara un empleo que no requiriese capacitación. Los Allen no estamos para pensar, solía decir, y yo con mi dislexia se lo confirmaba.

—¡Tú con tu dislexia se lo rebatiste! —replicó Johana, furiosa. Roger le sonrió, sus labios llenos la hicieron flaquear.

—No, tú lo hiciste. Al confiar en mí, al probar que yo no era tonto y que mi condición podía reducirse hasta no ser obstacu... no ser un obstáculo.

—Obstaculizador —completó ella, con una sonrisa espejo a la de él. Roger se mordió el labio por la frustración, Johana ardió de deseos de besarlo.

—La baja autoestima es la mayor enemiga de un disléxico, y tú sanaste eso. Mi condición no tiene arreglo, la autoestima sí.

—Y has llegado lejísimo, no puedo explicarte lo orgullosa que estoy. Orgullosa se queda corto, soy una completa engreída con los éxitos ajenos —declaró, sin vergüenza.

—Lo conseguí gracias a ti. —Ella negó con la cabeza—. Sí, no importa lo que sucedió después, si me atreví a alistarme en la armada y estudiar enfermería fue por ti.

—No —Johana sintió la pena atenazarle la garganta—, no fue por mí. Fuiste tú y solo tú. ¡Y sabes qué! —dijo, la voz sonó ronca—, ¿y sabes qué?, no paso un jodido día sin lamentarme por ello. Porque podría haber estado a tu lado, podría haberte acompañado en cada paso y ser tu sostén. Podría ser parte de ese éxito del que tanto me jacto. ¡Pero no lo soy!, por mi maldita cobardía no lo soy. Así que no te atrevas a decir que tengo una pizca que ver con todos tus logros, porque... porque te abandoné, Roger. ¡Dilo! —reclamó—, dilo, échamelo en cara.

—¿Para qué? Por lo visto tú te torturas lo suficiente sin mi ayuda. Además, que tú lo veas así, no quiere decir que sea cierto. Johana, confiaste en mí, me ayudaste, me quisiste, aunque haya sido hace dieciocho años y... —Cogió la caja—, y me acompañaste en cada paso que di. Tal vez no de manera física, pero sí lo hiciste. Estuviste aquí —Sacó los libros marcados con corazones de tinta—, aquí —Las cartas—, aquí —Los CD con sus canciones—. En cada una de estas muestras cursis y adolescentes de cariño.

Johana, conmovida, no halló una respuesta verbal. La única posible era: ¡No hables en pasado!, aún te amo. Deseó estar lista, poder gritarlo a los cuatro vientos. A falta de voz, usó la boca para otra cosa. Se incorporó apenas, su trasero se separó del suelo unos centímetros. Alcanzó los labios de Roger sin molestar a Dolly, quien reposaba aún en su regazo y oía la conversación como buena chismosa de Shell Island.

Roger tardó en reaccionar unos segundos. Incapaz de procesar la idea de volver a sentir los labios de Johana sobre los suyos. ¿Cómo era posible que hubiesen pasado tantos años y besarla se sintiera igual?, el mismo sabor dulce de su boca, el mismo cosquilleo en la piel, el corazón desbocado y el calor creciente en todo el cuerpo. Incapaz de pensar, obnubilado por las sensaciones, le devolvió el beso. Llevó su mano al cuello femenino, la suavidad de su piel lo enloqueció. La instó a abrir los labios, ella cedió y la lengua de Roger se adentró en la cavidad de la boca de Johana. La saboreó, era mejor que sus galletas de almendras y su café endulzado; más sabrosa que cualquier otro plato jamás degustado.

La deseaba con fervor. No solo había conservado sus cartas y libros, también había reservado para ella su ardor adolescente. Vibró como un novato, como si jamás hubiera estado con otra mujer que no fuese Johana Benson. Ella no se quedaba atrás, su lengua lo desafiaba, sus manos buscaban ansiosas algo de piel entre las prendas invernales.

Un vestigio de razón regresó a Roger. Se separó, posó su frente en la de ella y suspiró con poca fuerza.

—No puedo seguir sin entender, Johana. Regresé a Shell Island por respuestas, y desde mi arribo solo obtuve más preguntas. A veces siento que aún me quieres, otras, me da la sensación que juegas conmigo...

—Roger... —Johana se mordió el labio, las palabras pujaban en la punta de su lengua.

—Te reservas algo, ¿verdad?

—Sí.

—¿Me lo dirás?

—Cuando junte valor. No merezco pedirte paciencia, pero igual lo hago. Tenme paciencia, Roger, porque llevo tantos años viviendo con esta mentira que no sé qué hacer con la verdad.

—Vale... —respondió, algo frustrado. Suspiró, se tomó su tiempo, dejó ir el aire a cuentagotas y con ello ganó unos segundos—, te tendré paciencia, a cambio te pido una cosa.

—¿Qué?

—Confiaste en mí una vez, en mi potencial. Ahora vuelve a confiar, en mi capacidad de entender y de perdonar. ¿Sí?

Johana asintió. Veía borroso por las lágrimas que se negaba a derramar. Se puso de pie, cogió la correa de Dolly, aún estaba a su cuidado. Se detuvo un segundo en la puerta.

—Dime, mi trasero atorado en la puerta de Dolly, ¿quedó grabado?

—Puedo borrarlo —Roger sonrió, sus ojos volvieron a brillar por la diversión. Johana se felicitó por eso—, aunque dudo que pueda eliminarse de la retina de Brandon... y de Gladys, que estaban en la jefatura.

—¡Mierda! —Rio y cogió la gorra que Roger le lanzó—, tal vez esto sea una señal.

—¿De qué?

—De que Shell Island siempre se entera de todo, tendré que apurarme a poner mis ideas en orden y contarte la verdad, antes de que te la traiga el viento de la isla.

Hizo un saludo militar con su gorra y se marchó, dejándole el sabor de sus besos y la promesa de que todo, incluso el dolor, tenía una explicación.

Las noches en la casa Benson tenían la misma dinámica. Compartían una buena cena, tal vez una copa o quizás una tarta dulce y las confesiones brotaban de labios de Winston como un manantial. O, mejor dicho, como un géiser. La presión de tantos años, la angustia y los intentos de subsanar sus errores lo habían convertido en una olla a presión. Beatrice era su válvula temporal. Su propia historia de dolor le permitía ayudarlo sin compadecerlo; Winston no soportaría la lástima y, además, ese sentimiento no era muy útil. Lo que el hombre requería era perspectiva, comprender que su dolor no era invalidante y hallar el valor para remediar por completo el daño cometido.

—¿Qué pasó luego? —preguntó Beatrice, sus labios tocaron el borde del cristal de un refinado vaso. Winston había abierto su coñac preferido y convidado a su... ¿acompañante terapéutica? Pensarla así lo divirtió, sonrió, y la mujer arqueó las cejas—. ¿Y esa sonrisa?

—Siento que me psicoanalizas. —Suspiró—. Y siento también que lo necesito hace años. Antes de que indagues en por qué no acudí a un profesional, la respuesta te enfurecerá.

—Porque los hombres no lloran ni van a terapia. —El gesto de Beatrice, de elevar una comisura a la par de una ceja, lo hizo carcajear.

—Soy un señor mayor.

—Hasta que no estés en la tumba, eres un señor vivo, que aprende, muta y mejora. Eso de clamar: Yo soy así, es morir en vida. Mira, si yo a mi edad puedo aprender a degustar un whisky...

—Coñac...

—Y a aprender a diferenciar dos bebidas alcohólicas, tú puedes aceptar que hasta el más fuerte de los hombres necesita ayuda a veces. Venga, ¿qué pasó luego?

—Pasó —Winston tomó aire—, pasó que le pedí el divorcio, por supuesto. Genieve se rio, pensó que bromeaba.

—¿Por qué pensó eso?

—Porque proveerle una familia funcional a Johana era mi prioridad. Como ya sabes, soy un hombre terco y algo anclado en los viejos valores, por lo que pensaba que el divorcio hacía que los chicos se hicieran drogadictos y cosas así. —Carcajeó ante su propia necedad.

—Ya no lo piensas, ahí tienes la clara demostración de que las personas cambian. Estamos en constante crecimiento.

—Sí, y lo decía en serio. Me quería divorciar, apenas podía mirarla. —Le fue difícil proseguir. Beatrice adivinaba sus palabras, si no completaba la oración por él era porque entendía que Winston debía decirlo—. La había amado, mucho. Descubrir que la persona que amé en realidad no existía fue devastador. Entender que, incluso tras su engaño, no la odiaba me despedazaba. Todavía la quería un poco y por eso debía alejarme de ella.

—La querías porque era la madre de Johana, del mismo modo que yo no me arrepiento de mi sufrimiento junto al padre de Alonso, no cambiaría ni una lágrima, porque todas ellas me lo dieron a él. Supongo que Genieve lo sabía.

—Sí. Le di un poco de tiempo, le dije que, si así lo prefería, podía darle su versión a Johana y yo me atendría a ella. Que el divorcio era un hecho. Fue entonces cuando recibió el diagnóstico de cáncer.

—*Mierda* —Beatrice masculló en español, Winston pudo adivinar con facilidad el significado.

—Se iba a morir, estaba muy avanzado y con metástasis en el pulmón. Paul Allen no tenía dinero, escapar con su amante no era opción y, como dije, ya no la amaba, pero era la madre de Johana. Hice un pacto con ella...

Beatrice comprendió dónde estaba el buen gusto del coñac: en beberlo de golpe y permitirle incinerar tu garganta, tu pecho. Esa zona donde los sentimientos se anudan, pesan y quitan el aire. Benson prosiguió:

—No nos divorciaríamos, de lo contrario perdería el seguro médico y le cobrarían mucho más por tomarla con una enfermedad preexistente.

—Preexistente y terminal.

—A cambio le pedí que no le dijera nada a Johana de su amorío. Su madre se moriría, el dolor sería atroz, afrontar su pérdida resultaría dolorosísimo, pero hacerlo pensando que nunca conoció de verdad a la mujer a quien llamaba madre le dejaría secuelas insalvables.

—Entiendo que hayas pensado de esa manera, pero... —Beatrice le tomó la mano.

—¿No lo crees así?

—Hubiera sido duro, sin dudas, pero no, no creo que hubiese dejado secuelas insalvables. Eras tú, proyectando tu dolor. —Beatrice le cogió el mentón, obligó a Winston a fijar sus ojos grises en los suyos; ahí tendría la certeza de que sus palabras, aunque hirientes, tenían buenas intenciones—. Tú elegiste a Genieve, tú te enamoraste de ella entre todas las mujeres y por eso, además de romperte el corazón, dañó tu orgullo. Te sentiste tonto, ¿verdad? —Él asintió—, burlado en tu inteligencia y en tu hombría. Johana no eligió a su madre, y lo que no elegimos e igual nos toca solemos aceptarlo tal cual es. Como te acepta a ti, Winston, incluso pensando lo peor. Lo cual me lleva a preguntar, ¿por qué debiste hacerle pensar mal de ti?, eso no se explica. Paul se había marchado, Genieve moriría, el secreto quedaría enterrado en su tumba... ¿Qué te llevó a mentir?

—Mi egoísmo... —Cerró los ojos, la vergüenza ganó la batalla—, mi egoísmo y unos celos tan estúpidos...

—¿Celos, de Paul Allen?

—No, de Roger Allen. Del amor genuino y sincero que él y mi hija se profesaban. —La voz se le quebró, lo siguiente que dijo fue ininteligible—. No podía perder a Johana, no a mi niña...

***

La casa iba recuperando su esplendor. Al menos los sitios preferidos. La biblioteca bastaba para enamorar a cualquier comprador; la cocina no se quedaba atrás, era acogedora, conservaba el estilo atemporal de los hogares de antes. La sala todavía se veía algo anticuada, el mobiliario de los años ochenta no había envejecido bien, lo mismo sucedía con el comedor. Un espacio demasiado protocolar, con la mesa larga, la araña colgante en el techo, un espejo espantoso reflejando los fantasmagóricos comensales.

—¡Puaj! —exclamó. No recordaba una cena o almuerzo feliz en aquel lugar. Cuando su madre tenía invitados, lo hacía a la vieja usanza, con los niños en una habitación aparte sin molestar a los adultos. Los festejos de acción de gracia o navidades no los celebraban allí, sino en la sala.

Desde su acercamiento a Roger, los recuerdos volvían y eran proyectados con una nueva luz. Algo en lo conversado resonaba en su cabeza. Paul Allen no había sido un buen padre; ellos no lo notaron por estar absortos en su mundo adolescente de emociones desmedidas y una dosis de egocentrismo propio de la edad.

¿De qué más no se percataron?

Dolly deambulaba por la casa, ese día le tocaba cuidarla y ya no se hacía ilusiones de no sufrir accidentes que dieran a todos que hablar. El tamaño de su trasero era la comidilla de Shell Island y, por supuesto, los rumores sobre lo sucedido después, cuando el oficial Allen fue a arrestarla por allanamiento de morada.

Johana sonrió, las personas daban por hecho que su historia era más sencilla. Solo MaryAnn y Coleen tenían los suficientes años y perspectiva como para entender por qué el desenlace evidente se dilataba en el tiempo. Ni siquiera ella entendía los motivos.

—Porque gustarme, me gusta. Y que aún lo amo, no me quedan dudas... y que él me quiere... —Hizo una pausa, convirtió la coleta en un moño y se arremangó la camiseta de mangas largas—. Derribaré esta pared —decretó—, derribaré esta pared y uniré este ambiente a la cocina. No más separar la vida de los adultos de la de los niños.

¿Qué buscaba?, ¿qué habían ocultado esas paredes? Paul Allen había sido un mal padre, pero por más que ella intentaba hacer la misma revisión de su pasado, no conseguía arribar a la misma conclusión con Winston. Una verdad se le escapaba de los dedos, quería capturarla y era como intentar agarrar el humo. La frustración crecía en Johana, se hacía inmensa y la agobiaba.

—Sí, derribaré la pared —repitió, canalizando el agobio. Y es que entendía muy bien la raíz de su malestar, era ella quien debía abrir la caja de Pandora, quien tendría que revelar la primera verdad y esperar a que todas las demás salieran a la luz. Por fin había encontrado el valor de hacerlo, y no era por coraje, sino por un miedo mayor—. Le temo más a un futuro sin Roger que a un pasado hecho trizas. Dolly, ven, vamos a unir los dos mundos que habitan en esta casa. Unamos al Winston casado con mi madre del Winston padre de Johana.

Dolly corrió a su lado. Había bajado un poco de peso con tanto ejercicio y la agilidad regresaba a su cuerpo fornido. Un alivio en términos de salud, un engorro cuando había que seguirle el paso.

—Estoy segura de que hay una masa en el sótano. Solo espero que el muro no sea estructural, porque pienso derribarlo así se me caiga la casa encima —declaró.

No iba con frecuencia al sótano. Según le había dicho la veterinaria de Shell Island, si las musarañas se habían refugiado allí era porque había provisión suficiente de insectos. No necesitaba alimentarlas. Por lo demás, el lugar le generaba escalofríos. Johana empezaba a cansarse de la casa, la terquedad propia de su sangre Benson le impedía rendirse.

—¿Darle el gusto a mi padre? Ni loca —dijo, al prender la única bombilla. La luz tenue y amarillenta la desanimó. Se paralizó en la escalera, indecisa a dar un paso más—. Si me rindo —le dijo a Dolly—, lo que sea que esconde mi padre permanecerá en las sombras. —Sabía que allí hallaría las respuestas que buscaba desde hacía dieciocho años.

Incapaz de explicar sus acciones, dio un paso al frente. El sonido de la ventana al golpearse y de las musarañas al rascar le trajo recuerdos. Los fantasmas del lugar eran reales, aunque demasiados silenciosos. Esos ruidos eran terrenales.

Dolly fue a buscar el origen de los mismos.

—¡Dolly! Detente —pidió. Maldijo entre dientes el gesto de la perra, ¿cómo podía enternecerla tanto y a la vez alimentar sus instintos asesinos? La oreja levantada, la cabeza inclinada y su expresión de: no pienso hacerte caso, Johana—. ¡Dolly, no!

Tarde. La perra dio un brinco y saltó la malla que protegía a las musarañas.

—¿Sabes lo mucho que hice para conservarlas con vida?, ¡Dolly!, no. —El hocico de la perra estaba en el agujero de la pared. Johana quitó la malla y tiró de la perra. El animal empezó a ladrar, a saltar y a mover la cola—. No son un juguete. Son demasiado pequeñas. —La felicidad de Dolly la hacía ingobernable. Se apoyaba sobre sus patas delanteras, movía la cola y daba brincos hacia el agujero. Las musarañas corrieron como pequeños ratoncitos por el sótano. La perra las empujaba con el hocico o las acorralaba contra los muros, les ladraba e incluso les ponía sus patas encima—. ¡Dolly! —Johana la aferró del collar e intentó inmovilizarla—. ¡Demonios, pequeña!, tienes demasiada fuerza. —Cayó sobre su trasero, y el animal regresó a sus andanzas. Las musarañas se escondieron en la vieja caldera. La portezuela por la cual se refrigeraba estaba abierta y por allí Dolly intentó meterse. Johana tiró hasta sacarla y, con la mano libre, cerró la puerta. La mayoría de las musarañas quedaron a salvo, las demás seguían en la búsqueda de un refugio óptimo. Dolly, contenta con el juego, se le lanzó encima y le lamió el rostro —¡Dolly! —Más ladridos. Más saltos. Más juegos. No podía sola con el animal y las musarañas. Rendida, cogió el móvil y llamó a la jefatura de policía. Le atendió Brandon—. Dime que Roger no está ocupado. ¡Ah! —gritó cuando una de las pequeñas musarañas le pasó por encima del pie. Dolly fue tras ella, la derribó en el camino—. ¡Joder!

—¿Te encuentras bien?

—¡No, no me encuentro bien!

—Voy en camino, Roger está patrullando.

—¡Llámalo por radio! —pidió—, porque no podrás con Dolly. ¡Ah!, ¡Dolly, no! Dolly, busca, rastrea, échate... —probó todas las órdenes sin que acatara ninguna. Brandon no cortó la comunicación. Oyó la conversación por radio y la voz de Roger—. Dile que estoy en el sótano, que las... ¡Ah!, no, quieta. ¡Quieta, Dolly!, que las mus-musa-musarañas han escapado... —Cortó la conversación y volvió a llamar de inmediato—. Por cierto, Brandon, si alguien se entera de esto como fue lo de mi trasero... —Impostó la voz de Liam Neeson —, *te encontraré y te mataré.*

La risa al otro lado le dijo todo. Su amenaza había caído en saco roto.

Roger agradeció la seguridad de la isla. La puerta de ingreso estaba sin llave. Se adentró en la casa y los gritos de Johana lo guiaron hacia la escena del crimen. Ni bien cruzó el umbral del sótano, una musaraña desesperada intentó escapar. La alcanzó en un movimiento rápido y la sostuvo en su mano.

Tendría que convertirse en pulpo. Media docena de ellas correteaban histéricas por el piso del lugar. Dolly les ladraba, el sonido salido de sus fauces era juguetón. Estaba en su salsa, y si no fuese por el lema de servir y proteger, se haría a un lado y disfrutaría del espectáculo.

Johana tenía el rostro lleno de hollín y polvillo, especialmente, en la encantadora nariz respingona. Debajo de la suciedad, sus mejillas estaban sonrosadas por el ejercicio y, pese al esfuerzo de sostener a Dolly, se adivinaba su diversión.

Antes de que la señorita Benson lo viera, lo hizo la perra. Sin el menor esfuerzo, se zafó del agarre de la mujer y fue a su encuentro. Casi lo hace caer sobre su trasero.

—¡Dolly, quieta! —le ordenó. El animal posó sus ancas sobre el piso apenas unos cinco segundos antes de regresar al alboroto—. Ufff... estás sobreexcitada. Dolly, échate.

Con eso ganó otros tres segundos. Los suficientes para acercarse a Johana y constatar que el desastre de su apariencia era solo de apariencia. Una musaraña se sumó al encuentro y ella chilló, acercándose más a él. Luego se percató de que Roger cargaba con otro animalito y dio un salto atrás. Una de las víctimas que buscaba refugio salió disparada ante el brusco movimiento y Dolly fue a su caza.

—Dolly, a la par. —Otros cinco segundos de paz

Johana se hizo a un lado mientras Roger ponía la musaraña de nuevo en el hueco. El animalito se escabulló, y se requirió de otra orden para que Dolly no metiera su hocico.

—Vine a buscar la masa —Le pareció correcto darle un contexto a la situación—, deseaba derribar una pared y nuestra pequeña retoña no tuvo mejor idea que... ¡Ah!

—Tranquila, eso no fue una musaraña, fue una cucaracha.

—¡Aaaaah! ¡Peor! —Repiqueteó los pies, desesperada. Roger carcajeó.

—Es tu energía la que se le contagia a Dolly, Johana, por eso no consigues que te haga caso.

—Pues en este momento me preocupan más las cucarachas y las musarañas. —Puso expresión de asco al sentir algo en el pie—. Dime que no fue un insecto.

—Vale... no te lo digo. —Elevó una ceja—. Qué tal si terminamos con esto, así puedes volver a intentar derribar la casa con una masa.

—Un plan perfecto.

Dada la impresión de Johana, Roger le tendió la linterna. Cualquier otra actividad sería irrealizable por la mujer.

—Las demás están en la vieja caldera —señaló Johana.

—Ahora entiendo el porqué de tu maquillaje.

—Ja-ja —ironizó. Aunque la risa era fingida, la diversión resultaba real. La simple presencia de Roger ponía orden al caos, era un superpoder, no le sorprendía la elección de profesión. Lo observó lidiar con Dolly y las musarañas, y sonrió como una tonta. Podía mirarlo toda la vida sin cansarse. Su cabello cortado al ras, la barba que afeitaba cada mañana y a esas horas ya asomaba por su mentón. Los ojos oscuros como la noche, los labios, que pese a las tristezas de su vida siempre estaban listos para dibujar una sonrisa... y ese cuerpo fornido. Por muy mujer empoderada que fuese, su cercanía la hacía sentirse cuidada y protegida.

—Dolly, sentada —comandó por decimonovena vez. De momento había podido rescatar dos musarañas. A Johana se le escapó un grito histérico cuando la cucaracha que se había sumado a la fiesta emprendió vuelo—. No puedo con las dos. ¡Me rindo! —manifestó Roger—. Me han tocado las chicas más anarquistas de la isla. —Elevó las manos en señal de rendición.

—¿Me dejarás sola con esto? —preguntó espantada.

—No, haré lo que debí hacer desde el principio. Dividir para reinar...

—¿A qué te ref...? —Antes de finalizar su pregunta, Roger dio la orden.

—Dolly, protege.

—Oh, no... —Johana retrocedió—. No, no, no.

Había quedado establecido que, para Dolly —y para Roger—, lo más importante era Johana Benson. Protegerla requería de todas las energías y era la única tarea que la perra haría sin perder la compostura.

Dolly saltó sobre Johana y la obligó a tumbarse. Una vez en el piso, Dolly la inmovilizó con su enorme peso y pasó a estar completamente alerta.

—Roger... —se quejó, con una dosis de ternura en la voz.

—Ya casi termino.

Sin los saltos, fue capaz de alcanzar todas las musarañas. Luego regresó las que se habían refugiado en la vieja caldera y, por último, elevó su pie sobre la cucaracha.

—¿Qué dices, Nietzsche?

—Que no aprueba los estándares estéticos —declaró. Miró hacia otro lado, eso le impidió ver el asesinato del insecto y, a su vez, la sonrisa enternecida de Roger. Johana era incapaz de matar una mosca en su expresión más literal.

Colocó la malla en su sitio, y recién entonces, llamó a Dolly:

—Buena chica. ¿Vamos por tu premio?

El ladrido feliz fue la respuesta. Roger se acercó a Johana y le tendió la mano, la ayudó a incorporarse. Le pasó el pulgar por la nariz, en lugar de sacarle el hollín, consiguió desparramarlo.

—Estoy hecha un desastre, ¿verdad?

—Ese es tu encanto —confesó él, al límite de volver a caer en la red Benson—, eres un hermoso desastre.

Los ojos grises de Johana brillaron en la penumbra. Elevó la mano, le acarició el mentón. Dejó una estela de polvillo. Dolly ladró una vez más, ¡le habían prometido una golosina por su trabajo!

—Creo que todos nos ganamos un premio —decretó Johana.

—Lo que nos hemos ganado es un baño. —Le dio la mano y juntos abandonaron el sótano.

Sus chicas estaban a salvo.

Dolly temblaba. Toda su bravía se hacía añicos ante la inminente amenaza de un baño. Clavó las ancas en el suelo, justo en el rellano de la escalera, intuyendo el destino final: El baño de la planta superior, el cual contaba con una tina. No había forma de moverla, Roger sonrió y negó con la cabeza. Johana los observó a ambos desde el extremo superior.

—Voy preparando la tina y la calefacción —dijo, y se perdió por el corredor. Aunque no era pleno invierno, las primaveras eran frías.

Roger intentó negociar con Dolly, pero las golosinas no bastaban y, además, la perra se aprovechaba de su terquedad para comer de más.

—No te saldrás con la tuya —advirtió el oficial—, me has ensuciado el uniforme, no llevas las de ganar. —Un quejido y una mirada de ojos marrones—. Manipuladora. Tengo una debilidad por las chicas manipuladoras. —Los iris de Dolly lo escrutaban, a la vez que su cabeza se cobijaba más y más entre sus patas delanteras. Johana oyó sus palabras, sintió que el corazón se le aceleraba. No necesitaba una masa para derribar el estúpido muro que la separaba de Roger—. Bien, tú te la buscaste...

La levantó por debajo de la panza y la acarreó escalera arriba. Las patas delanteras de Dolly se fijaron en los hombros masculinos, el rabo estaba bajo y el temblequeo parecía indicar que le habían asignado una misión en Afganistán en lugar de un simple baño.

—Está todo listo —confirmó Johana, abriéndole paso. La tina tenía agua hasta la mitad, a buena temperatura. Los lloriqueos de la perra daban ternura y gracia a la vez—. Eres una niña grande, ¿verdad? —le dijo a Dolly. En cuanto Roger la dejó en la tina, la perra intentó huir. La señorita Benson fue rápida, cerró la puerta—. No hay escapatoria, a veces el destino nos embosca para darnos lo que necesitamos... luchemos, nos resistamos o hagamos lloriqueos.

—¿Se lo dices a Dolly? —Roger fue perspicaz.

—¿No lo sabías? Dolly ahora es psicóloga. Se equivocó de profesión, como yo.

—Tú no te equivocaste de profesión, tú renunciaste —masculló. Johana lo oyó, no pudo recriminarle la amargura en su voz. Estaba en lo cierto. Había renunciado a su sueño, a su amor, a demasiadas cosas, ¿y todo por qué? Creyó que por él, para salvarlo, ahora no estaba tan segura.

—Intento remediarlo —confesó.

—¿Sí? —Había ilusión en la mirada de Roger, y ese sentimiento lo alimentaba el más profundo cariño. Por un lado, estaba la esperanza de poder aclarar la historia de los dos, por el otro, y más importante aún, el anhelo de que Johana fuera feliz. No había sido feliz en todos esos años; sonreía, era el alma de Shell Island, unía la comunidad... llenaba con el mundo exterior el desierto de su corazón.

Él tampoco alcanzaba a dilucidar el porqué.

—A veces las malas decisiones le allanan el camino a las buenas. —Roger volvió a meter a Dolly en la tina, lo hizo con la atención en la mujer a su lado—. A los dieciocho años hubiera estudiado literatura inglesa; ya sabes... —dijo, y sí, él sabía. Idearon ese futuro juntos—, como Virginia Wolf, yo tengo mi habitación propia y mis quinientas libras —aludió al ensayo de la aclamada escritora—. Pero hubiera sido un error.

—¿Lo crees?

—Tal vez no tan grande como estudiar administración inmobiliaria... —aclaró, sonrió y rodó los ojos en un gesto de autocrítica. Cogió el jabón neutro, pues a Dolly los perfumes le arruinaban el olfato, y, mientras Roger la sostenía, ella refregó el pelaje suave del animal hasta quitar el hollín y el polvillo—, pero error en fin.

—Si piensas que tu futuro no está en la literatura, déjame decirte que necesitas cambiar de terapeuta. —Señaló a Dolly con el mentón.

—¡No te atrevas a criticarla! —Le tapó las orejas, como si la perra entendiera—. Y para tu información, sigo pensando en literatura...

—¡Menos mal!

—Pero no inglesa. Infantil y juvenil.

Roger hizo contacto visual. Los ojos grises de Johana lo encandilaron. ¡Joder con ella!, ¡joder con lo mucho que la quería!

—Johana... —Su nombre le raspó la garganta. Vibró ronco, gutural, entre las paredes del baño.

—Inculcar el amor por los libros a temprana edad marca la diferencia, también ayuda a reconocer algunas condiciones especiales, como la dislexia, TDAH... incluso el daltonismo puede ser detectado con los cuentos infantiles. —Empezó a enjuagar a Dolly, visto que Roger quedó paralizado—. Casi todas esas condiciones suelen ser resaltadas como deficiencias, cuando en realidad no son más que características en las que hay que enfocar.

—Yo... —balbuceó el oficial Allen. Las palabras nunca fueron su fuerte, en esos instantes eran enemigas. Todas estaban atoradas en algún espacio entre el corazón y la garganta.

—¿Tú?, tú me inspiraste. Dices que yo te acompañé, aun en mi ausencia estuve a tu lado. Pues no te imaginas lo mucho que estuviste presente para mí estos años. Vender esta casa es mi punto final, no quiero más esta vida, este libro escrito con mentiras y secretos de otros. Es hora de que empiece a escribir yo... literal y figuradamente —aclaró.

—Sí, ¡demonios, sí!, ya es hora. —Roger soltó el agarre de Dolly por la emoción. Sus manos clamaban ir en dirección de Johana y cogerla de la nuca, acercarla a él y besarla por los dieciocho años de abstinencia que cargaba consigo.

Por desgracia, Dolly tenía otros planes.

Una vez liberada, salió de la tina. Saltó en medio de ambos, rompiendo el hechizo y, al ver que no tenía escapatoria, se sacudió. Meneó sus casi cuarenta kilogramos de músculo, pelo y agua, salpicando todo.

—¡Dolly! —clamaron al unísono, la cubrieron con una toalla y la refregaron entre risas. A salvo de la tortura del agua, Dolly regresó a la energía habitual. Cazaba la tela con su enorme hocico y la despedazaba con los dientes.

Johana se puso de pie. Tiró de un extremo de la toalla, mientras la perra lo hacía del otro. La muy listilla decidió que era tiempo de abrir la boca, y su contrincante cayó de trasero en la tina llena de agua amarronada. Las carcajadas la dejaban sin aliento. Roger también reía a más no poder, tenía los ojos brillantes de lágrimas de dicha y sus mejillas oscuras relucían como dos melocotones.

—¡¿De qué te ríes?! —lo desafió. Cogió la alcachofa, abrió el grifo y roció a ambos agresores. Roger se cubría, Dolly atrapaba los chorros en el aire. El baño era un caos de agua, lodo y risas.

—¡De ti! —El moño se le había deshecho. Los mechones castaños caían sueltos y desordenados. La camiseta estaba pegada a sus senos, a su cintura y al montículo que formaba su vientre al sentarse. Tenía los ojos grises relucientes, los cachetes ardidos y los labios rojos, deseables como dos fresas maduras. Las pecas de su nariz resaltaban bajo el hollín y el polvillo convertido en barro. Recibió el agua directo en su rostro sin rendirse. Tenía una misión—. ¿Y ahora? —bromeó, inmovilizándole la muñeca y dirigiendo el aspersor hacia ella. Johana borboteó, pataleó y tiró de él hasta conseguir que cayera a su lado.

—¿Y ahora? —Lo montó a horcajadas. Sus ojos unidos, sus cuerpos juntos. Pasado y presente tocándose, desafiándolos a empezar a construir el futuro. Roger se incorporó, la cogió de la nuca, la acercó a él. Sus labios se rozaron, las lenguas se sumaron al festival. Los dedos, ansiosos, clamaron su participación.

Solo un rayo de cordura les impidió continuar. Si lo hacían, sin resolver el pasado, acarrearían ese peso durante todo el viaje. Era tiempo de ir ligeros.

—Y ahora me dices por qué, ¡joder! Por qué me alejaste de ti, así yo también puedo cerrar este maldito libro y empezar a escribir mi historia.

Johana posó su frente en la de Roger. Cerró los ojos y suspiró.

—Fue por mi padre, por lo que dijo... por su amenaza...

—¿Amenaza? —La obligó a volver a abrir los párpados, necesitaba leer en sus ojos esa verdad.

—Sí. Roger... —Los segundos se hicieron pesados—, Roger, pensé que, al alejarte, te protegía. Lo siento.

Él se incorporó, ayudó a Johana, salieron de la tina. La envolvió en una toalla seca, abrió la puerta. Dolly, Johana, él y tantos malos entendidos eran multitud en el espacio reducido. Rodeó el cuerpo de la mujer con sus brazos y la acercó a su pecho.

—Voy a necesitar mucha más información que esa.

—Y la mereces.

***

La recibió de pie en el pórtico de entrada. Winston se sentía joven, renovado, y todo eso se resumía al hecho de cargar menos peso a su espalda. Día a día se liberaba, exorcizaba demonios, aquellos que le carcomían el espíritu. En cuanto a los fantasmas, reales o inventados, todavía perduraban. Tal vez, jamás se marcharían. Quedarían como eternas reminiscencias. De un paso a la vez fue la sugerencia médica inicial para su recuperación. A esta debía de sumarle, de un demonio a la vez, de un secreto a la vez...

Verlo de pie, sin bastón, fue motivo de festejo para Beatrice. Hizo palmas al aire, sonrió de par en par. No es que se tomara como propio el mérito de su mejoría y evolución, solo estaba feliz por él. Tanto, que fue hasta él y lo abrazó con fuerza. Winston correspondió con placer el gesto. Los abrazos no eran moneda corriente en el hombre. Los errores cometidos en el pasado le hacían creer que no era merecedor de afecto, en especial de su hija. En los últimos años, la dinámica del vínculo afectivo entre Johana y él eran palabras, con ocasionales besos en la mejilla y palmadas en los hombros.

—Si me hubieses adelantado la noticia, hubiese traído algo para festejar.

—No, no —Los cuerpos se separaron, recuperaron la distancia habitual—, basta de festines para mí. El doctor Jagger me ha dado el alta, pero me derivó a una consulta con Justine Reagan —recalcó. Todos la conocían, era la especialista en nutrición de Maine.

—¿Me culpas a mí? —fingió ofensa. Avanzaron juntos hacia el interior de la casa.

—No, culpo a tus irresistibles delicias culinarias.

—Entonces me declaro culpable, ¿cuál es mi condena?

—¿Acaso no te has dado cuenta? —Se quebró en una carcajada—, yo, Beatrice, yo soy tu condena, y la estás pagando desde el día uno. —Detuvo su andar. Guardó silencio por unos segundos, la observó con admiración. Era una mujer maravillosa, su asistencialismo traspasaba todas las barreras habidas y por haber. Ella entregaba una parte de sí misma en cada palabra, cada gesto, en cada uno de los manjares que colocaba en un plato. Sacudió la cabeza. No merecía su compañía. Retomó la marcha con dirección al living con un eterno suspiro en los labios.

—¿Qué? —Lo cogió del brazo. Quería saber el motivo de la repentina pesadumbre en el hombre.

—Que no sé cómo no has huido despavorida todavía, soy una persona deplorable.

—Desde mi perspectiva, eres otra clase de persona —Enredó su brazo al de él, caminaron juntos—, no te castigues tanto.

—Eso lo dices porque aún no has oído lo peor.

—Vaya, vaya... Soy toda oídos. Pero antes, tengo una pregunta: ¿licor, vino o café?

—Para lo que tengo que contarte, diría que los tres. Definitivamente los tres.

La combinación de bebidas e infusiones requirió de un soporte, algo que hiciera que el estómago de ambos no colapsara. Un emparedado de pavo, tomate y lechuga fue suficiente.

—El despido de Paul Allen fue lo que me convirtió en el hombre que pregona mi hija: clasista, racista, elitista, como quieras llamarlo.

—El despido de Allen fue la alternativa más civilizada que tomaste, otro en tu lugar, le hubiera colgado los cojones de las orejas. —Desde ese instante en adelante, Beatrice se esgrimía como la socia fundadora del *Team* Winston.

—Ganas no me faltaron —refunfuñó. Con su copa de Malbec en

mano, ahogó la furia que brotaba por su garganta tras la rememoración. Lo reconocía, le hubiese gustado molerlo a golpes, pero un golpe hubiese sido el primer avistamiento de verdad. La rápida cadena de cotilleo en Shell Island hubiese hecho el resto del trabajo. Por el bien de su hija, decidió tragar la ira y guardarse los puñetazos—. Y que conste en actas que también le di una excelente indemnización, se tendría que haber marchado de aquí sin un centavo de mi parte, sin siquiera una recomendación...

—Pero lo hiciste, te aseguraste que las pésimas decisiones del hombre no perjudicaran a nadie más. —Con ese *más* se refería a Roger.

—Por el bien de Johana, por el bien de Roger, creí que lo mejor era mantenerlos al margen de las disputas de los adultos. Le pedí a Paul total y absoluta complicidad conmigo. Pero el muy... —apretó los dientes. Beatrice sintió el rechinar de los mismos en lo profundo de sus oídos—, pero el muy desgraciado o idiota o maldito, no sé cómo llamarlo, no pudo mantenerse en silencio ni un condenado día, se lo tuvo que contar a Roger. —Estampó la palma de su mano en la mesa ratona. Las botellas ahí dispuestas vibraron. Respiró profundo con la intención de tranquilizarse. Beatrice le quitó la copa de la mano con delicadeza.

—Creo que es el momento adecuado para el café. —Winston asintió. Cogió las copas, las botellas, y se encaminó a la cocina. El café lo relajaba, más cuando este era preparado por Beatrice. Era lo equivalente a un biberón con leche tibia para él. Al cabo de unos minutos regresó sosteniendo una bandeja con una jarra metálica de café, tazas y unas cookies con chispas de chocolate blanco que había elaborado. Lo apoyó sobre la mesa—. En qué habías quedado... —pestañeó con insistencia, deseaba que Winston retornara a la calma. Si tenía que hacer monerías, lo haría—. Oh, sí, ya recuerdo, el muy desgraciado, idiota...

—O maldito... —Winston cogió la posta entregada por Beatrice y continuó— le contó a Roger el motivo real del por qué se tendrían que marchar de la isla. Y a diferencia de su padre, el jodido crío, con los cojones bien puestos, vino a golpear a mi puerta.

—¡Hasta que por fin aparece en el relato el oficial Roger Allen que conozco! —Sirvió el café, le entregó una taza.

—Cuando me enteré de la carrera militar de Roger, no me sorprendí en lo absoluto, a joven edad olía a auténtica determinación. —Los dientes le volvieron a rechinar. Beatrice le entregó una galleta con chispas de chocolate, él la cogió y la utilizó de elemento separador por sus dientes. Masticó—. Gracias —dijo con la boca repleta. Bebió del café con quietud y, con la boca vacía, retomó en donde había dejado—: vino a golpear mi puerta a sabiendas de que Johana no estaba —Miró de soslayo a Beatrice—, me había adelantado a cualquier posible hecho repentino y con la complicidad de MaryAnn, la envié a su casa.

—¿MaryAnn?, ¿cómplice? —Los dos coincidieron con una mirada. MaryAnn albergaba en ella casi todos los secretos de Shell Island. Era comparable a una caja de pandora. Una versión amorosa de la caja de Pandora.

—Y hasta el día de hoy continúa siendo mi cómplice; por eso siento que es tiempo de dejar de callar, porque no es justo para nadie, ni siquiera para MaryAnn. —Estaba arrepentido, y no le alcanzaba el resto de vida para pagar las deudas pendientes—. Demasiados años mirando a los ojos a Johana conociendo la verdad, sellando sus labios por mí. No merezco su lealtad. —La angustia se le atoró en la garganta. No existía bebida o infusión en la tierra que pudiera hacerla correr, desaparecer.

—Si MaryAnn te la ha ofrecido, es porque tiene un motivo. —Apoyó su mano en la de él. Winston giró la palma y enredó los dedos en los suyos. Sin duda, el hombre requería de valor para continuar.

—Cuál sea ese motivo, no lo valgo. —Los ojos se le cristalizaron por las lágrimas reprimidas.

—No seas tan cruel contigo, déjame a mí ser la jueza de ese dictamen —Apretó su mano, le infundió fuerzas—, venga, es hora de poner sobre la mesa la evidencia en tu contra.

—La evidencia es simple y se llama Roger. En aquel entonces, más que nunca, lo consideré en mi contra —exhaló, liberó parte del arrepentimiento—. Como te dije, ni bien supo la verdad, vino a confrontarme, ¡y vaya que lo hizo! —carcajeó. Todavía recordaba el porte digno del muchacho, su actitud decidida, la perfecta elección de palabras—. Me dijo que ni él ni Johana tenían por qué hacerse responsables de los errores de sus padres y, menos aún, de las consecuencias. —Lo imitó en gestos. Alzó el mentón, sacudió la cabeza—. Que ellos tenían planes, un futuro juntos, y nada ni nadie lo impediría. Yo conocía muy bien ese futuro planeado, uno que para mí resultaba devastador. —La sensación de quedarse sin aire hizo presión en su pecho. Se tomó unos segundos para inhalar con calma. Era el peso de su egoísmo contra el esternón lo que le dificultaba la respiración—. Lo supe en cuando oí las palabras de Roger... nada ni nadie nos separará, vaya donde vaya, Johana lo hará a mi lado, y si la situación requiere lo contrario, aquí me quedaré para ella. —Su mirada fue en busca de la de Beatrice con desesperación—. La convicción... —titubeó, tragó saliva a la fuerza—, la maldita convicción en él me hizo estremecer, como ahora, en este preciso momento, recordarlo me hace estremecer... porque él tenía razón, Johana estaría a su lado, aunque ese lado significara el otro extremo del mundo. —No pudo más, la presión en el pecho, la sensación de asfixia, un fuego similar al del infierno en su garganta. Estalló, las lágrimas salieron de sus ojos como misiles—. La perdería. ¡Y yo no podía perder más! Menos a Johana... —Se aferró con ambas manos a las de Beatrice, si ella era la jueza que dictaría sentencia, reclamaría misericordia—. Genieve moriría y Johana se marcharía. ¿Qué iba a ser de mí? No, no podía soportarlo. Entonces me valí del corazón de ese muchacho, le supliqué que mantuviera en silencio lo que sabía, que yo deseaba que Johana guardara la imagen de su madre tal como ella creía conocerla. ¿Y sabes lo que me respondió?

—¿Que no? —Beatrice no esperaba menos del hombre que hoy conocía como el jefe de Policía Roger Allen.

—Un *no* delicadamente camuflado... —lo citó textual. No lo olvidaría jamás. Hasta imitó la voz del joven Roger—. Decirle la verdad es su obligación, no la mía, aun así, sepa que, si ella me pregunta, yo no callaré. No mentiré por usted. Mi corazón y mi lealtad le pertenecen a su hija. —Retomó a su tono habitual—. Imagínate, Beatrice, para mí, ambas cosas eran peligrosas.

—¡Dios santo! ¿Me crees si te digo que se me ha erizado la piel por completo? —Si tomaba ese fragmento podía catalogar a la historia de Roger y Johana como la historia de amor jamás contada. ¡Joder, deseaba con toda su alma que un amor como ese tuviese un final feliz!—. Algo me dice que su corazón y su lealtad todavía le pertenecen a Johana. —Winston asintió, su cabeza se agitó frenética.

—Por eso tuve que jugar sucio. Fui al eslabón débil de esa cadena de dos. Cuando Johana se enteró del despido del padre de Roger y de la inminente partida de ambos, me dio su ultimátum, luego de la muerte de su madre, se marcharía de la isla junto a él. —Hizo una pausa. Sorbió café solo para humectar un poco su garganta. Era un desierto en plena noche de verano. Apenas podía hablar.

—Y tu jugada sucia fue convertirte en el Winston Benson que hoy eres.

—Le dije que le había permitido experimentar ese amor adolescente, pero que hasta ahí llegaba mi buena voluntad. Que alguien como Roger, de familia humilde, con antepasados muy diferentes a los nuestros, no tenía lugar alguno en su vida. ¡No te permitiré arrojar tu vida y tu futuro a la basura por un maldito negro que ni siquiera sabe leer un jodido libro sin tu ayuda!

—¡Nooo! —Beatrice deshizo el agarre de sus manos, se cubrió la boca, cubrió su gemido de espanto—. ¿Dime, por favor, que no utilizaste esas palabras?

—Utilicé cada una de ellas... y luego cité una lista de amenazas. Paul Allen jamás volvería a tener un trabajo decente, yo me encargaría de que así fuese. Roger no obtendría ninguna beca, si es que alguna vez aspirara a una. Hubo más, por supuesto, pero prefiero reservarlo, de lo contrario, la vergüenza me carcomerá por dentro.

Beatrice carcajeó. Cogió su copa de vino. Bebió hasta vaciarla.

—Creo que ya lo hace. —Rellenó su copa e hizo lo mismo con la de Winston. Se la entregó.

—Ahora que conoces la peor parte de la historia eres libre de emitir tu condena. —Estaba resignado. Peor aún, él mismo se había encargado de condenarse tiempo atrás—. Aquí es donde dices que no valgo ni un céntimo como hombre.

—No lo sé, me parece que es demasiado pronto para establecer una condena. Todavía tienes una oportunidad para redimirte. —Elevó su copa de vino al aire a la espera del encuentro con la de Winston.

—No merezco la redención, pero si la vida me la otorga... —Chocó su copa con la de Beatrice—, con gusto la aceptaré.

Fueron juntos a su habitación de adolescente. Era tal cual Roger la recordaba, amplia, con una gran cama de madera pintada de blanco en el centro, dos mesas de noche y un armario empotrado en la pared. Desde la ventana se veía el mar. Las olas parecían romper bajo los cimientos de la casa cuando la marea era alta.

—¿Te importa?, debo sacarme las prendas húmedas y... —preguntó Johana con renovada timidez. Sus mejillas estaban rojas, pero no seguirían así por mucho tiempo si no se quitaba la ropa húmeda. Los dos debían hacerlo.

—Sí —reconoció. Sus ojos relucían por la lujuria no saciada—, pero tengo autocontrol. Dieciocho años más y autocontrol.

La carcajada de Johana sonó nerviosa.

—Al menos uno de los dos desarrolló atributos de adulto. —Le arrojó una bata de toalla, él también tenía que secarse. Lo lógico era que lo hicieran tras un baño renovador; lo lógico no comandaba sus acciones. El pasado había aflorado, demasiado tiempo acallado era incapaz de brindar un segundo más.

Roger empezó a desvestirse. Vestía su uniforme policial. En su cinturón cargaba consigo el arma reglamentaria, las esposas, llaves de todo tipo, radio y pistola taser. Lo vio quitársela, y los pensamientos racionales la abandonaron.

El muy maldito sabía lo que provocaba. Alzó sus cejas, juguetón, y el sonrojo se convirtió en incendio forestal. Quizá por eso, decidió hablar.

—Mi padre cambió con la enfermedad de mi madre —confesó. Rearmó el moño en su cabello, debía lavarlo en profundidad, estaba húmedo y aún con hollín—. En realidad, el cambio empezó un poco antes, pero quizá...

Roger ya no la seducía, había pasado a desvestirse con movimientos mecánicos. Una pena. Su expresión fue de completa concentración. Johana preguntó un *¿qué?* mudo.

—¿Quizá? —insistió él.

—Quizá sabía de la enfermedad de mi madre desde mucho antes. Ya te digo —se frustró—, esta casa intenta contarme algo, y yo llevo desde entonces tratando de ordenar mis recuerdos. Mi padre cambió unas semanas antes de que me comunicaran que mi mamá tenía cáncer en estado metastásico.

—Entonces, ¿no lo sabes? En todos estos años, tú... ¿no te has enterado? —Lucía confundido.

—¿Enterarme de qué?

—Joder... —Se quitó los pantalones, haciéndole a Johana olvidar por un segundo que había arribado a la punta del ovillo. Era momento de tirar, desenredar.

—¿Enterarme de qué, Roger? ¿Tú sabes por qué mi padre cambió? Porque cambió. Él no era así. He intentado con todas mis fuerzas revisar el pasado, día a día, verlo como tú dijiste.

—¿Qué dije?

—Que éramos adolescentes envueltos en nuestros dramas, o algo por el estilo, ajenos al mundo de los adultos. No vimos que tu padre no era un buen padre, y pensé: tal vez no vi que mi padre siempre fue un monstruo.

—Tienes razón, tu padre cambió antes de la muerte de tu madre. Sin embargo, Johana, no es de él de quién hablamos, es de nosotros. De por qué me dejaste, ¡y del modo que lo hiciste! —reclamó—. Un día hacíamos planes juntos, soñábamos, y al otro...

—Y al otro te doy a entender que no te quería como tú a mí —completó ella—, que es mejor seguir separados y toda la mierda de *no eres tú, soy yo*. —Se mofaba de sí misma, hacerlo así era un método de autodefensa. Si se decía cosas horribles, Roger no tendría que hacerlo. Porque, si Roger la hería, dolería más que mil espinas. Se quitó la camiseta empapada. Los ojos del hombre la devoraron. No se movió, Johana detestó ese control. Haciendo equilibrio, comenzó a desatar los tenis.

—Exacto. No sé si me olí la mentira o si, por el contrario, fui yo el que se mintió todos estos años. ¿De verdad pensaste eso?, ¿que estaríamos mejor separados?

—¡No!, claro que no. Bueno, sí, pero no por lo que piensas.

—Yo ya no conjeturo, Johana. Es una forma de tortura que no se la deseo ni al enemigo. —La amargura de él hizo mella en la señorita Benson.

—Tiene que ver con mi padre. Me amenazó con arruinarte la vida si me marchaba contigo. —Al fin lo dijo. Fue como quitarse un gran peso de encima, una tonelada de metal aprisionándole el pecho por dieciocho años—. Yo no te lo podía confesar entonces, ¡demonios, Roger!, ¡sé que me equivoqué!, creía que mi padre era todopoderoso. Un Dios omnisciente...

—Johana, deja la culpa a un lado, bríndame los hechos. Solo los hechos. Recuerda —intentó bromear entre la bruma de dolor—, soy policía.

Consiguió que ella riera, aunque sus ojos lejos estaban de brillar por diversión. Las lágrimas iban a desbordarla, por eso daba vueltas en su relato, tenía las palabras anudadas.

—Pues, los hechos... —Terminó de quitarse el pantalón y se rodeó con la toalla. Se sentó en la cama, Roger lucía tan solo un bóxer, el frío parecía incapaz de afectarlo. Su piel oscura relucía, sus músculos la tenían hipnotizada. Era guapo, sí, hasta el absurdo. Pero lo que dominaba su deseo era la sensación de fortaleza, de hogar—. Me dijiste que confiara en tu capacidad de perdonar, pues aquí voy. Confianza ciega.

Roger se sentó a su lado, en esa cama donde hicieron el amor tantas veces. Habían descubierto el placer juntos, casi podía decirse que se habían construido el uno al otro. Tal vez por eso ningún amante fue capaz de reemplazarlo en tantos años. Ni física ni emocionalmente.

Estaba hecha a medida de Roger Allen, y ahora, como dos piezas de una misma maquinaria, volvían a estar juntos y a funcionar.

—Confía —repitió a modo de promesa—, sobre todo porque empiezo a ver por dónde va todo esto y presiento que has sido una víctima más.

—¿Sí?

Él asintió. La rodeó con un brazo y le permitió el refugio de su pecho. Ella juntó valor y prosiguió:

—Mi madre estaba enferma y mi padre, muy amargado. Era otro. Había amado mucho a mi madre, de eso también estoy segura. Tengo recuerdos de él... de él dándole todo lo que ella quería. Ir al continente en cualquier momento, así fuera navegando de manera privada. Viajes, joyas, invitados... Cualquier cosa que la hiciera feliz, mi padre lo ponía a sus pies. También lo hacía conmigo. —Roger asintió. Él completaba el cuadro, las dos versiones que siempre tenían las historias. Paul Allen era partícipe de un engaño que terminó en varios corazones rotos; no lo odiaba, incluso lo perdonaba, como se perdonan las ofensas que ya no nos hieren.

—Tu padre te quiere, Johana. No caben dudas. Habrá que ver si el cariño basta. —Exhaló—. Al mío lo perdoné cuando dejé de apreciarlo, créeme, no deseo eso para ti.

—Lo siento, ¿me contarás algún día por qué te peleaste con él?, ¿qué te hizo ver que no fue bueno contigo? —Alzó la mirada y la ancló en la de Roger. Él también guardaba un secreto. Su sonrisa sin humor la estremeció.

—No tendré que hacerlo, ya lo verás. Sigue, terminemos de sacar toda esta mierda de adentro, que nos está pudriendo a los dos.

—Mi padre despidió al tuyo, eso lo sabes mejor que yo. Justo cuando yo más te necesitaba a mi lado, él les da una patada en el trasero a los Allen y los envía al continente. Fue la primera vez que de verdad me enojé con Winston. ¡Oh! —gruñó—, ¡cómo me enfadé! Era un cúmulo de sentimientos, un volcán. Mi madre se moría, mi padre echaba a mi novio de la isla, me iba a quedar sola y tenía tanta rabia. Sentía que la vida era injusta, un sinsentido... Cogí toda esa frustración, la decoré con una buena dosis de veneno, palabrotas que solo puede usar un adolescente y, cual bola de fuego, se la arrojé por la cabeza. —Empujó el pecho de

Roger, hasta que su espalda quedó apoyada en el colchón. Estaban de forma perpendicular; ella se ovilló a su lado. Posó su cabeza en el esternón masculino y con su mano buscó los latidos del corazón. Las pieles desnudas mantenían su tibieza a fuerza de cercanía—. Le reclamé sus actos y le aseguré que me iría contigo, lejos de Shell Island. Le dije que nunca más volvería, que nada más quedaba aquí si mi madre moría. Fui muy cruel, estaba enojada con el mundo y fui muy cruel con mi papá.

A Roger no se le pasó por alto que volvía a referirse a él como papá.

—¿Sabes? —Roger le acarició el cabello, se rio al sentirlo húmedo y lleno de hollín—, le tengo algo de miedo a la paternidad. Un sentimiento confrontado, el deseo de convertirme en un buen padre, distinto al mío, y el pánico. Los veo a nuestros amigos —se refirió a Alonso y Ethan— y los admiro.

—Y Ethan se atreve de nuevo. —Johana sonrió—. Eso es valentía.

—Los mellizos no me aterran tanto como Erina. Los adolescentes... —fingió estremecerse—, los adolescentes son escalofriantes.

Los dos rieron.

—Bueno, él fue un adolescente terrible. Es el karma, nosotros no éramos tan malos, ¿verdad? —Jugueteó con su dedo sobre la piel masculina—. Salvo escaparnos para estar aquí y hacer cosas que sonrojarían hasta a una actriz de películas triple equis...

Él rodó los ojos, el sonrojo volvía a sus mejillas. Johana pudo sentir que los latidos se aceleraban un poco. Se felicitó por poder vencer ese *maduro autocontrol*.

—Regresa a la historia, necesito de las partes horribles para serenarme.

—No me apetece que te serenes. Continúo solo porque me hacen daño los secretos. —Tomó aire y valor—: Y aquí es cuando mi padre me responde que se deshizo del tuyo por...

—¿Por?

—Roger... —Se incorporó apenas sobre él, le cogió el rostro con ambas manos y fijó sus ojos en los de él—, no pienses ni por un segundo que estoy de acuerdo con mi padre, porque... —Exhaló—, porque dijo mucha mierda racista y clasista sobre tu padre, sobre ti...

—¿Racista?, ¿cómo?

—Racista como tú sabes que se puede ser en este país —masculló—.

Se echó un discurso digno del Ku Klux Klan.

—Oh, veo. De ahí vienen los rumores de que Benson es racista, xenófobo...

—No son rumores. Lo escuché con mis propios oídos. —Johana se dejó caer sobre el colchón, rendida.

—Vaya... O sea que un día el buen hombre se levanta y se da cuenta de que el jardinero que emplea hace ocho años es negro. Además de racista, daltónico —ironizó Roger—. Ni contar con que toda la isla sabía que éramos novios. ¿Qué te dijo a eso?

—Que solo me permitió experimentar mi amor adolescente; entre líneas, que me permitió jugar contigo como si nunca hubiera sido algo serio.

—¿Y ahora hace eso?, ¿juega con Beatrice?, ¿o simplemente tiene daltonismo selectivo?

—¡Es que no lo sé! —se ofuscó Johana. Se sentó en la cama y se cubrió el rostro—. Intento entenderlo, y créeme, me hice las mismas preguntas que tú. ¿Acaso se levantó un día y era racista?, ¿o simplemente siempre lo fue y yo no lo vi? ¿Puede un hombre racista y clasista ser, a la vez, buen padre? Porque yo creo que no, si alguien es cruel con el prójimo no puede ser buen padre. Entonces, ¿viví una mentira? ¡Mierda!, estoy tan confundida desde que llegué aquí, desde que decidí abrir esta casa y remover el polvillo.

—Ahora sabes por qué tu padre vino con un pote de pintura a boicotear la venta, él también le teme al polvillo. —Se sentó, quedaron frente a frente—. Tu padre echó al mío porque lo detestaba, y los motivos del rencor nada tenían que ver con el color de su piel. Nada. Tu padre no es racista y, sí, la cagó en algo muy grande, algo que yo amenacé con develar. —Cerró los párpados con fuerza—. Ya ves, errores en esta historia hemos cometido todos.

—¿Roger?

—Las personas solemos romantizar el dolor, creer que las personas sufrientes son compasivas, porque entienden lo que es padecer. Pero lo cierto es que hay dolores que enceguecen, nos hacen egoístas. Tú heriste a tu padre al decirle que nada quedaba en Shell Island sin tu madre y yo. Él te hirió al mentirte, decirte que era racista y ocultar el verdadero motivo de la enemistad con mi padre, y yo, al sentir que te perdía...

—¿Qué hiciste?

—Lo enfrenté, le dije que jamás me dejarías. No recuerdo las palabras exactas, seguramente algo como: Johana me elegirá a mí.

—Y él se aseguró de que no lo hiciera. Porque me amenazó, dijo que, si me marchaba contigo, te arruinaría la vida, la carrera, las posibilidades a futuro.

—Era una amenaza vacía —declaró Roger.

—Mi padre es un hombre poderoso...

—Sí, pero no es un Dios. Y, además, aunque no lo creas, no es tan rencoroso.

—No, no lo creo. —Johana rememoró las palabras de Winston, la amenaza se sintió real.

—Por supuesto que tuvo que hacerte pensar que sí lo era, porque de lo contrario lo hubieras desafiado.

—No me justifiques. Estaba equivocada, y no por mi visión de él, eso se lo adjudico y será culpable hasta que demuestre lo contrario —sentenció, cruzando los brazos por debajo de su pecho. Los senos se elevaron por encima de la toalla y Roger perdió por unos segundos el hilo de la conversación—, mi error fue quitarte la posibilidad de decisión.

—Johana...

—Lo sabes, sabes que me equivoqué. ¿Y si tú preferías enfrentar las consecuencias? No era una decisión unilateral, éramos una pareja. Pero tomé la decisión por los dos, te alejé, no soporté la idea de que tu futuro se derrumbara... —La emoción le cristalizó la mirada—. ¡Habías hecho tanto, te habías esforzado tanto! Roger, ¿te das cuenta?, ni siquiera tenías el diagnóstico de dislexia, no hacías terapias ni tenías maestras capacitadas. Terminaste la escuela por tus propios medios, con todos los obstáculos que eso implicaba. Ibas a enfrentar tus estudios del mismo modo, con determinación y valor. ¡No podías arrojar todo al cesto por mí!, no podías...

—Tienes razón... —Johana lo miró, las palabras se le clavaron en el pecho. Las malinterpretó, y ese segundo que duró su confusión fue un infierno—, tienes razón, no era una decisión unilateral y sí, te hubiera elegido a ti. Pero eso en un supuesto escenario que no fue. ¡Joder!, tanto dolor en vano. Yo creía que había perdonado a mi padre, que sus acciones no me afectaban; no es así, todavía me reservo un poco de rencor.

—¿Por qué?, no entiendo qué tiene que ver tu padre en esto, fue una víctima más del racismo del mío.

—Mierda... No fue eso lo que sucedió, Johana. No... —Se llevó las manos a la cabeza, las pasó por el cabello cortado al ras—. Ahora soy yo quien no sabe qué hacer, si tomar una decisión unilateral o no. —Rio amargamente por la ironía—. Lo importante... —agregó, le acunó el rostro entre sus palmas, le limpió la lágrima derramada con el pulgar—, lo importante es que te entiendo, Johana, y te perdono si es que hay algo que disculpar. Has hecho lo que creíste mejor, y el cariño impulsó tus decisiones. ¿Y sabes qué?, la vida está llena de heridas y decepciones, de todas formas y colores, a todas las podemos clasificar en dos grupos: las infringidas con cariño y las infringidas con desprecio o indiferencia. Las últimas son insalvables.

—¿Y la de mi padre en cuál categoría entra? —preguntó, preocupada.

—Eso lo deberás decidir tú.

—¿Y las de tu padre?

—Esas son de las segundas. —Rodó los ojos—. Fue un maldito egoísta. —Hizo una pausa, se debatió por varios minutos. Años atrás le dijo a Winston que su lealtad estaba con Johana, y lo mantenía, sin embargo, en ese instante, sintió que el viejo Benson merecía una última oportunidad de hacer lo correcto, de sincerarse con su hija—. Ya te confesé que los adolescentes me aterran —Johana asintió sin comprender bien hacia dónde se dirigía Roger con lo dicho—, mi miedo tiene una justificación... —Negó con la cabeza, divertido ante la necedad de la juventud—. A esa edad, además de estar absortos en nuestros dramas, creer que un reprobado en biología es el fin del mundo, también pensamos que el amor todo lo puede. Todo...

—¿No lo crees así?

—Pienso que ponemos demasiada responsabilidad en el amor. En el mundo existen otros sentimientos importantes, grandiosos, que hacen del mundo un lugar mejor. El amor puede ser el más importante, y tal vez sea el que dirija a todos los demás, pero eso no hace al resto menos relevante: el honor, la lealtad, la justicia, la verdad, la fidelidad...

—Hemos fallado a algunos de esos, ¿verdad?

—Y no solo nosotros. Cuando enfrenté a tu padre lo hice pensando que el amor vencía todo, olvidé que los demás sentimientos fueron ultrajados. Deposité demasiadas expectativas en las ideas del amor romántico, porque...

—Adolescente. —Sonrió.

—Exacto. —Le devolvió la sonrisa—. Tu padre tiene un secreto, que ha guardado por muchos años por un motivo: protegerte de la verdad. Tal vez, si ese secreto no hubiera acarreado tantos problemas, hasta podría haber acordado con él en que era lo mejor para ti. ¿De qué sirve mancillar a quienes no pueden defenderse?, la verdad dicha sin empatía no es sinceridad, es crueldad. Pero su silencio te causó más dolor que paz, más confusión que orden y te ha empujado a vivir una vida a medias... y eso es una puta mierda.

—Amén, y estoy cansada de esta puta mierda. ¿Aunque acordemos en esto, no me lo dirás? —preguntó Johana, sorprendida ante los labios sellados de Roger.

—Lo haré, si es necesario.

—¡Es necesario! —reclamó.

—Me gustaría brindarle a tu padre una segunda oportunidad, siento que un poco la merece. Solo un poco... Si él no la aprovecha, entonces sí, Johana, yo te contaré la pieza que te falta en el cuadro total. ¿Confías en mí?

—¡Demonios! —masculló—. ¡Sí!, sí confío en ti, ¡joder! —Lo golpeó en el pecho sin fuerza, Roger se dejó caer sobre la cama. Ella se aupó sobre él, lo inmovilizó con sus manos sobre los pectorales. Bastaba un movimiento para que la toalla soltara su frágil agarre y revelara las curvas femeninas—. ¿Cómo no hacerlo? Cuando éramos apenas unos jovencitos me prometiste quererme siempre, y lo has hecho. Me prometiste perdonar, y me entregaste tu perdón. —Se inclinó, besó sus labios y suspiró—. Tienes razón, Roger, en el mundo hay muchos sentimientos nobles, y tú los albergas todo. Sobre todo, el honor y la lealtad... también en eso confío en ti.

—¿En qué sentido?

—Si piensas que mi padre se merece ambos, te creo y acepto darle tiempo... —Rodó los ojos con fastidio, Winston tuvo dieciocho años para decirle lo que fuera que ocultase. ¿Haría la diferencia un par de días más?—, con una condición...

—¿Cuál?

—Que no sea un obstáculo para nosotros. Si su segunda oportunidad se antepone a *nuestra* segunda oportunidad... ¡Al demonio! No soy tan magnánima como tú.

Roger se inclinó. Capturó la boca de Johana con la suya, cogió el moño deshecho con su mano libre mientras ahondaba el beso, profundo, hasta robarle el aliento. Saboreó sus labios repletos de verdades, bebió sus palabras y las promesas de futuro.

—Yo tampoco soy tan magnánimo. No quiero perder un minuto más. Dieciocho años fueron más que suficientes... —Volvió a besarla, la toalla cedió y reveló el cuerpo femenino. La devoró con la mirada, incendió cada rincón de piel. Estaba distinta y a la vez era la misma. Ella. Johana Benson, la mujer que no dejó de amar ni un segundo de su vida—. ¿Empezamos de cero? —pidió, con la voz ronca por la pasión.

—De cero no... —Se puso de pie, dejó que la viera lucir solo sus bragas de algodón—, empecemos desde lo aprendido. Que tantos años y malos entendidos no sean en vano. —Le tendió la mano, él se la cogió y se puso de pie con ella—. Los dos necesitamos un baño y recuperar el tiempo, me parece que compartir la tina es una buena forma de hacer ambas cosas.

Él la alzó en brazos, ella lo rodeó por el cuello y le robó otro beso. Era hora de escribir un nuevo capítulo, y en esa ocasión, ellos llevarían la pluma.

En el corredor, Dolly huyó al ver que se dirigían al baño. Las risas se sumaron a los besos, hasta que cerraron la puerta tras ellos.

—Lo peor de ser adulto es pensar en quién va a limpiar el desorden —bromeó Johana. Lo rodeó con los brazos por detrás de la nuca y se puso de puntitas de pie para alcanzar sus labios.

—Si somos un equipo en esto —respondió él, se apoderó de su boca. Había extrañado el sabor de Johana. En sus años de exilio, por llamarlo de algún modo, intentó hallar un reemplazo de ella, de sus besos, de todo. Nunca lo encontró—, lo somos en todo lo demás.

Ahondó el beso. Johana sintió que se quedaba sin aliento, ella ni siquiera había buscado un reemplazo. En esos años, con suerte, algún alivio pasajero lejos de la isla, lejos de los recuerdos, de la certeza de haber perdido al hombre que amaba. Fue en vano, cualquier otro amante le dejaba un vacío, solo Roger Allen podía llenarla.

Pasó sus dedos por el cabello cortado al ras de Roger, sintió su cuero cabelludo, la piel suave que recubría cada milímetro de cuerpo firme. La hacía delirar de deseo. Una sensación incrementada con los años. Lo mismo le sucedía a él, y su pasión era combustible para el fuego ardiente en ella.

Las manos de Roger, enormes y tibias, le acunaron un seno. Acarició con el pulgar el pezón rosado y enhiesto de Johana, hasta convertirlo en una cima filosa y anhelante. Lo llevó a su boca, arrancando un gemido de la garganta femenina. Ella observó la escena desde arriba, la boca oscura de él, los labios lamiendo y succionando. Dejó caer la cabeza hacia atrás, rendida, y adelantó su pecho en busca de más. El calor crecía como una hoguera, palpitaba en el centro mismo de su ser. Roger se apoderó del otro pezón, y sus palmas se posaron en sus glúteos; la firmeza de su agarre la hizo sentir segura. Una seguridad bienvenida, puesto que las piernas apenas la sostenían. Se aferró a los hombros masculinos, clavó allí sus dedos, sus uñas y recibió su gruñido gozoso por respuesta.

—Roger... —lo llamó, él elevó la mirada. Johana perdió la capacidad de pensar. Solo atinó a tirar de él, demandar más besos—. Juro que tenía algo para decir... —se disculpó.

Empezó a devolverle las caricias, lo recorrió con sus manos ansiosas de volver a sentir su piel. Le maravillaba el contraste, siempre lo hizo. Ella era muy blanca, plagada de pequeños lunares color caramelo dispersos en completo desorden; solo el cabello castaño le permitía no perderse en la nieve. Roger, en cambio, tenía la piel del color del chocolate, sin marcas naturales de ningún tipo. Apenas podían divisarse algunas cicatrices de su adolescencia y de sus años de servicio. Los ojos eran cafés; los labios, la nata moca que la empujaba al delirio. Roger Allen era un manjar, y ella llevaba dieciocho años de dieta estricta. Pasó su lengua por los labios, bajó con su boca por el mentón, se rozó contra él, sintiendo la aspereza de la barba creciente y continuó con su camino descendente por el cuello, el esternón y el pecho. Lo oyó contener la respiración y largarla de golpe cuando Johana sumó la mano a su exploración. Mientras su boca bajaba por el abdomen, su mano subía por el musculoso muslo, ambos con un destino en común.

—Ibas a decir que necesitábamos un baño, los dos —completó él.

—Aguafiestas.

La risa ronca le puso la piel de gallina. Los pezones respondieron a ese estremecimiento, delatándola por completo.

—¿De verdad?, ¿entonces, no te molesta prescindir de él? —preguntó juguetón. Johana en un segundo llevaba las bragas, al siguiente, estaba completamente expuesta. El dedo medio de Roger se abría camino por entre los pliegues, el pulgar buscaba el centro mágico de su placer femenino. La humedad le dio la bienvenida, y ya no pudo seguir con sus bromas. La alzó en un rápido movimiento y la sentó en el lavamanos.

—¡Roger! —se quejó, la boca del oficial estaba a un centímetro de alcanzar su destino—. Roger, de verdad, necesitamos un ba... ño. —Suspiró, gimió o gritó. No estaba segura. La lengua del hombre era una llama, esperaba que además de militar y enfermero, tuviera las nociones básicas de un bombero, porque estaba por generar un incendio descontrolado.

Roger se detuvo, no por las quejas vacías de Johana ni por la inminente necesidad de bañarse. No podía importarle menos, el sabor de Johana lo enloquecía como nada y si era por él, se la devoraba después de una maratón. Lo que su caballerosidad no podía soportar era que ella se estuviera clavando el grifo en el coxis.

—¿No piensas quejarte por el cardenal que te quedará en la espalda? —le recriminó, la acercó hacia él y posó su pelvis en el sensible centro femenino. Johana se frotó, la dureza de Roger le daba la bienvenida a través de la tela de su ropa interior.

—Ni me había percatado... —Le robó otro beso, y otro, y fue su turno de desnudarlo sin que él pudiera detenerla—, estaba demasiado concentrada en otra parte de mi cuerpo.

Tomó su erección entre las manos, lo acarició con movimientos lentos, suaves... una preparación para después.

—Me harás hacer el ridículo —se quejó. Su cuerpo se frotaba de manera instintiva. Johana rio.

—¿Ridículo? Creo que llegaré al orgasmo con solo verte, Roger. —Él volvió a introducir su dedo, continuaron con las caricias y los besos, el reconocimiento de sus cuerpos y los pequeños cambios en sus deseos. A Johana le gustaba el juego lento, más ahora con los años que cuando era adolescente. Él disfrutaba de todos sus sentidos, gracias al autocontrol brindado por la experiencia.

Cada uno condujo al otro a la cima, y se detuvieron antes de dejarse caer.

—Dejé los condones en la habitación —advirtió, dispuesto a llevarla al orgasmo por medios seguros. Johana se giró, su trasero quedó expuesto al estudio minucioso de los ojos del hombre. Abrió el espejo del baño, revelando sus potes de crema, su botiquín de primeros auxilios y sus condones.

Roger trató de disimular los celos repentinos y sin sentido que lo atravesaron. ¡Por supuesto que tuvo otros hombres!, fueron demasiados años, y ella podía conseguir a cualquier mortal que se propusiera. Pero, de solo pensarlo... Ella lo adivinó y, aunque sí, había experimentado con algunos amantes, jamás en Shell Island y nunca desde su regreso. Le sonrió con picardía, las mejillas se encendieron.

—Sí, son de mi compañero habitual... —Abrió el cajón debajo del lavabo, la caja era disimulada, negra con letras doradas, pero la marca era demasiado conocida. El alivio se mezcló con una dosis de lujuria sin igual, imaginarla autosatisfaciéndose lo condujo a la locura—. Así me resulta más higiénico.

—Ya lo sumaremos, en agradecimiento a tantos años de servicio —prometió, con los ojos brillantes por el deseo—, pero hoy... —La hizo apoyar las manos en el lavabo, le abrió las piernas y la besó en el hombro, en el cuello, hasta llegar a su oreja. Capturó el lóbulo en los dientes—, hoy seremos solo tú y yo.

—Sí... —suspiró. Alzó el trasero un poco más, él se enfundó el condón y la abrió con los dedos. La sintió lista. La penetró despacio, uniendo sus miradas en el espejo. Llevó su mano por delante, buscando el punto de placer, mientras las estocadas se volvían furiosas y desesperadas.

Ella cerró los ojos un instante, se arqueó por completo y quedó en puntitas de pie. Casi flotando sobre el suelo. Roger sintió los músculos contraerse en torno a él, la respiración acelerarse y embistió hasta empujarla al orgasmo. Recién cuando sintió sus gemidos y sus espasmos, se dejó llevar por su propio placer.

—Mis piernas no responden —advirtió Johana. Los ojos grises eran todo pupila y un quejido nació de su garganta cuando Roger abandonó su cuerpo.

—Mejor, así no puedes huir y eres mi prisionera por el resto del día. —La besó una vez más y la cargó en brazos.

—¿Y qué piensas hacer con mi indefensión?

Él abrió el grifo en la ducha, la llevó con él, dispuesto a compartir el baño.

—Empecemos por lo que vinimos a hacer aquí, ya veremos luego.

—Sí... —Se dispuso bajo el aspersor, el agua cayó sobre ella como lluvia torrencial—, ya veremos luego. —Por fin eran dueños del futuro.

16

Lo vio atravesar el jardín. Acortó el camino por el césped, como siempre solía hacerlo. Aunque ese «siempre» parecía parte de una memoria lejana, perteneciente a una vida pasada. Siendo realista, ni siquiera era el mismo jardín, ni la misma casa. El escenario había cambiado, aunque el teatro con su telón continuaba inmutable: Shell Island. Los protagonistas volvían a repetirse también. Un encuentro entre dos hombres, con promesas y secretos compartidos. Solo uno de ellos tenía deudas pendientes para con el otro, y, por lo visto, su momento de efectuar el pago había llegado.

Cerró el libro que estaba leyendo, no sin antes asegurarse de poner un marcador de páginas. Estaba en la recta final de la historia, tan solo cuatro capítulos restaban. De ser otra la visita, se hubiese resguardado tras la cortina *blackout* sin responder al llamado a la puerta. La lectura solía ser más interesante que cualquier visita al pasar. Tenía deseos de terminar la novela para charlar sobre ella con Beatrice durante la cena. Según le había dicho la mujer, la historia fue elegida por mayoría en el grupo de lectura del café: Carrie, de Stephen King. No era su estilo, demasiado trillado según él, propio del género; pese a ello, no podía negarse que resultaba una excelente herramienta de distracción que mataba el tiempo.

Se incorporó del sillón con pausa, la caminata sin bastón todavía no era ni rápida ni fluida, requería de toda la coordinación de su cuerpo. El timbre de la puerta sonó. Le tomaría unos cuantos segundos llegar hasta ella. Puso todo de sí, apresuró su andar, al punto tal que, cuando la abrió y le dio la bienvenida a la visita, lo hizo con una mueca de tensión en los labios.

—No es por ti, es por mí —dijo ni bien sus ojos se encontraron con los de Roger Allen. Señaló su mueca justo antes de que esta desapareciera tras la exhalación. No quería que interpretara su expresión de manera errónea—, por mi condenada pierna.

—No se preocupe, señor Benson, hace tiempo que aprendí a no tomar las acciones o palabras de los demás como algo personal —rio por lo bajo. Pleno siglo XXI y el color de su piel era, aún, un sello distintivo que nivelaba para abajo—, de lo contrario, no podría pasar ni un solo día sin sentirme juzgado por el mundo.

—Envidiable tu actitud, muchacho, me crees si te digo que me vendría bien que me la contagiaras, porque yo sí me he sentido de esa manera en los últimos años. —Parecía un comentario desafortunado y sin sentido dadas las diferencias entre ambos. Sin embargo, era cien por ciento cierto.

—Le creo. Le creo porque sé que, para usted, su mundo es Johana.

—Y en ese mundo, ahora te encuentras tú. —Lo mínimo que se merecía era un puñetazo en el rostro y que Roger lo lanzara a la bahía.

—No se preocupe, no he venido a juzgarlo si es lo que teme...

—Lo merezco —lo interrumpió Winston resignado. Otra historia estaba a escasos capítulos del final, y poco distaba de ser una ficción. El desenlace le era por completo desconocido, y la ansiosa desesperación le desgarraba las tripas muy lentamente.

—Vuelvo a repetirle, señor Benson, no he venido a eso. Solo me interesa tener una conversación con usted. —Estaba vestido de civil, optó por ir sin su uniforme policial a modo de amnistía, si es que esta resultaba posible. Relajó los hombros, los músculos tensos en su rostro. No deseaba rencores, pretendía iniciar, de una vez por todas, una vida sin secretos al lado de la mujer que amaba. Para lograrlo, requería que Winston Benson abriera el cofre de sus mentiras. Piadosas mentiras en nombre del amor—. Una conversación bajo un techo y el cobijo de cuatro paredes, no estamos en una edad para tener una charla en medio de un jardín. —Así fue en el pasado. Las emociones revueltas los hizo discutir a cielo abierto por temor a las posibles explosiones.

—Por supuesto, muchacho... —Se hizo a un lado, lo invitó a ingresar a la casa—, tengo una silla reservada para ti en mi mesa y hace años que espero que la ocupes.

—De haberlo sabido, hubiese venido antes —susurró por lo bajo Roger cuando pasó a su lado.

—Quizás no fui muy claro con mi invitación la última vez que nos vimos. —Winston se atrevió a bromear.

—Quizás... —rio Roger cuando la puerta se cerró tras él.

Había ido dispuesto a entablar una charla civilizada. Sin elevar la voz, sin reclamos y, en especial, sin amenazas disimuladas en entrelíneas. Pretendía demostrarle a Benson que deseaba dejar el pasado en donde debía de estar, y que los malditos secretos no hacían más que mantenerlo vivo en el presente. No se puede vivir con un pie adelante y otro atrás, tarde o temprano, el agotamiento de la postura nos hará perder el equilibrio hasta caer. Por eso regresó a Shell Island, sabía que, si no daba un paso hacia adelante, caería. Lo que era aún peor, comprendió que no solo él caería, Johana se estaba tambaleando sin nadie que la sostuviera. Y eso no lo permitiría. No la vería caer, menos por la cobarde negligencia de su padre.

—¿Te apetece un café? —Winston intentó ser un buen anfitrión. Cuando estuvieron junto a la mesa del salón comedor. Lo invitó a sentarse con un gesto de mano.

—No, gracias. —Roger apartó la silla y tomó asiento. Winston se mantuvo de pie, usando el soporte de la silla como sostén.

—¿Limonada?, ¿agua? —Roger negó con la cabeza—. Venga, Roger, colabora conmigo —Su propósito de ser buen anfitrión era complicado con aquel muchacho. Lo pensaba así, porque siempre lo vería como el muchacho que se fue. El que expulsó de la isla y de la vida de su hija—. Dime algo que te apetezca, por favor —resopló resignado.

—De acuerdo... —Roger apretó los dientes por unos segundos. También resopló al recordar que estaba allí cargando consigo una bandera blanca—. Me apetece un motivo... siendo más claro, el motivo que utilizó para encadenar a Johana a la vida que usted deseó que viviera, ¿cree que pueda dármelo, señor Benson?

Winston apartó su silla, tomó asiento. Cada una de las conversaciones que tuvo con Beatrice fueron como inyecciones de valentía, de liberación. Si pudo con ella, podría también con Roger... el escalón previo a su hija.

—Hubiese preferido que me dijeras: un buen trago de whisky.

—Si usted lo necesita, vaya a por él, yo aquí lo espero. —No se marcharía sin lo que había ido a buscar.

—No, he abusado del recurso de la bebida para escupir mis verdades. Es tiempo de hacerlo por mi cuenta.

—Bien, veo que finalmente ha madurado, señor Benson —Utilizar la ironía le sentó de maravillas a Roger. Más aún cuando comprobó su efecto: una disimulada sonrisa en los labios de Winston.

—Supongo que hay cosas que no pueden evitarse, ¿verdad? —Roger coincidió con un gesto de mirada—. Siempre llega un momento en el que tocamos fondo y lo hacemos solo para tomar el impulso que nos permita regresar a flote. Tu regreso fue el impulso que necesitaba. Tu regreso fue la última manifestación de mi cobardía. —Era tiempo de sacar a la luz todas las verdades ocultas. Todas.

—¿Qué quiere decir? —Las palabras del hombre resonaron extrañas y enigmáticas en los oídos de Roger. El ceño se le frunció contra su voluntad.

—Si supieras todo lo que tuve que hacer... —carcajeó Winston. Lo miró a los ojos con el brillo de la admiración en sus pupilas—. Demasiado calificado para el puesto... Eso me dijeron, y no me sorprendió en lo absoluto, no esperaba menos de ti. —Sí, era innegable el hecho de que su hija tenía buen ojo, de todos los muchachos posibles, lo eligió a él y lo seguía haciendo. Supo ver el diamante oculto—. Tuve que mover todos los hilos en Maine, pedir favores, tensar relaciones... solo para que te ofrecieran el puesto de jefe de Policía de la Isla.

—¿Conseguí este puesto por usted? —Torció el rostro hacia un lado tal como lo hacía Dolly cuando intentaba comprender lo que se le decía. De tener orejas peludas y puntiagudas, de seguro estarían elevadas. ¡¿Qué demonios estaba sucediendo?!

—¿Por mí? ¡No, muchacho! —rio entre dientes—, tú aceptaste el puesto, aunque estuviera muy por debajo de tu rango y capacidades. Yo solo me arrodillé ante mis influencias para que deslizaran el cargo vacante de la jefatura en Shell Island. ¡Y lo difícil que me resultó! Tus superiores lo consideraron una broma de mal gusto —rio con más ganas, se palmeó las piernas—, ofrecerte la humilde jefatura de una isla insignificante —carcajeó de igual manera que el comandante en jefe de las fuerzas de seguridad de Maine al oír la propuesta.

—No es una isla insignificante para mí —reaccionó él—, mi historia está aquí, los mejores momentos de mi vida —finalizó con un susurro—. Shell Island era mi hogar.

—Lo sé...—La pena se le incrustó en la garganta. Winston tragó saliva. Demonios, tendría que haber ido a por ese whisky—, y el reconocimiento le suma más años de condena a mí culpa. No solo le causé dolor a Johana con mi egoísmo, a ti te arranqué de raíz. ¡Y lo siento, muchacho! En verdad lo siento. —Extendió una mano por la mesa y la apoyó sobre la de Roger en el preciso momento en que la primera lágrima rodaba por su mejilla—. ¿Podrás perdonarme algún día?

—No lo sé —Apartó la mano de la Winston, no era ni momento ni lugar para el intercambio—, y no lo sé porque no pretendo ser juez ni verdugo de usted, solo quiero comprender su motivo. —No le guardaba rencor ni a él ni a su padre, a nadie, el rencor era el peor de los venenos. Su tiempo en el frente de batalla junto a Eddie y un desfile de jóvenes soldados le hizo comprender que no había manera más idiota de morir que alojando en su interior resentimientos, porque así es como en verdad uno muere—. Años atrás, usted me pidió que guardara silencio por el bien de Johana, y si lo hice no es porque creí que le procurara un bien, sino porque lo correcto era que ella escuchara la verdad de su boca. —El contacto visual entre ambos fue un requisito para continuar con la conversación. Los ojos grises de Benson, iguales a los de su hija, atravesaron el oscuro tono café de los de Roger—. Vuelvo a repetir... años atrás. Hoy estoy aquí para decirle que ese trato entre nosotros llegó a su fin, si usted no le dice la verdad, lo haré yo. —Apretó los dientes, siseó, exhaló—. Lo haré porque Johana lo merece, porque lo necesita, así como yo necesitaba oír su verdad también. Me fui de esta isla con el corazón roto, me fui creyendo que las palabras de Johana eran auténticas, ¿y sabe qué descubrí? —Su dedo índice tocó la mesa, en realidad, el dedo tenía otro destino, la frente de Winston. Pero Roger, como siempre, midió su comportamiento, su fuerza, su bronca, y la descargó en la madera—, que lo único auténtico aquí es su maldita cobardía.

—Te quedas corto con la expresión, muchacho. Lo correcto es decir cobardía y egoísmo. Cobardía porque hasta el día de hoy no me he atrevido a profanar la imagen de su madre, la imagen de la familia que Johana creyó tener... y egoísmo por mentir sobre ti, si no lo hacía, ella se hubiese ido contigo. Lo sabes, ¿no? —Lo cogió de la mano con desesperación, evitó que su dedo continuara golpeando la mesa—. ¿Sabes que nada la hubiese podido detener?, ¿verdad? —Los ojos de Roger confabularon con los de él, brillaron a la par, producto de las lágrimas que pujaban por salir—. ¿Dime que lo sabes? —Roger cerró los ojos como un recurso de contención, asintió—. Y si se iba a contigo, si me dejaba... ¿qué piensas que hubiese sido de mí? —Lo tomó por la barbilla, le apretó el rostro, lo obligó a abrir los ojos—. Lo siento, en verdad lo siento, pero preferí dos corazones jóvenes rotos que un corazón viejo, decepcionado y traicionado. Confiaba en que sus corazones, tarde o temprano, sanarían; el mío hubiese muerto con su partida.

—Pues se equivocó, señor Benson. Nuestros corazones siguen rotos, no sanaron. —Las lágrimas cedieron en Roger, rodaron por sus mejillas.

—Pero lo harán, lo harán ahora que estás aquí...

—Sí, lo harán, pero solo si usted está dispuesto a enfrentar las consecuencias de sus actos. —Era una maldita dicotomía, al igual que en las guerras, nunca había vencedores, sin importar el resultado, todos perdían.

—Sacrifiqué dos corazones a cambio de uno. Es tiempo de que se inviertan los roles.

—Corazones, roles... todo suena muy bello en palabras, señor Benson, espero que pueda llevarlo a la práctica de una vez por todas. —Se incorporó de la silla. Dio unos cuantos pasos, decidido a marcharse, si se quedaba un minuto más no podría evitar que los reclamos se escaparan por entre sus labios. Se detuvo, y sin siquiera girarse a Winston, agregó—: Si el egoísmo o la cobardía lo vuelven a atosigar y le atenazan las palabras en la garganta, déjeme decirle que lo único que rompe un corazón son las mentiras... no la verdad, aunque esa verdad duela. Sea sincero con su hija, Johana lo necesita más que nunca. Necesita la verdad y necesita a su padre.

Esperó a que Beatrice llegara a la casa para beber whisky en su compañía. Hicieron un brindis silencioso, pues Winston no sabía por qué brindar, si por lo dicho o por lo que aún le queda por decir. Como fuese, el primer nivel de liberación había sido superado y continuaba con vida. ¡Bien! Bebió gustoso, arrastrando por su garganta los restos de melancolía.

—Coincido con Roger... —Beatrice jamás sería condescendiente con Winston, no se privaría de su opinión solo por no dañar los sentimientos reprimidos del hombre—, Johana necesita a su padre —Alzó el dedo al aire en el preciso instante en que Winston pensaba hacer una acotación. Como un cachorro obediente, él apretó los labios y se forzó al silencio—, a su verdadero padre, no el que tú le has hecho creer que eres en estos últimos años.

—¡Pero se me da muy bien lo de ser un viejo cascarrabias y racista! —protestó como un niño.

—Lo sé, es más, todo Shell Island puede dar fe de ello.

—He dado lo mejor de mí —dijo elevando su copa al aire en dirección hacia la luna. Bebían al resguardo del pórtico trasero con la noche estrellada como testigo—. ¿Sabes lo difícil que es ser una persona adorable y lograr que todos crean que eres un maldito ogro? —Se echaron a reír a carcajadas. Lo de *adorable* siempre sería cuestionable en Winston—. Si supieras todo lo que he hecho para lograrlo...

—¿Cómo por ejemplo arrojarles golosinas a los niños cuando iban a tu casa en Halloween? —Beatrice había oído un centenar de quejas de las madres que asistían a su café.

—¡Eso mismo! De todas maneras, no entiendo el motivo del enojo de los padres, sus críos vienen a la puerta de mi casa al grito de «dulce o treta», yo les doy ambos. ¡Nunca se lo esperan! —continuó riendo.

—Ya lo creo que no, señor Benson, podemos dar por establecido que usted es un especialista en tretas... —Sirvió una medida más de whisky en el vaso de Winston, ella apenas bebió del suyo, le resultaba demasiado fuerte—. Es más, me atrevo a arriesgar que el único fantasma que habita la casona Benson eres tú.

—¡Y te lo imaginas muy bien! —rio al recordar cada uno de los actos cometidos desde el anonimato—, el último me ha costado una pierna y un brazo.

—¿Me quieres decir que tus intenciones de pintar la fachada de la casa en plena madrugada no eran auténticas? —Beatrice se llevó la mano al pecho para dramatizar lo dicho.

—Mis intenciones eran pintar uno que otro signo satánico. Y, no sé tú, pero yo a eso lo llamo arte. —La risa se convirtió en carcajada. ¿Qué más quedaba por hacer que reír? ¿avergonzarse? No, demasiado tarde. La vergüenza tendría que ser reemplazada por disculpas. Eternas disculpas.

—Dígame, señor Benson, ¿qué otras obras de arte ha plasmado en la casa? —Beatrice se resignó a oír lo peor, o lo mejor, dependiendo del punto de vista. Por lo pronto, se le antojaba reír.

—Alteré los interruptores automáticos de la casa, por eso la red eléctrica funciona como los mil demonios. Si enciendes más de dos bombillas hay colapso...

—¡Magistral y espectral! —Beatrice sorbió del whisky, imposible no beber ante el desempeño del hombre.

—En otra ocasión, tapé los desagües y teñí de rojo el agua de la bomba. La casa amaneció inundada de una hermosa marea carmesí.

—¡Cielo santo! —Ella sacudió la cabeza—. ¿Todo eso lo has hecho solo? —lo miró de soslayo. Winston confesó un gran *no* con la mirada. Se encogió de hombros. Por supuesto que tenía cómplices—. No me digas nada... puedo imaginar quién te secundó en todo. Su nombre comienza con M y termina con AryAnn. —Winston asintió y agregó:

—También empieza con C y termina con Oleen. La idea de las musarañas fue suya —fingió ofuscarse, fue la excusa para dejar de reír—. Una vez que la dejo elegir la treta, ¡una!, mira cómo resulta.

—¡Tu hija las adoptó! Johana es un ser adorable. Lo sabes, ¿no? —Winston sonrió, los ojos le brillaron. Estaba orgulloso de su hija—. Ahora sé a quién salió... —dijo por lo bajo cuando sonrió a la par de él.

Su sitio estaba en los brazos de Roger. Los años perdidos a su lado no se recuperarían jamás, ni con reclamos ni con lamentos. Era hora de soltar el pasado y construir el futuro. Se desperezó, acarició el pecho masculino y dibujó remolinos con el dedo en la superficie casi lampiña. Él la observaba en un somnoliento silencio. Tenía un brazo por debajo de la cabeza y el otro sobre sí, hasta alcanzar el hombro de Johana.

—¿Desde tan temprano? —bromeó ella, al notar que, con la misma pereza, todo el cuerpo de Roger se despertaba.

—Mmm, diría que es la compañía, pero lo cierto es que son simplemente las mañanas. —Ella dejó ir una risa ronca, mitad sueño mitad deseo—. Vale, mereces parte del mérito —se corrigió. La hizo girar y se apoderó de sus labios. El beso pasó a ser profundo de un segundo al otro.

—Te extrañé... —Johana se aferró a su espalda—. ¡Joder!, cómo te extrañé. —Abrió las piernas y lo cobijó entre ellas.

Estaban en la cama de Roger, en esa que debajo escondía los tesoros de su viejo amor. Les parecía el mejor lugar para recomenzar, sin el ambiente pesado de la vieja casona Benson, sin sus muros llenos de secretos y las escenas dolorosas como escenario de fondo. El hogar Allen era nuevo, como el capítulo que intentaban escribir.

—Yo más. Hablando de extrañar... —Unos ojos marrones se sumaron al encuentro. Los dos se miraron—, creo que Dolly también lo hace.

—¡Dolly!, el concepto de intimidad, pequeña... —le recriminó ella.

La perra no se dio por aludida, al contrario, su nombre fue interpretado como una invitación y brincó sobre la cama. Johana rio de buena gana, el deseo frustrado no le molestaba. Llevaba años lidiando con él, podía soportar una mañana o un par de horas, se corrigió al leer la promesa en los ojos de Roger.

Dolly demandó un par de caricias y brindó algunos besos llenos de baba a modo de agradecimiento. Luego se echó a un costado, con las patas hacia arriba y la barriga al descubierto en señal de confianza y relajación.

—No fuimos los únicos que pasamos página. —Roger le acarició el vientre—. Desde que estamos los dos bajo el mismo techo, Dolly no deja de hacer avances. Casi no tiene ansiedad y responde mejor a las órdenes.

—¡A las tuyas! —se quejó Johana. A ella le hacía nulo caso, aunque no se podía decir que se portara mal—. Tienes un don para conseguir que las chicas hagan lo que quieres. —Volvió a inclinarse hacia él, Dolly limitaba el espacio en la cama y quedaron casi encimados.

—¿Bromeas?, aquí la única manipuladora eres tú.

—Pues aquí tienes a mi reemplazo. —Johana señaló a Dolly—. Consigue golosinas siempre que quiere, y la parte de *duerme en tu sitio* se la ha saltado a gusto por mucho entrenamiento militar que tenga. Eres una pequeña bruja, a que sí... —murmuró en voz juguetona hacia el animal. La perra sacó la lengua y se meneó en busca de más caricias.

—Y ahora me roba tu atención. Sí, definitivamente te vence en la lucha de manipuladora.

—¡He sido destronada!, ¿y ahora qué? —preguntó entre risas. Roger la observó con más seriedad.

—Es una buena pregunta. No me quejo en esto de *vivir el momento*, pero creo que en el fondo sufro de la misma ansiedad que Dolly. ¿Qué planes tienes?

Johana regresó su atención a él, lamentó ser el motivo de sus miedos. Lo había herido tanto.

—Por lo pronto, vender esa maldita casa llena de fantasmas de una buena vez. Cumplió su función, remover el pasado y sacar los trapos sucios. Punto. No soporto más la idea de que esté ahí, deshabitada, guardando secretos.

—¿Y vivirás...?

—De regreso con mi padre, claro. —El brillo en sus ojos la delató. Roger arqueó las cejas y ella rio—. Contigo, oficial Allen, si puedes soportar a una niña malcriada —Miró de soslayo a la perra—, puedes soportar a dos, ¿verdad?

—¡Por supuesto!, las niñas malcriadas son mi debilidad. Pero...

—No me gustan los peros, al menos no cuando se trata de sueños y finales felices. Siempre los empañan. ¿Pero...?

—Pero esta no es una casa para ti.

—¡No hablarás en serio! —se quejó Johana. Sí, Roger hablaba en serio—. Me da lo mismo la construcción, lo que tú puedes darme es un hogar, algo que no tengo hace años y que empiezo a preguntarme si de verdad lo tuve.

—Sí, lo tuviste.

—Odio que sepas algo que yo no. Oficial Allen... —demandó.

—Hablé con tu padre, ¿vale?, creo que ya te lo contará él. Ten paciencia.

—Ya te dije, le brindaré esa oportunidad siempre y cuando no se interponga entre nosotros —Johana gruñó—. ¡No entiendo cómo puedes estar de su lado!

—Johana...

—Al menos dime eso, por qué crees que merece mi paciencia.

—Si te lo digo, atarás cabos, eres demasiado inteligente.

—Atar cabos no es lo mismo que saber, y que tú me cuentes tus sentimientos no es lo mismo que delatar a mi padre.

—Lo siento, Dolly, volviste al segundo puesto en el arte de la manipulación. ¡Johana Benson ha regresado!

—¡Sí! —festejó su victoria.

Salió de la cama y corrió hacia la cocina. La cafetera de Roger era de las que se programaban por la noche, por lo que el café estaba recién hecho. Otra de sus tácticas de reina de la manipulación. Si deseaba continuar con los besos y caricias de esa mañana, tendría que compartir su pedacito de historia. Se sentaron contra el respaldar, Dolly optó por ir a los pies de ambos.

—Lo que te diré —comenzó Roger— no es algo que ya no sepas de mí. Solo que ahora lo verás con una nueva luz, quizá una demasiado reveladora. —Suspiró resignado—. Mi mamá murió cuando yo tenía tres años, apenas conservo algún recuerdo difuso. O el recuerdo de un recuerdo. No lo sé, creo que es más una recreación de mi mente que realidad. —Permaneció en silencio unos segundos. Johana aguardó hasta que él se sintió listo para continuar—: Los rotos nos elegimos, pienso que por miedo al contraste.

—¿A qué te refieres? —Johana no dudaba de sus propias fisuras, sin embargo, no hablaba de ellas.

—De nuestros amigos —reconoció Roger—. Alonso y Ethan pasaban por situaciones peores que la mía, eso me ayudaba a... ¿conformarme, quizá?, ¿aceptar mi suerte?, ¿perdonar a mi padre? No lo sé. Paul no se preocupaba por mí y con suerte se ocupaba... —A Johana no se le pasó por alto el uso del nombre de pila de su padre. Ni padre, ni papá. Ahora era Paul, un conocido sin más—. Antes de tener edad suficiente, llegaba tarde a la escuela porque él no me despertaba. Luego empecé a hacerlo sin desayunar, porque no preparaba el desayuno. Las burlas me llevaron a aprender a poner la lavadora, era el único que asistía con ropa sucia. Por eso no recibía compañeros en la casa, porque todo era caos y abandono. Paul solo tenía su trabajo y...

—¿Y...?

—Y su secreto —dijo, sus ojos ardieron de dolor. No le apetecía infringirle esa herida, por eso sentía empatía por Winston. En el fondo, Benson solo quiso ahorrarle una decepción en la vida a su niña mimada, ¿qué padre no busca eso para sus hijos? Por desgracia, mientras la alejaba del sufrimiento, también la alejaba de la dicha; Johana tenía que experimentar ese desengaño y Winston debía aprender que no todo estaba bajo su control—. Su *secreto* pasó a ser lo único importante. Si su hijo u otras personas salían dañadas, no resultaba un inconveniente para él.

—Y su hijo sí salió herido...

—Su hijo y otras personas. —Bebió un poco más de café—. Mientras él se alejaba más y más de mí, esos recuerdos o imaginaciones sobre mi madre me mantuvieron a flote. Creer que ella me hubiera amado de haber tenido más tiempo me reconfortaba. La idealicé por los años que fue necesario, y ese ideal me ayudó. Los muertos tienen el poder de permanecer estáticos en un mundo que cambia, y por eso a veces se convierten en faros en medio de la tormenta. Sé que tú has hecho lo mismo estos años, hasta me lo has dicho entre líneas.

—¿Qué he dicho?

—*Mi padre cambió con la muerte de mi madre* —la citó—, tienes la ilusión de que tu padre hubiera seguido siendo el hombre amoroso de tu infancia si ella viviera. Como yo guardé la ilusión de que mi crianza hubiera sido distinta de estar mi madre, de que Paul hizo lo que pudo al convertirse en un padre viudo.

—Al regresar a esa casa comprendí que mi padre cambió antes de la muerte de mi madre.

—Y yo comprendí que la forma de ser de Paul nada tenía que ver con su viudez. Entonces, ¿de qué me valdría saber que mi madre tampoco fue un derroche de virtudes? No está aquí, no puede defenderse ni enmendarlo... Elijo mis recuerdos coloreados; ciertos o no, me ayudan a sobrellevar lo que me tocó en suerte. —Se encogió de hombros.

—Mis recuerdos coloreados están por volverse acuarelas, ¿verdad? —preguntó Johana, Roger asintió—. Me carcomen las ganas de seguir escarbando. No voy a hacerlo. —Le quitó la taza y la apoyó en la mesa de noche—. Tú cumpliste tu parte, no voy a poner en jaque tu honor ni tu palabra, sé cuánto valen para ti. Si quieres que deje el asunto por unas horas... —Cambió su expresión melancólica por una sonrisa enigmática—, tendrás que brindarme alguna distracción y, algo bonito en qué pensar.

Roger le devolvió la sonrisa. Tiró de ella hasta sentarla a horcajadas y se elevó para besarla.

—A ti y a ella... —Señaló con la cabeza a la perra—. Dolly, vigila... —le ordenó. El animal, al tener una misión, abandonó la cama y se dispuso en la puerta de la habitación, atenta a que nadie interrumpiera a los amantes—. Ahora tú.

—¿Qué orden vas a darme? —Empezó a quitarse la blusa de su pijama de raso. El nacimiento de sus senos quedó al descubierto y los ojos de Roger se perdieron en ese valle.

—A ti no puedo comandarte. —Movió sus caderas en vaivén, rozando la entrepierna femenina—. No cuando lo que más deseo es que todo lo que hagas conmigo lo hagas libremente.

Johana hizo uso de esa libertad. Esa mañana, la siguiente y todas las que vendrían. Porque si algo quería hacer ahora que no la ataba el pasado, era elegir a Roger Allen por el resto de su vida.

***

—Solo te pedí ideas, Pauline —dijo Johana, a modo de saludo.

Su amiga bajó del coche poniendo una buena dosis de destreza en la maniobra, su gran panza enlentecía cada uno de sus movimientos. El asiento estaba tan echado hacia atrás, que apenas llegaba a los pedales del vehículo con la punta del pie.

—No hago esto por ti —respondió sin casi resuello—, lo hago por mí. Necesito salir de casa o me volveré loca, y qué mejor que haciendo lo que amo.

—¿Comer chocolate? —bromeó. La saludó con un abrazo. Se disponían a atravesar la puerta de la vieja casona Benson, otra voz las detuvo.

—Espero que sí, porque traje brownies.

—¿Coleen? —Al girar para darle la bienvenida a su vecina, divisó a su compañera de asedio: MaryAnn—. Vengan, prepararé café, té y algo sin cafeína para la señora Kane, y degustaremos esos brownies como se merecen.

Dejó que Pauline se adentrara y ella esperó a MaryAnn. La expresión en el rostro de la mujer lo decía todo. Los brownies no eran para Johana ni para la embarazada, eran para MaryAnn. Necesitaba chocolate y arrumacos, y la señorita Benson le brindaría ambos.

—¿Qué sucede? —le preguntó. Coleen le hizo señas de que esa pregunta desencadenaría el llanto en MaryAnn, y selló los labios momentáneamente.

—Dime —dijo la mayor del grupo—, ¿ya has terminado tu proyecto?

—No, lo doy por zanjado, que es distinto. —Sonrió y fue a la cocina. Pauline recorría las instalaciones, dándose una idea de qué fotografías tomar. Johana aprovechó para calentar el agua, ninguna tomaría café, todas se decantaron por el té—. Así haga la peor inversión de mi vida, quiero vender la casa lo antes posible. Que otra familia escriba su historia aquí, los Benson la daremos por cerrada.

—¿Sí? —indagó con cautela Coleen, miró a MaryAnn y a ambas las delató la expresión.

—Sé que saben lo que esconde mi padre. —Elevó las manos en modo de rendición—. También sé que no me lo dirán, desconozco cómo ha conseguido comprar la lealtad de todos en Shell Island.

—¿Cómo? —MaryAnn cogió la taza, la rodeó con las manos y se reconfortó de su calor—. Siendo un buen vecino, ayudando a la comunidad. Eso no cambió en todos estos años, solo pasó a hacerlo con ladridos de perro viejo.

—¡Y cómo ladra! No importa... —Sirvió otra taza y se la pasó a Coleen—, Roger me pidió que le diera tiempo.

—¿A quién?, ¿a él? —Pauline se había perdido la mitad del chisme, se sumó sin entender. Las demás mujeres rieron.

—¡No! —Coleen contestó—, ese muchacho no quiere perder más tiempo. Habla de su padre, del señor Benson.

—Oh, vale. —Se sintió culpable de que, siendo la más joven, le hubieran dejado la silla más cómoda. Aunque, culpable o no, se aprovechó del privilegio con un suspiro—. Yo soy la menos indicada para hablar de relaciones filiales. —Alzó la infusión a modo de brindis.

—Yo ya no sé —agregó Johana. Se encargó de servir las porciones de brownie, cada una tomó la suya—, al parecer, no todo es como lo recuerdo.

—O lo es, pero lo que cambia es la interpretación —comentó MaryAnn—, a veces no cambia el hecho, sino la manera en la que lo observamos.

—Eso se llama madurar —convino Coleen.

—O envejecer —bromeó su amiga, y las dos rieron.

—No me estaría gustando esto de envejecer, madurar y revisar mi vida como si fuera una pieza historiográfica. Al igual que Roger, no me apetece perder más tiempo. Fueron dieciocho años.

—Una sabia decisión —coincidió MaryAnn.

—Pero antes de que venda esta casa, así lo haga por el valor del terreno —dijo Johana, su tono fue calculador, observó a las dos mujeres entradas en años y midió cada una de sus palabras—, me enteraré de qué hizo mi madre.

Las dos se atragantaron a la vez. Empezaron a toser. Pauline, con todo su peso, ayudó a Coleen con suaves golpes en la espalda mientras Johana hacía lo mismo con MaryAnn.

—¡Solo quería confirmar que era sobre mi madre, no matarlas! —se disculpó la señorita Benson.

—La respuesta la tienes —murmuró Pauline, a quien la reacción de las mujeres le resultó evidente.

—Por favor, querida —Coleen bebía sorbitos de agua, todavía tenía lágrimas en los ojos—, que una ya es mayor.

—No decías lo mismo cuando el periódico te definió como anciana.

—¡Patrañas de esos amarillistas!

Conversaron entre brownies y té unos minutos más, dejaron de lado el pasado y los secretos de Genieve. Era en vano, Johana estaba convencida de que no les podría sacar más información, y ellas, de que era cuestión de tiempo que Benson hiciera lo que debió años atrás. Juntaron las tazas y los platillos, y acompañaron a Pauline a la ronda de fotografía. La señora Kane, como la llamaban en broma, pues no se había casado aún con Ethan, sugería planos que, más que sugerencias, eran órdenes. Tenía un ojo excelente y tras las primeras tomas, Johana supo que jamás hubiera conseguido el mismo resultado.

El problema de seguir órdenes a ciegas es que deja espacio para pensar. La cabecita de Johana evaluaba ideas de decoración para implementar en la casa del jefe Allen; paletas de colores; contrastes que denotaran su presencia, sin ocultar la de Roger.

MaryAnn, por el contrario, era abordada por pensamientos menos felices. En un momento, dejó de responder. Caminó hacia la ventana y observó el océano en dirección al continente. Sus ojos se empañaron y las lágrimas amenazaron a inundarla. Johana dejó su ensoñación, fue a su lado. La abrazó con fuerza, y MaryAnn, al sentirse sostenida, rompió en llanto.

—Me tendrás que decir qué sucede, puedo abrazar y escuchar a la vez. —Coleen y Pauline se sumaron, en esa ocasión, reemplazaron el té por una infusión relajante y, en lugar de ir a la cocina, se sentaron en un círculo con vista al mar.

—Es Demian, es mi niño Demian —dijo entre sollozos—, se ha escapado de todas las casas de acogida ¡y el Estado insiste en poner trabas burocráticas! —De nada valía acotar, la dejaron a ella hablar—. Presenté todos los papeles, recibí a un asistente social en mi casa... Firmó que las instalaciones son excelentes, pero...

—¿Pero?

—¡Por la jodida barra del baño! —El exabrupto de MaryAnn las tomó por sorpresa, rara vez dejaba ir un insulto—. Instalé la barra del baño porque la tina es resbaladiza; la asistente social lo consideró como una incapacidad física.

—¡No puede ser! —se quejó Johana. Coleen rodó los ojos; la vejez, además de la madurez, venía acompañada de la mirada condescendiente de los demás, esas que creen que ya eres un estropajo inútil.

—¡Cómo si yo amara con las piernas! —se quejó la mujer—, yo amo con el corazón, y ese lo tengo joven. Demian necesita amor, no una ama ágil. Si no, vean ahora, estaba en una casa de una mujer y un hombre, ambos rondando los cuarenta, y se les escapó como la arena seca entre los dedos.

—¿Ahora está bien?

—Sí, sí... —Pauline le acercó una caja de pañuelos descartables. MaryAnn se secó la nariz—. Lo hallaron. —Bajó la mirada—. Lo hallaron bajo un puente, como un vagabundo más. Prefiere a los vagabundos a los hogares de tránsito, porque al menos los primeros no juegan con sus ilusiones. No le hacen creer que serán una familia para luego dejar en claro que solo lo acogen por el cheque.

—Huye antes de que te abandonen —dijo Pauline. Esas fueron las palabras que utilizó Ethan cuando le explicó su dolor como niño de acogida. Una vida itinerante por el miedo constante al abandono.

MaryAnn asintió con la cabeza.

—Solo que si no lo salvo ahora, Pauline... Si no lo saco de las calles en este mismo instante, no se convertirá en un Ethan, sino en una jodida estadística.

—Lo lograremos, MaryAnn —prometieron todas, al unísono—. Lo traeremos a Shell Island, donde todos somos una persona y no un número —finalizó Johana, se fundieron en un abrazo de cuatro, que era, en realidad, el de toda la isla.

La conversación con MaryAnn la tenía preocupada. Había llamado a Roger de inmediato, no necesitó rogar ni usar estrategias, con solo comentarle la situación, el oficial Allen prometió ponerse en contacto con la jefatura de Maine y averiguar todo sobre Demian.

—Aunque va a ser difícil, Jo —De no haber estado tan preocupada por el niño, hubiera suspirado por la forma en que Roger la llamaba. «Jo». Era el modo en que solía hacerlo cuando eran adolescentes. Tras leer Mujercitas, él había dicho que el temperamento decidido de Jo March y el de ella coincidían—. Los casos de menores no son de fácil acceso, no están en los registros públicos.

—Inténtalo de todas formas, a MaryAnn le dijeron que el niño está de regreso en un hogar, pero ella asegura que se volverá a escapar. —Utilizaba el modo manos libres dentro del coche.

—Por desgracia, MaryAnn siempre tiene razón con sus niños... —Johana oyó el ruido de papeles y el tic-tic del teclado del ordenador—, sin embargo, la sabiduría y la burocracia no son amigas.

—¿Pues sabes quiénes más no son amigos?, la burocracia y los privilegios —gruñó.

—Johana... —En esa ocasión, no se estremeció. Su nombre era una amenaza en los labios de Roger.

—Sí, claro que lo haré. De hecho, estoy camino a lo de mi padre por el asunto de la venta de la casa. Hablaré con él, si el gran señor Benson tenía los contactos suficientes para amenazar con hundirte...

—Amenaza vacía, recuérdalo.

—Vacía pero plausible. Roger, puedo perdonarle a mi padre cualquier error, como los que cometemos todos, pero jamás le podré perdonar si de verdad es racista. Eso es odio, Roger, y eso no se disculpa. Acepto la posibilidad que mi padre no tenía real intención de dañarte, eso no quita el hecho de que era capaz de hacerlo, ¿sí? Tiene los medios, tiene los contactos... Y el poder que se usa para hacer el mal también se puede usar para hacer el bien.

—No puedes salvar a todo el mundo, cariño.

—Lo sé, sola no puedo. Pero no estoy sola, te tengo a ti, Roger. Para eso existen las comunidades, para eso construimos lo que tenemos a nuestro alrededor. —Aparcó frente a la casa de su padre, la sensación de hogar la golpeó fuerte. Sí, ella a diferencia del oficial Allen había tenido un hogar, fundado por Winston. Le traía paz contemplar la idea de que Benson no fue malo, porque, ¡joder, cómo quería a su padre! Enojada, frustrada, con rencores y demasiados reclamos en los labios... sí, pero lo quería, y por eso entendía el silencio cómplice de la isla. Una comunidad se conforma de sus partes y está ahí para sostener a sus integrantes cuando los vientos se vuelven huracanes. Hoy por ti, mañana por mí—. No pretendo ponerme filosófica...

—Ya cubriste tu dosis con las musarañas —bromeó Roger, al otro lado del móvil.

—Exacto. —Los labios se le curvaron en una sonrisa. Posó su cabeza en el reposacabezas del asiento, abrió la ventanilla y dejó que la brisa del mar la limpiara. Sal y aire sanan todas las heridas—. Cuando decidí quedarme aquí, en Shell Island, tras todo lo sucedido, no fue por mi papá. En ese entonces lo consideraba un monstruo. No fue por mis amigos, Ethan se marchó a luchar su propia guerra, Alonso halló a Nat y fue feliz, Camile estaba absorta en su vida de ensueño... Permanecí en Shell Island tras mis odiosos estudios de administración inmobiliaria porque lo que los miembros fundadores construyeron aquí no lo hallé en ningún otro sitio. Vivimos en un mundo que nos habla de soltar, y hay saber en eso, ¿verdad?, hay que soltar el rencor, el miedo, las personas crueles... Pero, ¿qué hay con aquello a lo que nos debemos aferrar?, ¿nos habla el mundo de aferrarnos al amor, a la verdad, a las personas de bien?, ¿qué hay de no soltar a los que nos quieren, de no soltar los sueños, los afectos? ¿De qué nos vale tanto alimentar nuestro mundo espiritual e interior si luego lo vamos a mantener allí, encerrado dentro, sin tener con quién compartirlo? Aquí todos nos cogemos de las manos, aquí no soltamos a los que nos necesitan, y eso haré. No soltaré a MaryAnn, y ella no soltará a Demian y tirando todos juntos lo sacaremos del pozo.

—Pensar que algunas noches desesperadas dudé si me había enamorado de la mujer correcta —contestó Roger, conmovido.

—Y, así y todo, no me soltaste. Yo tampoco me equivoqué al enamorarme de ti —declaró Johana. Suspiró, se irguió y cogió valor—. Ahora... A enfrentar a Benson. —La risa al otro lado le dio ánimo—. Deséame suerte.

—Tú puedes, Jo, muéstrale que, de tal árbol, tal fruto.

Johana cortó la comunicación y se bajó del coche. Tenía la llave en su bolsillo, había pensado en no usarla, demostrar así que no consideraba ese techo un hogar. Cambió de parecer. Deseaba que su padre se abriera, y alguien debía poner fin a la tensión. Abrió y el aroma a comida recién hecha le hizo rugir las tripas. Winston tenía el alta médica, le habían recomendado sesiones de kinesiología y alimentación saludable. Al menos había acatado la segunda orden, porque ese olor...

Fue hacia la cocina, en su mente se desplegaban los escenarios posibles en los cuales abordaría la conversación. Primero, la venta de la casa por debajo de su valor. Segundo, mantenerse firme y plantearle que sus diferencias debían aguardar, MaryAnn los necesitaba y eso era prioridad. ¿O mejor empezar por MaryAnn? Mientras se debatía, el eco de unos susurros se sumó al aroma de la comida. Una escena tan hogareña que le hizo creer que soñaba.

Ralentizó los pasos, agudizó todos sus sentidos.

—Tienes que aprovechar esta nueva oportunidad. Ya sabes, el tiempo es tirano. —Era la voz de Beatrice, aunque sonaba más suave.

—Con aprovechar el tiempo, ¿te refieres a ti o a Johana? —¿Winston Benson?, ¿esa era la voz del gruñón Winston Benson?

—A las dos. Hasta que no soluciones tus diferencias con Johana, seguirás siendo la sombra del hombre que solías ser. Que debes ser. Ella es grande, merece saber... Y yo soy grande —dijo Beatrice, sonaba divertida en esa afirmación—, y ni mención hacer de tu edad...

¡¿Era la risa de su padre?!, ¿cuándo fue la última vez que la oyó?

—Tienes razón, no estamos para amores empañados.

Johana necesitaba verlo con sus propios ojos, porque si se lo contaban, no lo creía. Entró en la cocina, se paralizó en el umbral. ¡Su padre estaba besando a Beatrice!, ¡Beatrice estaba besando a su padre! La mano de Winston estaba bajando demasiado. ¡Papá!, no irás a...

—¿Papá? —Le salió como un carraspeo. ¡Por poco ve a su padre cogerle el trasero a una mujer!

Los dos se dieron vuelta al unísono, sonrojados hasta la raíz del pelo. Lucían como dos adolescentes cogidos in fraganti.

—Johana, puedo explicarlo —dijo Benson, y a Johana le sonó tan ridícula la idea de que su padre le diera explicaciones de sus amoríos que se echó a reír.

—Ya creo que tienes que explicármelo. Pero no que te hayas enamorado, son los riesgos de estar vivo, ¿verdad?, mientras un corazón late, puede amar. Tampoco tienes que explicarme por qué la besas en la cocina y menos que menos —remarcó, divertida por el cotilleo de primera mano—, por qué estabas a punto de cogerle el trasero a Beatrice. Oiga, que aquí todos somos adultos. Lo que tienes que explicarme —continuó, más seria—, y por lo visto y oído, Beatrice coincide conmigo, es ¡por qué me has hecho creer todos estos años que eras un viejo racista, clasista y cruel!

El sonrojo pasó a palidez en un segundo. Beatrice le cogió la mano, le infundió valor.

—Johana... Yo... estaba juntando valor. Es una conversación larga y no muy feliz.

—¿Cuán larga?

—Me llevó varias noches compartirla con Beatrice.

Johana cerró los párpados con fuerza. Exhaló contando hasta diez y luego inhaló en tres.

—Tienes suerte entonces, has ganado un poco más de tiempo, porque lo urgente tapa a lo importante. —Y así tuvo su respuesta. La casa podía esperar, un secreto enterrado dieciocho años podía permanecer bajo tierra un día más. ¿Los amigos que nos necesitan?, ellos son prioridad.

—¿Qué ha pasado?

—MaryAnn... MaryAnn nos necesita, te necesita. —Se sentó en la barra y, compartiendo la comida con los dos, expuso la historia de Demian—. Si haces esto, papá, si ayudas a Demian, me demostrarás con hechos que no eres quien has intentado aparentar con palabras. —Le brindó una caricia ligera sobre la mano, allí, en ese roce y en esa misión, se hallaba la esperanza de redención.

La comunidad de Shell Island hizo las paces con la nueva integrante. Un par de semanas fueron suficientes para despejar toda duda, Dolly tenía muy poco de lobo feroz devorador de abuelitas y mucho de excelente actriz. De no ser por su nuevo rol como perro de búsqueda en la fuerza policial de la isla, su futuro se hallaba en los tabloides del espectáculo. Y no solo eso, Pauline lo confirmó con el centenar de fotografías tomadas, la perra tenía dotes de modelo también. Sin duda se merecía el premio de la academia como revelación del año.

Los niños que en su primer contacto con el animal huyeron despavoridos interpelaban a la *señorita Benson* en cada ocasión que podían, le exigían la presencia de la oficial Dolly. Solo con ella se sentían seguros. Reían a carcajadas cuando la perra colaboraba en las tardes de lectura. Johana se veía en la obligación de buscar cuentos y narraciones acordes a los reclamos de los pequeños. Ellos deseaban disfrutar de la performance canina. Eligió un cuento con uno como protagonista: Kutta, el perro aterrado, una adaptación de una historia perteneciente a la narrativa infantil de la India.

—Kutta apareció en un inmenso salón, sus paredes estaban cubiertas de arriba abajo por muchos espejos diferentes. El pobre nunca había visto ninguno y no sabía lo que eran... —Acarició la cabeza de Dolly, esta gimoteó, como si conociera cada uno de los momentos importantes de la historia y representara el papel—. ¿Saben qué vio?, ¿se lo imaginan? —le preguntó a la joven audiencia.

—¡Muchos perros Kutta!, ¡se vio a él!, ¡su reflejo! —fueron las respuestas que se dieron sin pausa.

—¡Exacto!, pero para Kutta eran otros perros, él nunca había visto su reflejo. Su reacción fue mostrar los colmillos para infundir miedo a sus enemigos —Le hizo un gesto con la mano a Dolly, la perra volcó el peso de su cuerpo a sus patas delanteras y exhibió sus colmillos—, pero en ese mismo instante, todos los otros levantaron el hocico y también le enseñaron los dientes. Kutta sintió tanto terror que se quedó paralizado, y en medio del pánico solo se le ocurrió una cosa —Hizo una pausa, cuando recibió la total atención del público, miró de soslayo a Dolly, le marcó otra señal con la mano—: ¡gruñir! —La perra apretó la mandíbula y gruñó.

—¡No Kutta! ¡No lo hagas! —reaccionaron interpretando a la perfección el suceso que ocurría—, ¡Dolly no, no gruñas! —La pequeña Meredith llevó el asunto más allá de la ficción.

—Sucedió eso que se imaginan. Todos los perros tensaron la cara y le gruñeron a él. ¡Estaba rodeado! Más que nunca, se aterró y salió corriendo... corrió y corrió. —Dolly giró sobre sí, como si quisiera capturar la cola con su boca, giró y giró hasta que se detuvo para echarse al piso. Confirmado, una excelente actriz. Johana hizo su propia variación del final—. Esa tarde, Kutta aprendió una gran lección: la imaginación nos puede jugar malas pasadas y las cosas no siempre son lo que parecen. ¿Recuerdan la primera vez que vieron a Dolly? —Johana alzó las cejas, los evaluó uno a uno. Los pequeños rehuían de su mirada, adoraban a la perra, no se les ocurriría pensar que podría lastimarlos, no ahora que la conocían—. ¡Ajá! ¿Han visto? Eso es lo que hoy hemos aprendido, repitan conmigo: las cosas no siempre son lo que parecen.

—¡Las cosas no siempre son lo que parecen! —dijeron todos a la par. El fin lo puso Dolly con un ladrido, y ellos aplaudieron felices.

En cuanto la manada infantil abandonó las instalaciones, Johana hizo uso del privilegio ganado luego de la exitosa función; se dejó atender y consentir como si fuese Merryl Streep en persona. Bueno, quizás no solo su performance de narradora le había otorgado tal concesión, sus estrechos lazos con la dueña de la cafetería comenzaban a tener peso. Mejor dicho, lo que Johana sabía con respecto a su padre y Beatrice. Se preguntaba cuánto tiempo más podría continuar mordiéndose los labios. Debía entretener a su boca con un sinfín de actividades para contenerla, la muy desgraciada quería gritar a los cuatro vientos: ¡Winston Benson y Beatrice Rodríguez tienen un amorío secreto!

—Ten, cariño —Beatrice colocó ante ella una porción de tarta—, tu favorita. Coco y nueces pecan. —Le sonrió con un guiño cómplice.

Era la tercera porción de pastel que le obsequiaba. Los privilegios debían de tener un límite, ¿verdad? O por lo menos, las calorías.

—¡Ey, que aquí la que come por tres es Pauline! —alegó. Un bocado más y estallaría. No encontraba la forma de decirle no sin sonar descortés. Pero, ¡joder!, tampoco se comería todo lo que le ofreciera. ¡Ni que fuera Dolly!

—Si la mención de mi nombre es una invitación a coger tu tarta de nueces —expresó Pauline, se encontraba sentada a su lado con los pies apoyados en otra silla—, ¡no se diga más, lo acepto! —Utilizó su panza como apoya plato y degustó el delicioso manjar húmedo.

—Voy a por café y me sumo a ustedes. —Beatrice se apresuró a ir detrás del mostrador dispuesta a preparar las bebidas calientes.

—Algo me dice... —Pauline tragó el bocado de tarta y continuó— que pretende cerrar tu bocaza con todo esto. —Señaló el pastel de fresa a medio comer, los restos del pastel de limón y muffin con chispas de chocolate que esperaba su turno de ser devorado—. Ni Ethan se atrevió a tanto conmigo y, como bien tú dices, me alimento por tres —Clavó el tenedor en el pastel de fresa, lo saboreó también—, aunque lo más correcto sería decir por cuatro.

—¿Vas a tener trillizos? —bromeó Johana.

—Ja-Ja... No, no tengo espacio para más inquilinos, con cuatro me refiero a mis dos niños —Acarició su panza—, mi alter ego y yo.

—¡Con qué alter ego! —rio de buena gana—. Me vale como argumento, lo guardaré en mi cofre de argumentos insustanciales que suenan bien.

—Perfecto, puedes utilizarlo cuando los mini Roger y las mini Johana reclamen sustento desde tus entrañas.

—¡Wow, detente ahí! Déjame afrontar un momento a la vez, es muy pronto para hablar de cualquier tipo de «minis». —Había puesto en pausa la idea de maternidad a falta de la contraparte masculina en su vida; para ella, el cómplice que deseaba a la hora de conformar una familia siempre fue Roger. Allí estaba él ahora, a su lado. No obstante, debían de darse lugar como pareja primero, gestar un hogar juntos, completarlo, llenar cada vacío que cargaban consigo. Johana reconocía que quería retomar su vida; se sentía en condiciones para hacerlo, y no era justo traer un niño al mundo como reemplazo de anhelos no cumplidos—. ¿Los deseo? Por supuesto, pero también deseo ser... —Dolly, que se encontraba echada a sus pies, se incorporó y apoyó la cabeza en su regazo. La perra sintió la melancolía en ella. Johana la acarició—, no lo sé, supongo que quiero ser Johana —Alzó los hombros—, sin el Benson. Solo Johana.

—¿Y qué quiere esa Johana? —Beatrice regresó con dos *macchiatos* y un café descafeinado para Pauline. Tomó asiento.

—En primera instancia, vender esa condenada casa.

—¿Por qué tanto afán en venderla? —preguntó Beatrice ansiosa por una respuesta. Winston se refería a esa necesidad de Johana como una *obsesión*. Deseaba escuchar el otro lado de la campana.

—Porque sería mi venta más difícil, la prueba de que he hecho mi trabajo en la isla.

—Pero has hecho un gran trabajo, cariño, nadie lo duda. —Contribuía con creces al legado Benson, por sus venas corría el ímpetu y el espíritu de los fundadores de la isla.

—Lograste vendernos nuestra casa —agregó Pauline haciendo a un lado la degustación de pasteles—, a eso no le gana nadie. —Las tres rieron con ganas.

—Es verdad, lo reconozco como un gran mérito. De todas maneras, mis intenciones van más allá de la venta. —Sorbió café. Lo saboreó. Se infundió valor y lanzó su confesión al aire—: Quiero dejar la agencia inmobiliaria, y la única forma en que me sienta bien conmigo misma para hacerlo es vendiendo la única casa que queda deshabitada en la isla. —Otro sorbo de café. Otro sorbo de valor. Rehuyó de las miradas de las mujeres, parecían rayos láser rojos impactando en el cuello de su chaqueta—. Una vez que encuentre un comprador, la agencia Benson podrá mantenerse activa con un par de empleados que se encarguen de las rentas en temporada alta, atención a inquilinos y demás.

—¿Y tú qué harás? —Pauline estaba igual de sorprendida que Beatrice.

—¿Pretendes irte? Shell Island eres tú, lo sabes. —El corazón de Beatrice se detuvo por unos segundos. No podía imaginarla lejos. Más aún, no podía imaginar la reacción de Winston al saberla lejos.

—No, no quiero irme... quiero... —Sonrió. No requería de sorbos de valentía para reconocer lo que quería. Fue en busca del contacto visual. Primero Pauline, luego Beatrice—, quiero escribir libros infantiles. —Dolly alzó su pata y esta reemplazó a su cabeza en el regazo de Johana. La perra experimentaba la misma emoción que ella: felicidad—. No solo quiero leer las letras de otros, también deseo narrar mis historias. Llegar a los niños, ayudarlos a amar la lectura. Como hice con...

—Como hiciste con Roger. —Beatrice conocía todo sobre el jefe Allen, lo conocía en boca de Winston, en boca de Alonso, de MaryAnn.

—Sí. Me gustaría escribir historias que ayuden a practicar la lectoescritura a niños disléxicos, incluso especializarme en ello. —Sonrió de par en par. Pensarse en un futuro junto a Roger la hacía sentirse feliz hasta la médula—. Casi toda mi vida la dediqué a continuar con la labor de mi padre, lo hice todo por él, y creo... creo que es tiempo de hacer algo por mí. —Dolly ladró. Las tomó por sorpresa a las tres, bueno, a todos los presentes. Rieron—. Sí, cariño, sé que tú me entiendes, eres abierta a las nuevas experiencias —La besó en el hocico—, pero puede que otros no lo entiendan.

—¿Con otros te refieres a tu padre? —Beatrice olió la indirecta entre líneas.

—¿Te refieres al señor controlador? —respondió ella con sarcasmo.

—Sé que es difícil hablar con él, pero no temas, amará tu sueño tanto como te ama a ti. —Le brindó un suave apretón de manos.

Pauline observó el intercambio, existía una nueva intimidad entre ambas, más profundo del habitual.

—¿Me he perdido de algo?, ¿hay información pendiente?

—Oh, hay mucha información pendiente —carcajeó Johana. Las mejillas de Beatrice se tiñeron de rojo—. Recuerdas los rumores... —volvió a carcajear—, mejor dicho, las suposiciones con respecto a mi padre y...

—Nooo... —Pauline unió las piezas. El señor Benson y Beatrice.

—Pues resulta que las suposiciones eran... —Un trozo de pastel de fresa le impidió finalizar. Beatrice se lo metió en la boca a la fuerza. Luego le preguntó:

—Ya que mencionas a tu padre, ¿has tenido alguna noticia? —Winston y MaryAnn habían marchado juntos a Maine, intentarían solucionar el asunto del pequeño Demian a como diera lugar.

—No —dijo masticando—, te iba a hacer la misma pregunta a ti.

—Lo último que supe es que fueron recibidos en el juzgado de menores.

—Entonces sabes más que yo. —Necesitaban más información. No podían aguantar la incertidumbre. Las tres se miraron, cogieron los móviles a la par y coincidieron con el mismo nombre.

—¡Alonso! —repitieron al unísono.

Los había llevado en su barco hasta el continente y tenía instrucciones de seguirlos a cada paso dado. Beatrice lo telefoneó. Johana le envió un mensaje de voz. Pauline le escribió. Y todas recibieron respuesta. ¡Bendito seas Alonso Rodríguez!

***

Johana estaba triste, y él no soportaba verla de esa manera. Con los labios apretados y los ojos brillosos, se enfrentaba a una gran batalla interna: no llorar.

—¿Estás segura de que quieres hacerlo? —Roger se arrepentía de haber hecho la sugerencia, de ser por Johana, todo continuaría igual. No consideraba el asunto como un impedimento. Aunque lo era, a futuro.

—Sí —dijo sin un ápice convicción—. No —corrigió al instante. Suspiró, alzó los hombros—, no lo sé. Supongo que tarde o temprano tenía que suceder, ¿verdad?

—Tiene que suceder, pero puede que sea muy temprano para ti. —La cogió por la cintura, jaló de ella con suavidad hasta que los cuerpos colisionaron amorosamente—. Si no estás preparada para esto... —Apartó los cabellos sueltos que le cubrían la frente. Le acarició una mejilla, luego la otra, quería creer que la yema de su pulgar poseía efectos mágicos que impedían que las lágrimas se escaparan—, podemos esperar. Puedo esperar. —Johana frunció los labios, frunció el ceño. Contemplaba la posibilidad de posponer el plan—. Sabes que la paciencia es mi segundo nombre —bromeó. Depositó un beso en la punta de su nariz.

—Y la angustia innecesaria el mío. —Se abrazó a él cuando las lágrimas la traicionaron. Utilizó la chaqueta de Roger como pañuelo—. Después digo que quiero dejar el pasado atrás para escribir una nueva historia... ¿No puedo con esto y pretendo dejar el pasado atrás? —Fue una recriminación pura. Sacudió la cabeza—. No, no, no... Lo haremos hoy. —Abandonó el refugio de paz que significaban los brazos de Roger y se acuclilló frente a la jaula—. Lo siento, pequeñas —Le habló a la familia de musarañas que se encontraban listas para el traslado—, sé que esto les genera un terror inexplicable, una sensación letal de incertidumbre, pero créanme, es lo mejor para ustedes y para mí —gimoteó, hizo una pausa. Inspiró profundamente. La mano de Roger se posó en su espalda.

—Tú puedes con esto, Jo.

—Ustedes regresaran al lugar al que pertenecen y yo tendré una casa libre de intrusos, apta para la venta. No queda otra alternativa. —Johana podía jurar que la musaraña madre la miraba a los ojos con decepción—. Lo entienden, ¿verdad? No puedo cobrarles renta, de ser así, lo solucionaríamos con un contrato. Pero esto se escapa de mis habilidades, y entre nosotras —Se acercó lo más que pudo a la jaula y susurró—, dudo mucho que los próximos habitantes estén dispuestos a ceder.

—No todos son Johana Benson —agregó Roger entre risas. Si se demoraba más con su discurso, con ese discurso tierno y adorable, la cogería por la cintura, la llevaría escalera arriba y le haría el amor hasta el amanecer.

—Exacto —Se incorporó porque le dolían las rodillas, de lo contrario, continuaría con la despedida—. Y en este humilde acto... —Cubrió la jaula con una manta, el impacto de la luz podría ser demasiado para las pequeñas crías—, les digo adiós. —Exhaló con resignación. Volvió a refugiarse en el pecho de Roger.

—Repito: ¿Estás segura? —Ella asintió con la cabeza, al tiempo que susurró un:

—No... —Le palmeó el trasero—. Por eso es que iré caminando muy lentamente... —Emprendió una lenta caminata—, subiré al coche, pondré música, mientras tú las cargas hasta la parte trasera del auto. —Llegó a la escalera, ahí se detuvo dándole la espalda—. ¿De acuerdo? —La risa de Roger fue su respuesta—. ¿Lo considero como un sí?

—Voy detrás de ti, cariño... —dijo entre risas—, detrás de ti.

El operativo liberación de musarañas no era un suceso cotidiano en la isla. Merecía ser plasmado en imágenes ¿Y quién mejor que su amiga para capturar el mágico momento? Habían pactado encontrarse en el risco junto al faro; allí, entre las rocas, se hallaba un refugio propicio para liberar a los pequeños mamíferos. La combinación de palabras risco y faro pusieron en alerta al señor Kane, si su mujer y sus hijos en último tramo de gestación iban a pisar terreno húmedo y desigual, él también lo haría.

—Oh, Ethan, tu presencia hace más emotiva la despedida —se burló Johana ni bien aparcó el todoterreno a un par de metros de la de ellos.

—Mi presencia sería más emotiva a la distancia —masculló con fastidio. Abrió la portezuela, descendió sin apartar la vista de Johana—. ¿Cómo negarme, no? En especial, considerando que no tengo nada que hacer. —Rodeó el vehículo, abrió la portezuela del acompañante y ayudó a Pauline.

—Le dije, podemos prescindir de tu amorosa presencia, cariño. Pero no, porque el señor me ha prohibido conducir —le reprochó con una sonrisa, las intenciones eran por demás nobles y justificadas—, ¿pueden creerlo?, ¡me lo prohibió!

—Apenas llegas a los pedales, Pauline. —Ethan buscó complicidad en su amigo—. Roger, dime, ¿qué opinas tú?

—Opino que, si tú no lo hubieses hecho, las fuerzas de la ley de Shell Island lo habrían hecho bajo orden policial —impostó la voz, habló como el jefe Allen, no Roger—. Señora Kane, ¿sabe usted que puede poner en riesgo la vida de los habitantes conduciendo en ese estado? —Señaló su panza. Ethan hizo una mueca de satisfacción.

—¿Lo has oído? —Ethan necesitaba la confirmación de su esposa. Quizás, ahora, dejara de comportarse como una amazona sin medir las consecuencias.

Pauline miró a Ethan. Johana miró a Roger. Luego, Roger y Ethan se miraron. Por último, lo hicieron Johana y Pauline.

—Estaba pensando que lo mejor era esperar a que caiga el atardecer —Pauline pasó por alto todo lo oído y se dirigió a su amiga—, con la luz del faro más el tono naranja del cielo obtendremos unas imágenes dignas del National Geographic.

—Me crees si te digo que pensaba lo mismo. —Caminaron juntas agarradas del brazo.

Ethan se entregó a la resignación.

—Risco, faro, atardecer y rocas resbaladizas... —enumeró él—. ¿He olvidado algo?

—Sí, movilidad reducida —agregó Roger—. Ah, y una amiga aún más intrépida que ella —Lo palmeó el hombro—, vamos, soldado, tú ve a por ellas, que yo iré por las musarañas.

No hubo mucho que fotografiar. En cuanto la jaula transportadora fue abierta, las musarañas huyeron con desesperación, se escondieron entre las rocas. Dos o tres tomas pudo realizar Pauline. El operativo quedaría plasmado en la memoria de los presentes, más no en imágenes. Sería una buena anécdota.

—Ni siquiera se tomaron un segundo para despedirse —balbuceó Johana, haciendo una mueca con los labios.

—¿No? ¡Qué extraño! —Ethan quería iniciar una despedida por su parte y la de su mujer—, yo las escuché decir: *adiós, gracias a todos, ya pueden marcharse.* —Pauline golpeó contra su pecho con el revés de su mano. Él fingió dolor, luego sonrió.

—Nos marcharemos en cuanto le digas a Johana lo que tenías pensado decirle —Johana parpadeó a la espera de la sorpresa—. Mírala, tiene toda tu atención, es tu momento, cariño.

—Dime, dime, soy toda oídos. —Estaba feliz, intuía que era una buena noticia

—Pues... he hablado con Coleen y pactamos posponer por unas semanas la construcción del nuevo galpón. —Estaba trabajando junto a Alfonso en el proyecto, un galpón sobre el muelle del club náutico que permitiera mantener a resguardo las embarcaciones de los visitantes del lugar—. Así que me encuentro disponible para todo lo que necesites, empezando por restauración de la instalación eléctrica en la casona Benson.

Tenía meses insistiendo con el tema, lo necesitaba a él, confiaba en él. Como era habitual, Ethan estaba comprometido con otros proyectos. Johana saltó de la alegría, y lo primero que hizo fue abrazar a su amiga.

—Gracias, gracias, gracias. Es una noticia perfecta para dar por finalizado este día inigualable. —Sabía que Pauline había intercedido por ella.

—Ey, qué el que va a refaccionar la casa soy yo —protestó Ethan. Roger gesticuló un silencioso *gracias*.

—No seas celoso, Ethan... —Lo abrazó a él también—, tengo abrazos y agradecimientos de sobra.

—Bueno, si quieres empezar a agradecerme, desiste de ese espantoso tono Rosa Flamenco para las paredes.

—Si prometes ayudarme, acepto todos los cambios que propongas.

—¿Sí? —él arqueó las cejas.

—No, no, no abras esa puerta Johana —sugirió Pauline.

—¿Por qué?, ¿qué harías? —preguntó intrigada. Quizás el plan de reconstrucción de Ethan debía ser considerado en su totalidad.

—¡Tirarla abajo y construir desde cero, eso haría! Pero con no pintar de rosa flamenco me conformo.

—Hecho, tenemos un trato. Tú elegirás la pintura. —Su cabeza atesoró la nueva idea. Construir desde cero. Lo evaluaría con detenimiento en otra ocasión. En esa, solo sonrió, disfrutó de la sensación de sentir que todo marchaba sobre ruedas. Con la casa refaccionada, sin intrusos viviendo en su sótano, sin fantasmas de ningún tipo, vender la casona Benson sería un juego de niños. ¡Sí, sería el fin de una historia, y el principio de una nueva! Una escrita por ella y Roger.

La imagen hogareña le provocaba un vuelco en el estómago. Estaba segura de que jamás se acostumbraría, las mariposas en su estómago la acompañarían hasta el fin de sus días junto a Roger. Se encontraban en la cocina, ella cargaba el lavavajillas con los pocos platos y utensilios utilizados en la cena; él se ocupaba de los residuos, los separaba en reciclables, orgánicos y los comunes.

—Por tu silencio —dijo Roger—, deduzco que no hablaste con tu padre. —Decidió cerrar la bolsa de aluminios, agregar algo más provocaría la ruptura. Johana tenía ante sí otra encrucijada hogareña, accionar el lavavajillas con media carga o aguardar al desayuno y hacerlo con carga completa.

—Hablé con él, solo que no de lo nuestro. Estoy preocupada por MaryAnn, y me pareció que ese asunto era prioritario.

—Mmm —fue su única respuesta. Cogió el paño de cocina, el desinfectante y limpió el espacio en donde manipuló la basura.

—No me gusta su tono, oficial Allen. —Eligió el programa corto del lavavajillas y cerró la puerta del artefacto con un movimiento de cadera; con las manos libres, tiró de Roger y lo obligó a atraparla entre su cuerpo y la encimera. Él rio, hizo algunos malabares para lavarse las manos sin dejar escapar a su mujer. La salpicó con las gotas restantes, una quedó pendida de la nariz y la secó con un beso.

—Tienes miedo, Johana, y es entendible. Tanto secretismo y ocultamiento dan la impresión de que lo que se esconde puede hacer arder hasta los cimientos; pero, créeme, no es tan grave y, no es algo que mi decidida, terca y resiliente señorita Benson no pueda afrontar. —La besó en los labios. Ella lo rodeó con los brazos por detrás de la nuca. No habían crecido demasiado desde la adolescencia, al menos no hacia arriba. El cambio radicaba en que Roger ya no era un jovencito desgarbado, que se doblara fácil, ni para ceder ante los abusadores ni para robar besos. Johana se puso se puntitas de pie, él la sostuvo desde el trasero y ahondó el beso.

—Mal momento, lo sé —comentó sonrojada—. ¿Te dije que pillé a papá en una situación similar a esta con Beatrice?

—¿Besándose?

—¡Casi tocándole el trasero!

—¡Lo que le faltaba a tu padre!, generarte más traumas.

Rompieron en risas. El juego llamó la atención de Dolly, que se puso a saltar entre ellos. Roger había separado un viejo paño de cocina, Dolly capturó en sus fauces el extremo del paño y tiró con todas sus fuerzas, sacudiendo la cabeza de lado a lado, como si desgarrara una presa.

—Me temo que hasta las princesas tienen instintos, ¿eh? —comentó Johana—. Es tan buena y cariñosa, que a veces olvido que es una perra entrenada para la guerra.

—¡Y para el rescate!, hay que ver lo bien que se le da. Ya responde a la orden «ras-trea» —silabeó—, tan bien como a «bus-ca».

—Ahora le falta aprender una nueva —bromeó Johana, poniendo los brazos en jarra—. Dolly, devuélveme a mi chico.

Los brincos del animal la hicieron reír. Definitivamente, tenía una adversaria temible a la hora de luchar por la atención de su hombre. Entre juegos, regresaron a los besos y Dolly estaba a punto de demandar su premio a cambio de darles paz, cuando el móvil de Roger sonó.

—Esto es lo único a lo que no se van a acostumbrar mis mariposas —suspiró Johana, le dio un beso casto en la mejilla y se dirigió a los hornillos. Prepararía una infusión relajante antes de dormir—, siempre se pondrán a revolotear histéricas con tu trabajo.

—Lo siento...

—No lo hagas, amo que te dediques a lo que amas. Las mariposas lo aceptarán como yo.

Roger atendió sin mirar la pantalla. No estaba de guardia, pero era policía y una parte de él siempre se hallaría al servicio de cualquiera. Entendía a Johana, porque su estómago también respondía con cosquilleos ante esas situaciones. Una llamada directa a su móvil a esas horas solo significaba problemas. En general eran asuntos sencillos, como la famosa caída de Benson o la escapada nocturna del gato de Gladys. Pero sus años como agente en Maine le habían dejado en claro que no siempre serían así de fáciles.

—Oficial Allen —contestó de manera mecánica.

—¿Roger?, Roger, menos mal que te encuentro —la voz nerviosa era de MaryAnn. La reconoció de inmediato.

—MaryAnn, ¿qué sucede? —Al decir su nombre, Johana se puso alerta. Su nerviosismo se le contagió a Dolly; sin más, las dos pusieron sus oídos en la conversación.

—Es Demian, mi niño... —El sollozo la dejó sin aire—, me habían dicho que estaba bien, que había regresado y lo pondrían en un hogar, pero volvió a escaparse y no lo encuentran. —Le faltaba el aire—. No lo encuentran y tampoco lo buscan. Pasaron veinticuatro horas, lo que corresponde por ser menor, pero... ¡Oh, Dios!, ¿por qué tanta injusticia?

—MaryAnn, ¿qué te dijo la policía?

—Que su desaparición la tratarán como a la de un adulto, debido a sus escapadas constantes y a su prontuario. Dicen que esperarán cuarenta y ocho horas mínimo. Que de seguro está drogándose y que solo aparecerá. ¡Llamé a todos los hospitales!, ¡a todos mis contactos! No vendió nada robado —explicó, Roger entendió a qué se refería. Los chicos solían vender en casas de empeño artículos robados con la intención de huir lejos del sistema. En el mejor de los casos, huían en el sentido literal, cogían un autobús y cambiaban de Estado. En el peor, lo hacían en sentido figurado, compraban una dosis de heroína y dejaban que fuera su mente la que escapaba de los problemas—. Roger, le sucedió algo —afirmó—, le sucedió algo, mis tripas no me engañan, y nadie me escucha. —El llanto se volvió convulso.

—Yo te escucho. Pásame todos los datos que tengas hasta el momento: último sitio en que lo vieron, cómo iba vestido, qué llevaba consigo, qué dejó atrás, quién tomó registro de la denuncia...

Una libreta y una pluma aparecieron en sus manos. Johana había pasado a la acción como la más eficiente de sus ayudantes. En su oreja posaba su propio móvil, hablaba con Alonso.

—Ve a buscar a MaryAnn, ahora mismo, Demian ha desaparecido y ella está con un quiebre emocional. Puede que le falle la salud. Sí, trae a Mickey aquí, yo me ocupo de él. —Ni bien finalizó la comunicación, hizo otro llamado—. Coleen, Demian, sí... —Apagó el calentador de agua, encendió la cafetera. Todos necesitarían una dosis de cafeína esa noche—. Alonso fue a buscarla, vienen hacia aquí, te necesitará para darle fuerzas. —Se giró hacia Roger. Sus ojos hicieron contacto, sus mundos colisionaron. Eran más que pareja, más que un viejo amor y un reencuentro. Eran un equipo. Los dos servían a la sociedad, porque los dos creían en esa malla de contención. Asintieron en un «te amo» sin palabras, sobraban en ese instante. Volvieron a sus respectivos móviles.

—¿Oficina del sheriff de Maine?, el oficial Allen, placa...

De los labios de Johana salió algo muy distinto:

—Papá... —Tomó aire y lo exhaló en una súplica—, te necesito. MaryAnn, Shell Island y yo te necesitamos.

Las luces de Shell Island comenzaron a encenderse una a una. La red que componían los habitantes empezó a tejerse. Alonso llamó a su madre, quien a su vez se aseguró de que Winston estuviera al tanto, y se comunicó con Ethan. Ethan, por supuesto, despertó a su esposa, Pauline, quien no dudó en comunicarle a Camile. Camile era vecina de Gladys, y ella solía hablar con Becky, la empleada del banco. Becky no dudó en coger el móvil y llamar a Jack, el gerente. Brandon a su vez estaba al tanto por Roger, y mantenía comunicación constante con la jefatura de Maine. El doctor Jagger se enteró a los pocos minutos, y avisó a su ayudante, la señorita Alaine, casada a su vez con la veterinaria del pueblo, la joven Louise, encargada de la atención de todos los animales de la isla, incluidas las musarañas y Dolly.

Sin siquiera coordinarlo, hicieron acto de presencia en casa de Roger. Trajeron termos de café, galletas, barras de cereal y, sobre todo, el corazón lleno de ansias de ayudar.

Cuando el coche de Benson aparcó, los habitantes tomaron distancia, formaron un corredor, como si él fuera la novia y en el altar, Johana, el flamante esposo. Verlos fundirse en un abrazo los conmovió a todos, odiaban las desgracias, aunque fueran las mejores a la hora de propiciar encuentros.

—Papá... —Johana se hizo a un lado, detrás de ella, MaryAnn estaba en una silla, apenas podía respirar por la angustia y Coleen la abrazaba.

Él hombre asintió, Coleen se apartó y le dejó el espacio a Benson. Fueron sus brazos fuertes los que rodearon y sostuvieron a su vieja amiga. Desde los inicios de la isla habían estado el uno para el otro; en las buenas, en las malas... en los aciertos, desaciertos; cuando acordaban, en los desacuerdos... En las mentiras, en las verdades... en los secretos.

—MaryAnn, aquí estoy, lo encontraremos y lo traeremos a casa. Shell Island es su casa, aunque ese muchachito aún no lo sepa.

—Temo que sea demasiado tarde. Winston —se lamentó—. Winston lo siento aquí. —Se señaló el punto entre la boca del estómago y el final del corazón. Justo ahí el dolor era punzante—. Le ha sucedido algo.

—Pero también sientes allí que él nos necesita, ¿verdad?, que está en algún sitio y nos necesita. Los instintos no fallan, nosotros tampoco lo haremos.

—No soy su tutora legal, no soy más que una vieja terca, no tengo más poder que el de una ciudadana común.

—Lo de vieja terca no te lo discutiré —le dijo, y consiguió la primera sonrisa de la noche. Los vecinos suspiraron, aliviaron un poco de tensión—, pero no eres una ciudadana común para Demian. Es uno de tus niños.

—Sí...

—Y sin importar lo que diga un maldito burócrata, tus niños son más que pequeños de acogida... —Miró derredor, a su lado se encontraban dos de ellos: Ethan y Alonso. Alonso, el hijo de la mujer que amaba. Que Beatrice hubiera tenido la oportunidad de reencontrarse con él después de su pesadilla de extradición, juicio, visado y demás era gracias a MaryAnn. Ella hizo posible que madre e hijo fueran felices. Y Ethan... Uf, Ethan le debía la vida y, en consecuencia, la de su hija y la de los niños que crecían en el vientre de Pauline. MaryAnn era el faro de los pequeños que estaban perdidos en la tormenta—. Tus niños son tus hijos. Sin importar los genes, la sangre o los registros civiles. Demian es *tu hijo*.

—Lo es, mi corazón me lo dijo el día que lo conocí. Su lugar es a mi lado, y ahora no está.

Benson la atrajo sobre su pecho, miró a Johana por encima del hombro de la mujer. Los dos pares de ojos de igual tono gris hicieron contacto, unieron pasado, presente y futuro.

—Un día temí perder a mi hija, ¿lo recuerdas?, y te pedí que, sucediera lo que sucediese, te preguntara lo que ella te preguntase, me guardaras el secreto, porque podía soportar el desprecio, el enojo, el rencor... podía soportar cualquier cosa, menos perderla. Y tú, aunque me dijiste que era un viejo imbécil, que estaba equivocado, que me arrepentiría... fuiste mi amiga. Hoy yo soy tu amigo, dispuesto a hacer la locura que sea necesaria para que Demian regrese a tu lado.

—Gracias... —Lo estrujó—, sé que, si hay alguien capaz de hacer hasta lo más imprudente y estúpido, ese alguien eres tú. Y en este momento, en que he superado todos los canales tradicionales, solo me queda lo temerario.

—Bien, me alegro de que lo digas —dijo, se puso de pie y cogió su móvil—, porque eso haremos. Roger —se dirigió al oficial Allen—, llama al sheriff de nuevo; averigua cómo debemos proceder para emprender una búsqueda, así sea por nuestra cuenta. Yo...

—¿Qué ha-harás? —Johana se acercó a él, conmovida.

—Una locura, por supuesto. —Seleccionó un contacto entre todos y se llevó el móvil al teléfono—. Buenas noches —respondió a la voz al otro lado—, siento lo inoportuno de la hora. No molestaría si no fuese una urgencia. Soy Winston Benson, sí, y me gustaría hablar con el gobernador. No... no puede esperar.

Winston se alejó, mantuvo la conversación lo más privada que pudo con tantos vecinos a su alrededor. Roger, mientras tanto, recababa toda la información sobre la desaparición de Demian. La hora, la dirección, la última persona que lo había visto, las declaraciones de sus pocos amigos. Los dos hombres convergieron en el porche. Se miraron, asintieron. Roger confirmó lo que ya sabía: cualquier error, por inmenso que fuera, podía perdonarse si se cometió por amor. Winston tenía un corazón enorme. Con ese corazón inmenso había amado a Johana. Eso los unía, el amor por Johana Benson. Podían discrepar, pero jamás ser enemigos, la finalidad de ambos siempre sería la misma.

Y las similitudes no finalizaban allí. Los dos eran capaces de hacer lo necesario por Shell Island y sus habitantes. Debían aunar fuerzas para ayudar a Demian.

—Se puede hacer una búsqueda privada —confirmó Winston, tras su conversación con el gobernador. Había conseguido más que la luz verde para pasar por encima del sheriff de Maine, pero para hacer valer todos sus logros, era imprescindible hallar a Demian sano y salvo—, siempre y cuando no invadamos propiedad privada. Aunque también tengo el contacto de un juez, por si necesitamos apresurarnos con una orden.

—No creo que sea necesario —respondió Roger—, la última vez que vieron a Demian fue en la carretera, iba a pie, sin siquiera su morral. No se llevó sus pertenencias, lo que prueba que no huyó. Sin embargo, jamás llegó a destino, tampoco regresó a casa. —Se estremeció, el frío le atravesó la ropa, la piel... los huesos—. Hay que buscar en el bosque.

El viento arreció sobre ellos, las olas rugían a la par y la luna iluminaba los rostros de los vecinos, dispuestos a colaborar. MaryAnn oyó las palabras de Roger. Coleen y Johana la sostuvieron.

—Enciende el faro, oficial Allen, que todos los vecinos sepan que los necesitamos. Botes, embarcaciones y muchos pares de ojos. Iremos a hacer el rastreo nosotros mismos. —Se giró hacia los presentes—. ¡Encontraremos a Demian y lo traeremos a casa!

—¡Así se habla! —clamaron a coro.

Roger dio la orden al encargado por radio. La luz del faro no tardó en girar, pasar sobre ellos; la alarma de emergencia resonó. Dolly no se asustó. Elevó las orejas, tensó su cuerpo. Estaba lista. Proteger, servir... y rastrear.

20

Las embarcaciones privadas partieron de Shell Island antes del alba. La neblina impedía verlos a una milla de distancia. En tierra firme permanecieron Pauline, Gladys, Brandon, los niños y los ancianos. Los demás se sumaron a la expedición sin vacilar. En el continente los esperaba Larry, el encargado del ferry, quien se había asegurado de que hubiera amarra temporal para tantos visitantes; también se había ocupado del transporte terrestre. La primera parada era la oficina del sheriff.

El sheriff de Maine no estaba de buen humor. Le habían cuestionado su proceder en la búsqueda de un menor y una llamada de su superior lo había sacado de la cama. Debido a la falta de denuncia real por parte del hogar de acogida del niño y a la ausencia de movimiento por parte de la fiscalía, en su opinión, tal despliegue de búsqueda era un sinsentido.

—No le pido que colabore con la búsqueda —expresó Roger, con voz firme. Johana estaba a su lado, el orgullo la embargaba en igual medida que el amor. Más allá de los accidentes domésticos y los enredos típicos de Shell Island, nunca antes lo había visto en acción. Su cabeza fría y su corazón comprometido eran la combinación perfecta, lo hacían el mejor oficial de la ley que una sociedad podía anhelar. Y ella, claro. Porque no podía descontar de su fórmula el aspecto. Altísimo, su piel oscura, sus ojos brillantes y su tono gutural. Era la manifestación de la autoridad—. Le pido que me acompañe hasta el punto indicado por el último testigo y que me dé acceso a alguna pertenencia de Demian. —Señaló a Dolly con la cabeza. El sheriff se estremeció, la perra era intimidante. Los oficiales de a pie estaban acostumbrados a los pastores alemanes; los malinois belgas eran cosa de los militares.

—Sabe, oficial Allen, que no está muy bien visto en la fuerza esto que hará.

Roger solo arqueó las cejas, entendía la amenaza. Su carrera podía quedarse estancada por siempre en Shell Island. Miró de soslayo a Johana, ¿era eso tan malo? Tenía aspiraciones profesionales, por supuesto, pero si el lema «Proteger y servir» estaba limitado al ego de unos, a la burocracia de otros y a los prejuicios de muchos, entonces no lamentaría darle otro rumbo a su vida.

—Los resultados hablan mejor que las personas —respondió. Acompañó al Sheriff a la zona de evidencias, le entregaron el morral del niño. Roger se colocó guantes descartables antes de manipularlo. Desplegó las pertenencias de Demian y supo que MaryAnn estaba en lo cierto. Ese joven no había huido. Tenía algunos dólares, una fortuna cuando se tiene doce años; un cuaderno con la única foto familiar, conformada de una madre ya muerta y una abuela con el mismo destino; un paquete de cigarros, tendría que ponerse firme con el muchacho una vez estuviera a salvo; una sudadera de los Lekers, envoltorios de dulces...—. No hay móvil, ¿han probado rastrearlo?

—No. Ya le digo, el chico huyó; lo hace de todas las casas de acogida, lo hemos recogido de las calles unas diez veces.

—Pero esta vez no lo ha hallado en los sitios oficiales, ¿verdad?, y les ha preguntado a sus conocidos y nadie sabe nada de él.

—Se iba a encontrar con... —Leyó sus notas—, Eliah Cameron. Un yonqui. El infeliz apenas podía formar una oración; no recuerda haberlo visto, pero, ¿qué puede recordar alguien pasado de heroína? Quizá sí lo vio o tal vez solo protege la huida.

—O tal vez dice la verdad —gruñó Roger. Cogió el morral y regresó con los vecinos. Todos ellos aguardaban en la acera, conversaban en murmullos, sostenían a MaryAnn y compartían sus termos de café. El frío era letal, por suerte, en el continente el viento era menor que en la isla.

Benson se hallaba junto a Beatrice y a Johana. Lo vieron reaparecer y apenas contuvieron el deseo de acosarlo a preguntas.

—Seguiremos al sheriff hasta el último lugar en donde fue visto. Un conductor asegura que Demian caminaba por el costado de la carretera; se acuerda porque casi frena para darle un aventón. —De más estaba decir que la culpa lo había hecho presentarse en la comisaría al leer la alerta de búsqueda en Twitter. De haberse detenido, otra sería la historia. Fijó su vista en Johana, no contuvo el impulso de darle un beso rápido. Ella estaba en lo cierto, ya no existían lugares como Shell Island, o bien quedaban muy pocos. Sitios en donde los vecinos se detenían y daban aventones, en donde salían todos por la noche a ayudarse... Y la mujer que amaba era un pilar de esa comunidad, al igual que el viejo Benson.

Esa noche, los rencores se esfumaban con la bruma.

Los coches y todoterrenos siguieron la patrulla del sheriff hasta el punto de desaparición. Aparcaron en fila y luego se reunieron todos en torno a Roger. El sheriff se mantuvo al margen. El oficial Allen tenía experiencia de rastreo militar y preparación especial dada por la escuela de policía, esperaba que eso bastara.

—Linternas, silbatos, bastones, cintas amarillas y rojas... —Enumeró lo elemental—. También lleven agua, porque no sabemos cuánto tiempo puede tomarnos. La distancia es de dos metros entre persona y persona. Siempre debe mantenerse el contacto visual. Cada uno recuerda a quien tiene a la derecha y a la izquierda, no queremos perdernos nosotros en la búsqueda. Yo haré sonar el silbato solo una vez tras cien metros recorridos, allí marcamos con amarillo zona rastreada. Si se encuentra una evidencia, se marca con rojo. Avanzamos juntos, si alguien debe detenerse, hace sonar una vez. Más de un silbido significa prueba hallada. Si encontramos una prueba, nos detenemos y aguardamos a que la revise. Eso puede hacernos cambiar la zona de rastrillaje. ¿Dudas?

Se hicieron pocas preguntas. Todos entendieron bien el procedimiento. Se dispusieron a la distancia establecida. Roger cogió la sudadera de los Lakers y se la dio a oler a Dolly.

—Dolly, rastrea —comandó. La perra olfateó la prenda, el aire, elevó las orejas y oteó el ambiente. Luego pegó su nariz negra y desarrollada al suelo húmedo del bosque, lucía una pechera negra, con correas, y ningún bozal.

Avanzaron. El alba despuntaba en el horizonte, pero la espesura del bosque apenas permitía una mejor visión que la más profunda de las noches. Las linternas alumbraban el camino.

—Detente —murmuró Roger, la pierna de Johana quedó a medio camino, como la grulla de yoga que tanto practicaba. Dolly tiró de la correa, olió el piso bajo los pies de la mujer y ladró. Los vecinos se acercaron tal y como había explicado el oficial, sin perder nunca de vista a su compañero de derecha y de izquierda.

—¿Qué tenemos? —preguntó Benson. Johana aún estaba con la pierna en alto, si no fuese por la tensión, se hubiera echado a reír.

—Johana, cariño, baja la pierna, pero hazlo dando una zancada hacia atrás. Tenemos una huella, podría ser de cualquiera, pero Dolly la ha marcado.

—No es de Demian —se lamentó MaryAnn—. Demian calza ocho y medio. Lo sé, porque... —se le quebró la voz—, porque le compré ropa, esperando su llegada y yo... —Coleen la abrazó, le alcanzó un pañuelo.

—Vamos a marcarlo en rojo también, porque Dolly lo señaló. Puede que no sea de Demian, pero es una prueba y, sobre todo, un coto. Ahora buscaremos en esa dirección. —Señaló hacia donde marcaba la huella. Todos acataron. Volvieron a sus puestos. Dos metros de distancia, izquierda y derecha asegurada, y caminar.

Señalaron en amarillo la zona rastreada. El sol se elevaba ya, conseguía atravesar la frondosidad de las copas y formaba claros en el bosque. Se detenían cada una hora, a beber, murmurar impresiones y juntar fuerzas. Continuaban infatigables.

Coleen rompió la armonía con un grito. Tras lo cual, recordó el maldito silbato. Sopló, una, dos, diez veces. Seguía soplando como loca cuando Roger llegó a su lado.

—¡Bien hecho, Coleen! —Roger la halagó, llamó al resto, tenían nuevo punto de partida. Era un fragmento de tela y coincidía con el color de la última vestimenta de Demian. Nylon azul de su abrigo rompeviento—.

Marquemos en rojo y...

Dolly olfateó, empezó a ladrar desesperada. A dar brincos y correr en círculos. Como Roger estaba demasiado ocupado, marcando la evidencia, quien sostenía la correa era Johana.

El brazo de Johana no era contrincante para la fuerza de Dolly.

—Dolly, deten... —intentó el oficial Allen. Antes de terminar la orden, Johana se superpuso:

—Dolly, rastrea —dijo, sin mucha firmeza. Por primera vez, la perra le hizo caso. Emitió un ladrido y salió corriendo, tirando de la correa y arrastrando a la señorita Benson.

—¡Johana, Dolly!, ¡demonios! —Ordenó a los demás que avanzaran como venían haciéndolo, y él fue tras sus chicas.

Johana corría a trote firme, el terreno desigual del bosque se lo complicaba; no había sendero marcado, solo instinto y confianza. Confianza en Dolly y sus dotes. La perra, pese a todo, parecía tenerle consideración, pues podía darse a la carrera a mayor velocidad.

Se detuvo en seco, por poco Johana cae sobre ella. Olfateó el aire, ladró. Roger las alcanzó, antes de poder recuperar el aire, Dolly cambió de dirección y fue más al norte.

Roger y Johana compartieron un instante de miradas. Un rayo de sol atravesó la copa del árbol sobre ellos, los iluminó con la misma intensidad que la esperanza en sus pechos. Los alientos dibujaban vaho, se unían a la bruma. Otro ladrido.

Dolly se detuvo, posó sus ancas en el suelo lleno de hojas doradas, elevó su hocico al cielo y aulló como una loba a la luna. Lo hizo tres veces. Largos lamentos caninos atravesaron el bosque.

Entonces, el silencio. El más abrumador silencio. Ni el viento, ni las aves, ni el arrullo del arroyo lejano. Fue un segundo, quizá menos; un segundo que guardaba una eternidad en él.

Un pájaro surcó el cielo, la brisa regresó y, de fondo:

—Ayuda... ¿alguien? —La voz apenas ronca. Dolly volvió a correr, lo hizo con el eco de los pitidos de Johana. Apenas podía soplar, el nudo en su garganta la tenía sin aire. Roger siguió a Dolly, los quejidos de la perra le indicaron el camino.

Bajo una pendiente, entre las ramas salientes de los árboles, Demian yacía al límite de la inconsciencia. Dolly lo cubrió con su cuerpo, con su calor, y guio a Roger con sus ladridos.

Él llegó junto a Demian. Johana también. Entre los dos le colocaron un abrigo bajo la cabeza y le dieron el primer sorbo de agua en horas. Los vecinos observaron la escena en la cima del barranco, excepto MaryAnn. Ella posó su trasero en las hojas y bajó como en un tobogán, hasta poder abrazar a su niño. Roger llamó por radio al sheriff y le ordenó una ambulancia y un equipo de rescate. Benson llevaba consigo el equipo de primeros auxilios, sacó la manta térmica y Dolly se hizo a un lado para que cubrieran al joven.

—Esa es mi niña... —la felicitó Roger, sacó sus golosinas caninas y le tendió una. Dolly no la cogió, le empujó la palma en dirección a Demian. No era ella quien había hecho un gran trabajo al encontrarlo, era Demian quien lo hizo al resistir.

Los vecinos de Shell Island le indicaron el camino a los paramédicos y, luego, acompañaron en procesión a la ambulancia hasta el hospital de Maine. Demian tenía varias fracturas, golpes, contusiones, principio de hipotermia y deshidratación. Un par de horas más en el bosque y hubiera perecido. Roger acompañó al sheriff, le señaló los puntos marcados en el rastrillaje, entre ellos, la huella de un zapato distinto al del joven. El sheriff debió reconocer el trabajo bien hecho. En general, cuando las búsquedas las hacen civiles, el terreno deja de ser una evidencia válida. Sin embargo, los isleños habían realizado una labor impecable.

—Es tu jurisdicción —dijo Roger, tendió la mano en son de paz.

—Pensé que querría meter las narices en la investigación.

—Mi nariz ya está en ella, por transitiva. —Sonrió—. Le recomiendo que sea minucioso, demasiados ojos estarán sobre usted.

—Su suegro —masculló el hombre. Roger abrió la boca, la cerró de inmediato. Sí, Benson era su suegro, le gustara o no. Aún le resultaba difícil de asimilar, tras tantos años, al fin contaba con Johana a su lado, con Shell Island como su hogar y con su placa de proteger y servir brillando en el pecho. ¿Le faltaba algo?, tal vez... tal vez afrontar su miedo a los hijos adolescentes. Sin pretenderlo, sonrió.

—Mi suegro. —Le dio una palmada en la espalda al sheriff—. Nunca tuve intención de pasarme de listillo, ¿sabe?, es que así somos los isleños.

—No puedo recriminárselo, al fin de cuentas, estaba en lo correcto, el jovencito no había huido y necesitaba ayuda. ¿Y ahora?

Johana se aproximó. Rodeó a Roger con sus brazos, enlazándolo por la cintura. Él le devolvió el gesto, la acercó a su pecho y la besó en la frente.

—Ahora... nos lo llevaremos a Shell Island y pasará a ser el dolor de cabeza de nuestro jefe de policía, ¿verdad, Roger?

—Gustoso, Jo —confirmó él—, y la va a tener difícil, hasta el ferry es cómplice nuestro. A menos que aprenda a nadar, no va a tener más remedio que aceptar las muestras desmedidas de cariño de Shell Island.

—Me ha contado un pajarillo, que esas muestras desmedidas sanan y... —Se puso de puntitas de pie, posó los labios en un roce ligero sobre los de Roger— que quienes sanan en Shell Island lo hacen su hogar.

—Pues bien —interrumpió el sheriff—, ya me dirán por radio si algún día lo tengo que buscar por estos lados. Por lo pronto, ese niño tiene mínimo un mes de reposo.

—Y está en las mejores manos —sentenció Roger.

Acompañó a Johana hasta el hospital. A la habitación podían entrar solo de a dos; uno, si consideramos que MaryAnn no se movía de su lado. Demian se mostraba hosco ante tanto cariño, y la mujer, paciente en sus cuidados.

—Quiere a la perra —susurró en dirección a Roger, quien aguardaba en el corredor por el parte médico.

—No la dejan entrar, ni lo harán. Ya nos hemos saltado demasiadas normas.

—¡Patrañas!, hicimos lo que debíamos. Ojalá hubiera confiado en Benson antes, pero él estaba con sus asuntos y yo...

—Y tú siempre piensas en los demás, vieja mula terca —gruñó Benson, quien justo hacía presencia con dos vasos de café. Le tendió uno a MaryAnn, al hacerlo, sumó una carpeta: la tenencia provisional de Demian—. No tiene ni maldita comparación con el café de Beatrice, pero al menos este se deja beber.

—¿Vas a seguir gruñendo, viejo cascarrabias? Con todo el amor que te ha entregado Beatrice en estos meses, esperaba que estuvieras manso como cordero. —Leyó los papeles, parpadeó y deshizo las lágrimas. Su corazón latía desbocado, por tener a su niño a su lado y porque esa buena acción por parte de Benson lo resarcía frente a los ojos de su hija.

—Pues no, el zorro pierde el pelo pero no las mañas. Lo de cascarrabias no se me va a ir, menos cuando mis amigas creen que estoy demasiado absorto en mis problemas como para ayudarlas.

—Pienso que además del pelo, perderás las mañas. —MaryAnn le sonrió—. Solo te falta quitar esa espina que se te ha quedado clavada, y en ello, amigo querido, yo no puedo ayudarte. —Buscó con la mirada a Johana—. Cariño, ve a la cafetería con tu padre, siéntalo en una de esas sillas espantosas e incómodas, y exígele la verdad. Yo tengo otra persona a quien soportar con sus espinas y sus gruñidos.

Beatrice arribó con unos bollos dulces, miró la escena y asintió.

—Eso te pasa por dejar pasar el tiempo, Winston —lo reprendió la mujer—, ahora la verdad sale a la fuerza. ¿Quieren los bollos?

—¡No! —intervino, MaryAnn—. Roger y yo los comeremos, Demian está un poco mejor y nos debe la explicación de lo sucedido. Y créeme, necesitaremos café, carbohidratos y mucha paciencia.

—¿Estás de acuerdo? —le preguntó Roger a Johana. Ella tenía sus ojos grises fijos en los de su padre.

—Sí. —Lo abrazó—. Tú enfrenta ese flanco, yo este. Dividir las tareas también es trabajo de equipo.

Se dieron un beso más, les costó poner fin al encuentro de labios. Lo hicieron ante el coro meloso de los presentes. Se separaron entre risas.

—Quédate el bollo, Beatrice, que nuestro muchacho ya tuvo sobredosis de glucosa —bromeó MaryAnn.

Roger carcajeó.

—Solo recupero los besos perdidos —se defendió en un murmullo. Entró en la habitación, tras una última mirada a la figura de Johana, que se perdía por el corredor.

—¿Dónde está la perra? —gruñó Demian.

—Dolly se encuentra con Martha.

—¿Quién demonios es Martha?

—Martha es la madre de mi mejor amigo. —Se aproximó a la cama, acercó una silla—. Se llamaba Eddie, y era tan bueno conmigo que hasta permitió que su mamá se convirtiera en una madre para mí.

Eso despertó la atención de Demian.

—¿No tienes mamá?

—Todos tenemos una, pero la mía murió cuando yo era muy pequeño.

—Mi mamá también murió.

—Lo sé...

—Y yo no quiero otra mamá. —Demian dio vuelta el rostro. Sus ojos miel se aguaron. Era un pequeño apuesto, tenía el cabello marrón rizado, pecas y los ojos expresivos.

—Las madres no se reemplazan, nadie pretende eso. Estoy seguro de que tu mamá te cuida donde quiera que esté, y en este momento, se encuentra feliz de saber que MaryAnn está para ti. —El niño miró a la mujer.

—No parece mala, pero se va a cansar de mí, como todos. —Se encogió de hombros, el gesto le provocó dolor.

—¿Quieres apostar? —Roger lo desafió.

—¿Qué?

—Por cada semana que ella no se canse de ti, tú debes sacar a correr a Dolly.

—Ese no es un castigo —masculló Demian.

—Eso lo dices ahora.

—¿Y si se cansa de mí?

—Podrás pedirme el favor que desees. ¿Trato? —Roger tendió la mano. Demian se la estrechó—. Ahora, para poder cumplir tu parte, necesitas curarte; correr con Dolly es todo un desafío. Y otra cosa importante es hacer justicia.

—La justicia no existe.

—¡Vaya, MaryAnn!, sí que te gustan los desafíos —bromeó Roger. Regresó su atención al pequeño gruñón—. Pruébame. Cuéntame qué ha sucedido y si atrapamos al malo, tendrás que aceptar que la justicia sí existe... y atenerte a ella.

Demian le relató lo sucedido. Iba camino a la ciudad vecina por el costado de sila carretera, hacía autoestop; un conductor lo arrolló, le pareció que iba ebrio por cómo conducía. No recuerda lo que sucedió luego, pues se desmayó, y despertó en el bosque, golpeado, sin su móvil y sin ser capaz de moverse. Se desmayaba y despertaba sin control, producto de la conmoción cerebral. Pensó que moriría.

—¿Recuerdas algo del coche?, ¿la hora aproximada del accidente? —preguntó el oficial Allen.

Con todos esos datos, reconstruyeron el crimen y dieron con el culpable. Demian estaba en lo cierto, era un conductor borracho, que, pensando que había matado al joven, se deshizo del cuerpo en el bosque. Su coche tenía evidencia del golpe y la huella en el bosque era prueba de su proceder.

En pocas horas, lo tenían bajo custodia. Damien farfulló un «vale, sí, se hizo justicia», y con eso, abrió camino a algo más. A la posibilidad de que Roger también hubiera dicho la verdad en lo demás. Tal vez, y solo tal vez, MaryAnn nunca se cansaría de él y sí había hallado al fin una familia.

En un extremo del hospital, Demian hallaba una nueva familia tras una búsqueda incansable. En el otro, Johana y Winston intentaban reconstruir la suya. Benson le relató lo sucedido con el corazón en un puño. Pese a que su hija sospechaba que el secreto estaba relacionado con Genieve y había caído en cuenta de que su madre no era tal y como ella la había idealizado, comprender la magnitud de lo sucedido la sacó de su eje.

—¿Paul Allen? —balbuceó Johana—. ¡Paul Allen!

Winston apenas podía mirarla. Johana enrojecía por la ira. ¡Todo cobraba sentido!, el rencor de Roger hacia su propio padre, las acciones de Benson, el silencio, incluso la insistencia de todos de que debía brindarle una oportunidad de explicarse.

—No sé qué me da más impotencia —gruñó, aún furiosa—. Si el engaño hacia ti, si el abandono a Roger, si la mentira después...

Paul había arruinado la vida de su hijo, lo había arrancado del único sitio similar a un hogar, todo por tirarse a una mujer casada. Una mujer que ni siquiera lo quería. ¡Un maldito capricho! Genieve no había dudado en darle una patada en el trasero al enterarse de su enfermedad y tampoco le tembló el pulso a la hora de dejarle a su esposo, engañado, la pila de facturas médicas. ¡Y Winston no le guardaba rencor!, no. Su resentimiento radicaba en... en Johana. No le perdonaba el desamor hacia su hija.

—¿T tú...? —masculló—, ¿y tú protegiste su recuerdo todos estos años?

—No, te protegí a ti. Era tu madre, la ibas a perder, ¿qué sentido tenía perderla físicamente y también emocionalmente?

—P-pero... —Los sentimientos se le hicieron una enorme bola en el esófago. Le quemó el pecho y subió hasta atorarse en la garganta. Los ojos se le cristalizaron—. Pero te perdí a ti —dijo con un hilo de voz—, perdí tus buenos recuerdos, perdí mi imagen ideal de ti. ¡Y me hiciste perder a Roger! —recriminó.

—De verdad, lo siento, lo siento muchísimo. Eso sí fue completo egoísmo. Vi ante mis ojos la más abyecta soledad y me aferré a ti de un modo que un padre nunca debe hacer con sus hijos. Te corté las alas... Lo siento, lo siento tanto. —Se cubrió el rostro entre las manos, tapó su dolor con las palmas y también su vergüenza. Johana abandonó la incómoda silla y lo abrazó. A su alrededor, nadie les ponía atención. La cafetería de un hospital es el sitio más triste que uno puede pisar, no eran los únicos llorando.

—Papá... —Le retiró las manos. Lo escrutó, se vio reflejada en sus ojos y dejó que él se reflejara en los suyos—, sí, estoy enfadada. Muy, muy enfadada, y esto me durará un tiempo, ¿vale? Estoy enojada porque pensaste que el recuerdo de mamá era más importante que el tuyo; padre es el que educa, el que está presente, el que ama, ayuda, cría. Tú fuiste mi papá siempre, el lugar de Genieve fue social. Sé que tú eres de otra época, de una sociedad que decía que las madres son madres por instinto, que siempre quieren a sus hijos y que son más importantes que los padres. Bueno, señor Benson —sonrió—, bienvenido al siglo XXI. Paternidades presentes, madres que eligen y mujeres con cero instintos maternales.

—Pero ahora las mujeres que tienen cero instintos maternales no tienen hijos directamente, en lugar de arruinarles la vida.

—Se necesitaron muchas historias como las nuestras para darnos cuenta de que es lo mejor. —Suspiró, ella sí quería niños y los amaría como su madre no la amó a ella. Junto a Roger redimirían a sus desamorados progenitores—. Mi enojo no termina aquí, papá.

—¿No?

—También está el asunto de no confiar en la magnitud de mi amor por ti. ¿Me creías incapaz de entender y perdonar?

—¡No!, creía que mis acciones eran imperdonables, que es distinto.

—Roger me dijo una vez que los errores cometidos con amor pueden siempre perdonarse, en cambio los hechos con desprecio...

—¿Eso quiere decir que me perdonas? —Los ojos grises de Winston se despejaron, como una mañana de verano.

—Sí, te perdono. —La abrazó con fuerza. Estrecharla de nuevo en brazos lo hizo romper en llanto de alegría—. Sigo enfadada, y el enfado me durará un tiempo, porque me lo merezco. Es sano el enojo, es sano llorar cuando duele, gritar cuando encoleriza, patalear cuando frustra. Pero se me pasará.

—Yo respetaré tus tiempos. Lo prometo, no te presionaré.

—Bien... —Se incorporó—. Y no trabajaré más en la inmobiliaria, mi sueño es escribir cuentos infantiles. Me inscribí en la universidad; parte de la carrera es a distancia, por lo que seguiré viviendo en Shell Island, pero necesito tiempo para estudiar, formarme y especializarme.

—¿Vivirás con Roger?, ¿en la casa del jefe de policía?

—¿Alguna objeción?

—Es un poco pequeña para ti, podría conseguirte... —La mirada fulminante de Johana lo silenció.

—Prefiero una casa pequeña y hogareña, que un mausoleo viejo, lleno de malos recuerdos. Por cierto, ¿qué pretendías hacer con la pintura roja?

—Boicotear la casa.

—¿No sería mejor venderla y olvidarnos del asunto, papá?

—No quiero otra familia contaminada por esas paredes fantasmagóricas.

—¿Y qué haremos? —preguntó retóricamente—, ¿quemarla?

El gesto de su padre le indicó que no le parecía mala idea.

—¡¿Quemarla?!, ¡una casa de ese valor! —insistió Johana, y ella creía que venderla por debajo de su precio era una mala inversión inmobiliaria.

—Tener dinero tiene que valernos de algo, ¿verdad, hija? De las cenizas puede salir algo mejor que de los escombros. Algo nuevo. Ya bastante tenemos con reconstruirnos nosotros, como para reparar viejas cañerías.

Johana volvió a abrazarlo. Le dio un beso en la frente y asintió.

—¿Cuándo te volviste tan sabio?

—Cuando me perdonaste, Johana —respondió, conmovido—. Cuando me perdonaste.

***

La calma regresó a Shell Island. La brisa primaveral comenzaba a hacerse sentir, los días se hacían más largos, las noches, cortas y los turistas buscaban alojarse en las casas de alquiler o en el hostal. Pauline, con su cámara de fotos y su amor por la isla, hizo maravillas en el folleto; el club náutico de Coleen sobrevivió otro invierno gracias a las manos hábiles de Alonso y a sus dotes como guía de actividades; los niños comenzaban su receso en los estudios; la vida brillaba con todo su esplendor.

Tan solo un sitio permanecía oscuro: la vieja casona Benson.

Tal y como habían averiguado, incendiarla no era tan sencillo. Al menos, si no pretendían terminar en una celda. Antes de encender la cerilla, debían dar de baja al seguro, informar a las autoridades y contratar a los bomberos —pago extra, claro está— para generar un incendio controlado.

Winston había agotado el talonario de favores personales con Demian. La búsqueda privada, más la tenencia legal en manos de MaryAnn lo había dejado en *deuda* con el gobernador, la fiscalía de menores y un juez. Hasta que no jugara alrededor de dieciocho torneos de golf, asistiera a cuarenta barbacoas, extendiera cheques en veintena de cenas benéficas y se dejara fotografiar en al menos nueve campañas políticas, no podría volver a pedir favores a sus amigos.

—Tendremos que hacerlo como los demás mortales —se lamentó Johana, en tono irónico. Empezaba a gustarle la vida sencilla, tal vez por una rebeldía tardía hacia su madre. Genieve se había casado con Winston por su dinero, sus contactos y las apariencias. Supo ser más importante tener una sirvienta en casa que un amor en el lecho. Johana estaba decidida a hacer las cosas de otro modo, construiría junto a Roger una vida acorde a sus posibilidades, en las que podían faltar los viajes a Europa, pero jamás el amor de un abrazo.

—Veámoslo de este modo —dijo Winston—, podremos usar la montaña de papeles que me han hecho rellenar a modo de pira.

—¡Esa es la actitud! —Su hija lo abrazó, y él la contuvo sobre su pecho. Johana cumplió su palabra, el enojo se diluyó con el tiempo, los rencores se evaporaron y solo prevaleció el cariño.

Había ayudado el hecho de ser feliz. Las personas felices no son rencorosas. La universidad había aceptado su solicitud, vivía junto a Roger, había dejado de tomar la píldora en decisión conjunta, no tenía que preocuparse por su padre, porque él había iniciado una relación formal con Beatrice, y contaba con una perra heroína, que le hacía compañía mientras escribía, la obligaba a mantenerse en forma con sus correrías y le daba dosis de serotonina a fuerza de lametazos.

La sirena del camión de bomberos los hizo girar a la vez. Detrás, el coche del sheriff y, para su asombro —o no, ya estaban acostumbrados al espíritu de Shell Island—, sus vecinos y amigos se aproximaban a ver el espectáculo.

—No todos los días vemos arder una casa —dijo MaryAnn.

Coleen, junto a Alonso, traían champaña fría y copas desechables. Erina, Mikey y Demian intentaban lucir impasibles, con esa indiferencia entrenada en la preadolescencia. Los tres se habían hecho muy amigos. A lo lejos, Ethan y Pauline habían aparcado el todoterreno, alzaron las manos y saludaron. Su distancia no era más que física, el señor Kane se hallaba para dar una mano si se lo necesitaba, pero mantenía a su mujer y a sus mellizos recién nacidos lejos del humo.

—Toma, cariño. —Beatrice le alcanzó una copa a Winston.

Johana le guiñó el ojo a su padre y vocalizó «cariño». Benson rodó los ojos, simulando un hastío que no sentía. Le gustaba que Beatrice le llamara cariño, le agradaba que a su hija le divirtiera y, sobre todo, era dichoso de hacer a ambas mujeres felices. Tantos años de infelicidad de Genieve, seguidas de desdicha de Johana, creyó ser un martirio para sus seres queridos. Ahora, con los sesenta años superados, aprendía a amar y empezaba a dársele bien ese asunto.

Johana se alejó de la pareja, fue en busca del centro de su mundo. Roger ordenaba los detalles, marcaba el perímetro, trabajaba con eficiencia.

—¿No puedes dejarle la tarea a Brandon y quedarte conmigo? —reclamó Johana. Él la cogió por la cintura y la besó.

—Mmm, me cuesta delegar, más cuando se trata de algo tan importante para mi chica preferida.

—Vas a tener que aprender —dijo ella, exigiéndole un beso, y otro, y otro—, porque ese ascenso conseguido viene acompañando de muchas personas a cargo. ¿Acaso vas a encargarte tú mismo de todos los crímenes de Belfast? —aludió a la ciudad costera, conectada con el ferry, en la cual trabajaría de ahora en más.

—No, pero tal vez sí tenga que encargarme de todos los incendios provocados por ricachones —bromeó. Johana le sacó la lengua y fue junto a MaryAnn y Coleen, ellas le pasaron una copa de champán y se pusieron a conversar.

Una vez estuvo todo dispuesto, Joel, el jefe de bomberos, llamó a Winston y su hija. Cruzaron la franja de seguridad, los vecinos contuvieron el aliento.

—Señor Benson, señorita Benson... —invitó el hombre, les tendió la cerilla.

—¿La lanzamos? —preguntó Johana, preocupada. Joel sonrió.

—No es necesario, las explosiones son para Hollywood.

—Hubiese sido épico —gruñó Winston.

—¡Y peligroso!, por eso es que tuvo que rellenar tanto papeleo. ¿Listos?

—¡Listos! —contestaron a coro. Encendieron la cerilla y la dejaron caer en el acelerante de fuego. La llama prendió enseguida, otro de los bomberos los acompañó de regreso fuera de la franja.

Las llamas empezaron a flamear, los especialistas habían elegido el día acorde al servicio meteorológico. El humo y cualquier chispa volaba hacia el mar, sin embargo, el calor de la hoguera los entibió a todos. El fuego tenía algo hipnótico, su crepitar, su calor, su brillo... Los presentes se mantuvieron en silencio, fascinados. Incluso Erina, Mickey y Demian dejaron su porte impasible y se acercaron al espectáculo.

Los bomberos encendieron la bomba de agua, rodearon el perímetro y comenzaron la tarea de dar fin al fuego. Al ser controlado, les llevó un par de minutos apagarlo. Tras la última chispa, los ánimos regresaron.

—¡Por el futuro! —clamó MaryAnn, a modo de brindis. Sacudió una botella de champán e intentó abrirla. Todos se rieron de sus intentos fallidos. Winston la ayudó, y al fin el tapón voló por los cielos. La espuma escapó del pico como un volcán en erupción, y el hombre no dudó en salpicar a los presentes.

Chillaron, se rieron, brindaron y festejaron. Por último, hicieron los honores de la isla. El primero, colocaron el letrero de «terreno en venta» en la entrada de los cimientos calcinados de la casona Benson y luego, en complicidad, caminaron por las calles hasta el centro de la isla.

Allí, no solo los amigos aguardaban, lo hacían todos los habitantes. Solo uno, entre ellos, no entendía lo que sucedía: Demian. Miró derredor, buscó la mirada de MaryAnn, la de sus nuevos amigos, Erina y Mickey, y recibió sonrisas enigmáticas como respuestas.

—¿Qué sucede? —indagó, preocupado.

—Ya lo dijo MaryAnn —respondió Roger—, brindamos por el futuro. Y en ese futuro, estás tú. ¿Te sumas?

Erina y Mickey corrieron hacia el letrero, se colocaron uno a cada lado, apenas podían mantener los pies en el suelo por la emoción.

—Aquí, Demian —señalaron el letrero—, ¿te sumas?

Demian leyó: Shell Island, y debajo, un número de tres dígitos que aguardaba ser incrementado. Roger soltó la correa de Dolly, la perra se sentó junto al jovencito y le empujó la mano. Él le brindó una caricia por respuesta y caminó a pasos vacilantes. La población estaba indicada como en los almanaques antiguos, con un rodillo numerado que se rotaba. Lo giró, sumando uno más.

—¡Bienvenido! —gritaron los vecinos, y uno a uno, pasaron a abrazarlo, besarlo, estrujarlo y convertir el festejo en la pesadilla de un preadolescente. Sus amigos se rieron, y él... y él fue feliz.

—¡Vaya día! —Roger salió del baño, envuelto tan solo por una toalla en torno a su cintura.

—Mmm, espero que no estés tan cansado —respondió Johana—, le di extra ración de pienso a Dolly para que no nos molestara y... —Tendió el test, las líneas indicaban que estaba en proceso de ovulación— y tenemos un adolescente rebelde por fabricar.

—Uf, mi vocación de servicio va a matarme —bromeó, y se subió a la cama. Reptó hasta ocupar el espacio entre las piernas femeninas. Johana lo capturó entre ellas, lo acercó a su centro, que latía de deseo.

—Tantas obligaciones, y tu mujer te pide más, y más, y más... —susurró. Depositó besos en su mentón, en su nariz, y terminó en sus labios.

—Es insaciable. —Ahondó el beso, profanó la boca con su lengua y arrancó gemidos de deleite—. Es insaciable y me encanta. ¿Qué no puede conseguir mi Jo con un poco de manipulación, algo de terquedad y un extra de sueños inagotables?

La cogió del trasero, lo separó del colchón y empezó a quitar las bragas por debajo de su camisón de raso.

—No lo sé, hasta ahora, me salí con la mía siempre. De hecho, tengo otra noticia...

—¿Cuál? —Roger trazó un sendero de besos desde el tobillo hasta la rodilla, pretendía seguir, se detuvo a observar su rostro de deleite. Con sus párpados entrecerrados, sus ojos grises brillantes, los labios enrojecidos por los besos y las mejillas sonrosadas. Ella no se quedaba atrás en el escrutinio, cada músculo de su pecho y abdomen era adorado por su mirada hambrienta. Al ver que no avanzaba, usó los talones para empujarlo y él se rio—. Dime la noticia, o no continúo. ¿Cómo puedes jugar con la curiosidad de uno de esta manera?

La única novedad que ansiaba desesperado era el test positivo de embarazo, pero el de la ovulación le decía que por allí no iba el asunto.

—Pues... —Lo instó a recostarse sobre ella—, un agente editorial se contactó conmigo...

—¡Johana!, eso es increíble. —La besó con ardor, se separó apenas; ella pudo sentir su sonrisa sobre los labios.

—Sí, pero me hizo una propuesta diferente. —Le acunó el rostro, la vida no dejaba de sorprenderla ahora que se había atrevido a vivirla—.

Me sugirió que me creara un pseudónimo y escribiera, además de los cuentos infantiles, novelas románticas.

—¿De verdad?, ¿y por qué?

—Tal vez... —Se arqueó, lo rozó y despertó todas sus terminaciones nerviosas—, porque sí escribí una novela romántica. Lo hice como proyecto universitario, pero la leyó y le gustó. Aunque el título no, y firmarla con el mismo nombre con el que escribo infantil, tampoco —carcajeó.

—¿Es picante?, no veo la hora de leerla, u oírla si la editan en audiolibro.

—No será necesario, porque esta historia romántica en particular la conoces muy bien. Trata sobre un chico decidido y valiente a quien lo abandonan sin explicaciones y regresa a casa en busca de respuestas.

—Y descubre que jamás lo dejaron de querer...

—Y que siempre tuvo un hogar aquí. —Se tocó con el índice el pecho, a la altura del corazón.

—En ese caso —le susurró cerca del oído—, no la leeré, ni oiré por una locutora anónima. —Regresó a las caricias, a los estímulos. Incrementó el deseo, hasta arrancar gemidos en Johana—. Te rogaré que me lo leas tú, porque esta historia siempre estuvo en tus labios.

Los selló con los suyos. No era un fin, era el comienzo de un nuevo libro. Quizás, con un pequeño protagonista más a futuro. Como fuese, estaban felices de escribirlo.

EPÍLOGO

Erina se tomó unos segundos de descanso. Necesitaba recuperar la respiración, apenas podía contener a su pecho agitado, parecía que iba a estallar. No era la única, Mickey se encontraba en una situación similar.

—¿En qué momento nos hemos convertido en esto, Mickey? —interrogó a su amigo que estaba apoyado contra un árbol.

—¿En qué?, ¿en aquello que juramos destruir? —bromeó. Habían pactado vivir su adolescencia sin permitir que las angustias, las obligaciones y los pensamientos adultos tomaran control de ellos. Pero ahí estaban, manifestando dolencias físicas y agotamiento como si fuesen unos treintañeros con nula actividad deportiva y una pésima alimentación a cuestas.

—Nos estamos convirtiendo en nuestros padres —masculló entre dientes Erina cuando la espalda le crujió al agacharse para estirar los músculos contraídos por el esfuerzo.

—Habla por ti... —Mickey estiró los brazos por sobre los hombros—, el mío está en perfecto estado —Durante la temporada alta, Alonso se ocupaba de las actividades de esparcimiento en el club náutico: tenis, remo, e instructor en el *gym* del lugar. Era puro músculo—, solo que yo no he decidido seguir sus pasos. —Rieron. En breve cumpliría trece años, la pubertad estaba haciendo estragos en él, Erina y Demian. Los cuerpos cambiaban, se estiraban, reclamaban más y más alimento, sin importar la procedencia del mismo.

—No sean quejicas... —Demian regresó al trote. La destreza física del muchacho era envidiable. Dolly iba a la par de él, todas las semanas ejercitaban juntos, tal como se lo había prometido al jefe Allen. Por cada siete días que MaryAnn no se cansara de tenerlo bajo su cuidado, él debía salir a correr con Dolly. Y allí estaba Demian, convirtiéndose en un atleta, porque la mujer jamás desistiría—. Ni siquiera hemos llegado al faro todavía, no van a decir que están cansados, ¿verdad?

Erina sacudió la cabeza. Mickey levantó el pulgar. La realidad era que apenas podían hablar, si querían recuperar el aliento, era mejor callar. Le hicieron señas a Demian, lo motivaron a que retomara el trote. Ellos lo seguirían. Ni bien este se alejó, se sentaron en la base de un tronco de árbol. Mickey le entregó la botella de agua que cargaba consigo. Ella bebió, luego lo hizo él. Exhalaron a la par.

—Basta de meriendas en café Jamaica —decretó Erina.

—Tienes razón, mi abuela es un arma de doble filo.

—No, tu abuela no, sus malteadas.

—Una vez más, tienes razón —Otro sorbo de agua. Le pasó la botella a su amiga—. No más malteadas ni macarrones con queso. —El padre de Erina se había especializado en ese menú en sus años de soltería.

—¡No más macarrones con queso! Y no más brownies de Coleen —agregó ella. Resopló—. ¡Joder, Mickey! Te has dado cuenta que estamos rodeados... —De alimentos y personas que los consentían—. ¿Qué haremos?

—¿Cenar en mi casa? —sugirió Mickey. Fue tal su desgano que tomó por sorpresa a Erina.

—Ey, que el tío Alonso es un excelente cocinero. —Hacía las mejores albóndigas de carne de todo Shell Island. Ni mención hacer de la cremosidad de su puré de patatas. Oh, y sus barbacoas eran épicas.

—Lo que dices parece anécdota del pasado —dijo por lo bajo, dejó escapar un suspiro—. Algo le sucede...

Erina frunció el ceño. Giró su rostro hacia él, quería ver si así podía interpretar lo que decía. Mickey estaba con el ceño fruncido también. Estaba preocupado, en consecuencia, la preocupación extendió raíces en ella.

—¿A qué te refieres?, ¿se encuentra bien el tío Alonso? —Los adultos solían reservarse las malas noticias para no inquietar a sus hijos. Nunca les funcionaba, creían que sí, pero no. Los niños son como los detectores de sismos, identifican la menor variación de las placas tectónicas al instante.

—Sí... sí y no —Alzó los hombros—, no lo sé. Quizás es una sensación mía, siento... siento que está más triste de lo normal. Mucha felicidad alrededor... Creo que ese es el problema.

—No te entiendo, mucha felicidad, ¿cómo es eso?

—Ya sabes... Todos son felices, tu padre con Pauline, Johana y el jefe Allen. ¡Hasta el señor Benson y mi abuela!

—No me recuerdes al señor Benson y a tu abuela, los he visto besarse en la cocina de la cafetería. —Labios, lenguas, manos. Erina fue espectadora de todo. La piel se le erizó.

—¡Ahí tienes! Todos felices, menos él. Continúa extrañando a mi mamá.

—Bueno, tú también lo haces.

—Sí. Extraño tenerla, extraño sus abrazos, sus besos de buenas noches, pero lo tengo a él. No me faltan abrazos ni besos, ¿entiendes lo que te digo?

Alonso intentaba llenar el vacío que la ausencia de Nat había dejado en Mickey. Lo hacía, estaba ahí para su hijo cada día y cada noche. La pregunta era, ¿quién llenaba el vacío en él?, ¿quién lo abrazaba por las noches, lo besaba y le deseaba dulces sueños? La respuesta: nadie.

—Sí, por supuesto que te entiendo, Mickey, en resumidas palabras, necesitamos otra Pauline. Necesitamos otro hechizo. Si funcionó con mi padre, funcionará con...

—¿Todavía siguen aquí? —Demian los interrumpió—. Se suponía que iban detrás de mí.

Mickey se incorporó. Prefería correr a la par de Demian y perder un pulmón en el camino antes que quedarse a oír la inminente locura que estaba por salir de la boca de Erina.

—Venga, Demian... —comenzó a trotar. Lo palmeó al hombro—. Yo voy detrás de ti, voy detrás de ti antes de que sea demasiado tarde.

—¿Tarde? —Demian no comprendió.

—No, no, espera, todavía no he terminado. —Erina abandonó el reposo. ¡Demonios, tendría que trotar!—. Mickey... Mickey...

—¿Te juego una carrera hasta el faro? —Le propuso Mickey a Demian—. El que pierde paga las malteadas, ¿de acuerdo?

—Vale.

Se lanzaron a la carrera.

—Ey, dijimos que nada de malteadas.

—Y también dijimos no más hechizos, ¿recuerdas? —gritó él mientras se alejaba entre risas.

—¿Cuándo lo dijimos? —Hizo una mueca con sus labios. No lo recordaba. Y si no lo recordaba, no contaba—. Una malteada más y un hechizo más no le hacen mal a nadie, ¿verdad? —Hablaba consigo misma.

Alzó los hombros, sonrió. Si su padre pudo tener una segunda oportunidad, Alonso también. Al fin de cuentas, ¿qué tan difícil podría ser amar por segunda vez?

OTRAS OBRAS DE
SCARLETT O'CONNOR

Tú, mi deuda pendiente

Serie Señoritas Americanas

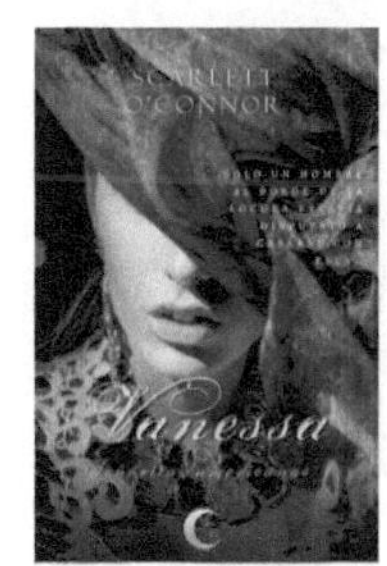

SCARLETT O'CONNOR

SERIE SEÑORITAS BRITÁNICAS

SERIE FAMILIA EVANS

SERIE FLOREROS Y CANALLAS

CABALLEROS DESDEÑADOS

CONTEMPORÁNEO

SERIE SHELL I

INDEPENDIENTES

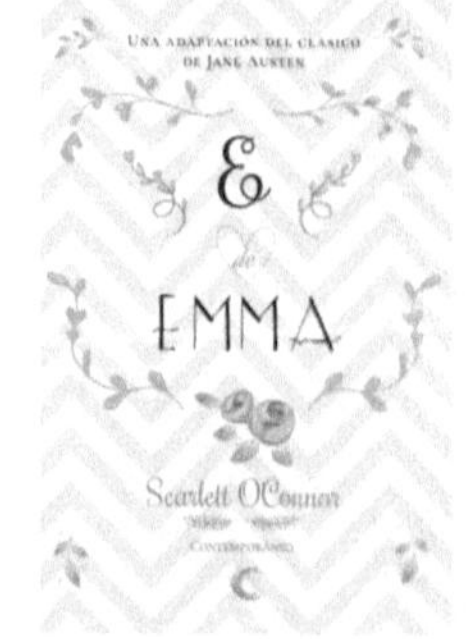

OTRAS OBRAS DE LUNE NOIR

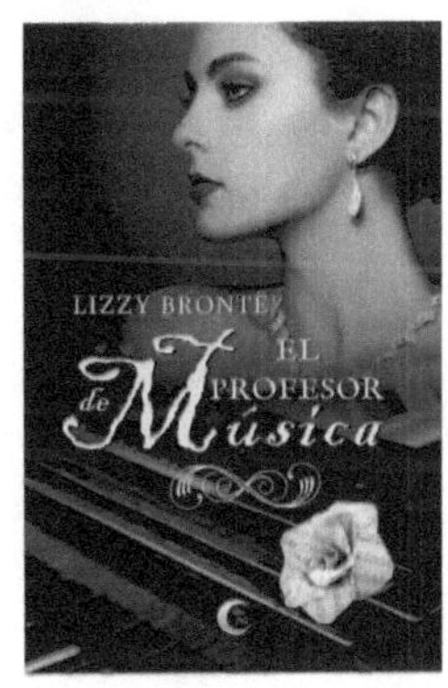

MELANIE I. ROGERS
PERDÓNAME, PADRE, PORQUE HE PECADO
REDEMPTION
RAGE

MELANIE I. ROGERS
PERDONA NUESTROS PECADOS
REDEMPTION
GREED

Síguenos en las redes sociales

Cuenta oficial de Scarlett O'Connor

 /scarlettoconnores

Cuentas de Lune Noir

 /LuneNoirEditorial

 /LuneNoir7

 /lune.noir.libros

Icons made by: flaticon
https://www.flaticon.es/autores/freepik
www.flaticon.com is licensed by Creative Commons BY 3.0.

https://lunenoireditorial.wixsite.com/lunenoir